KB234187

거짓말하는 법

거짓말하는 법

초판 1쇄 찍은 날 | 2013년 7월 1일
초판 2쇄 펴낸 날 | 2013년 7월 15일

지은이 | 령후
펴낸이 | 예경원

편집 | 유경화

펴낸곳 | 예원북스
등록번호 | 제396-2012-000132호
등록일자 | 2012. 7. 25
YRN | 제1-0029호

주소 | 경기도 고양시 일산동구 무궁화로 8-28 삼성메르헨하우스 712호 (우) 410-837
전화 | 031-819-9431 팩스 | 031-817-9432
http://cafe.naver.com/yewonromance
E-mail | yewonbooks@naver.com

ISBN 978-89-98102-34-0 03810

거짓말하는 법

령후 장편 소설

YEWONBOOKS ROMANCE STORY

YEWON BOOKS
예원북스

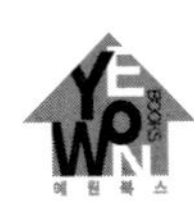

| 목 차 |

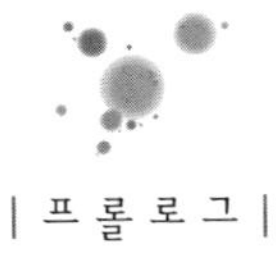

"하나도 안 변했네."

낮은 음성으로 조용히 말하며 옆을 스쳐 지나가는 남자의 뒷모습을 혜영이 멍하니 바라보았다. 맙소사, 하고 싶던 공부를 하기 위해 다시 학교에 편입을 했는데 보기 싫은 사람을 만나다니.

"여러분의 지도 교수를 맡은 한영진입니다. 반갑습니다."

깊고 낮은 목소리. 앞에 서 있는 남자는 분명히 그녀가 알고 있는 사람이었다. 슈트에 셔츠 하나를 걸치고 있었지만 장신에 비율이 좋은 남자는 교수라고 하기엔 무척이나 젊어 보였다. 그녀는 저도 모르게 옛 기억을 떠올렸다.

학교를 다니기 싫다는 게 이런 느낌일까. 아직 고등학교를 가려면 시간이 꽤 남았지만 그녀의 입장에서 생각해 보자면 획일화된 교육을 받을 필요가 없다, 라는 결론을 내렸다. 그래서 '나 고등학교는 가지 않을 거야!' 라고 말을 했다가 윤 여사에게 등짝을 고스란히 내주었다.

사실 친구들은 이미 사춘기가 다 지나갔다는데 그녀는 뒤늦은 사춘기가 찾아온 중이었다. 혹시 혈액형이 AB형이라 유난히 까다로운가, 하는 생각도 했었지만 보통 또래의 대부분의 여자애들은 그러했다.

유난히 자신의 영역이 확고하다고 생각하는 사람인지라 가족이 아닌 누군가가 자신의 자리에 떡하니 앉아 있는 것도 마음에 들지 않았다. 아무리 가족들 모두가 좋아하는 배우 진서영의 아들이자, 옆집에 사는 잘생긴 남자였다 해도.

역시나 탐미주의자인 윤 여사와 그녀의 언니인 혜민은 오늘도 떡하니 혜영의 자리에 그를 앉혀놓고 밥을 먹고 있었다. 그 모습을 보고 그녀는 인사도 하지 않고 방으로 휙 들어가기 일쑤였다.

한영진.

그녀보다 4살이 많고, 주위에서 워낙 왕자님 같다고 말하는 사람이었다. 연예인을 보고서도 시큰둥하고 남자에겐 딱히 관심이 없는 혜영으로서는 사람들의 반응이 이해가 되지도 않았다. 물론,

대한민국 역사상 유래가 없는 최고의 미녀라고 찬사받는 진서영의 아들이니 그 유전자를 물려받아 잘생긴 건 당연했다. 다만 그녀의 취향이 아니라서 그렇지. 그렇게 곱상한 얼굴은 딱 질색이었다. 거기다 자신의 가족들과 더 친밀해 보이는 모습도 마음에 들지 않았고.

"벌써 끝났어?"

고개를 푹 숙이고 걷는데 그녀의 신발 바로 앞에 먼지 하나 묻지 않은 검은 스니커즈가 눈에 들어왔다. 고개를 쓱 들어 올리니 큰 키를 가진 영진이 앞에 서 있었다. 짙은 남색의 교복은 마치 슈트 같은 착각을 주었다. 하긴, 패션의 완성은 얼굴이라는 이야기도 있으니까 영진이 입고 있어 교복이 고급 슈트 같아 보이는 것일지도 몰랐다.

얼굴을 보고 있는 게 딱히 유쾌한 일은 아니라 단번에 그녀의 표정이 굳어졌다. 그걸 알았던지 영진이 픽 웃으며 손에 들고 있는 하얀 비닐봉지를 흔들었다. 그녀가 먼저 놀이터로 발걸음을 옮겼다. 가방을 대충 바닥에 내려놓고 그네에 앉자 그가 그녀에게 우유를 건네주고 옆 그네에 앉았다. 오늘도 역시 섬세하게 빨대를 꽂아주는 것도 잊지 않았다. 네모난 팩에 든 우유는 비리지 않고 고소한 맛이 나 그녀가 좋아하는 것이었다.

"바나나 우유가 좋다니까."

괜히 그렇게 말하며 우유를 쭉 빨고 난 그녀가 한숨을 푹 내쉬었다. 그것을 보고 그가 물었다.

"웬 한숨?"

"인간은 왜 사는가, 나는 왜 태어났는가 뭐 그런 것들 때문에."

"질풍노도의 시기라던가?"

"오, 장족의 발전일세?"

외국에서 살다 온 이력이 있어 영진은 한국어에 꽤 약한 편이었다. 그런데 지난 1년간 정말 많은 발전을 이루어냈다. 하긴, 쉴 때도 보면 늘 손에서 책을 놓지 않는 모습을 보였다. 혜민의 말로는 영어는 물론 프랑스어도 완벽하다고 했다. 그냥 똑똑한 사람인 줄로만 알았는데 노력까지 하는 타입이었다.

"이런 사람이 제일 재수 없는데."

"뭐가 재수 없어?"

"똑똑하면서 노력까지 하는 타입."

"내가?"

영진은 이해가 가지 않는다는 얼굴이었다. 하긴, 이런 사람들은 또 자신이 잘난 걸 모른다. 처음부터 그렇게 대접을 받고 살았을 테니까.

"그런 적 없는데. 학교는 왜 이리 빨리 끝난 거야?"

"그냥 땡땡이. 그러는 오빠?"

"땡땡이? 하긴, 나도."

혜영의 눈이 단번에 커졌다. 모범생으로 유명한 한영진이 땡땡이라니. 어울리지 않았다. 그런 그녀의 모습을 눈치챈 것인지 영진이 픽 웃었다.

"웬일이실까? 우리 윤 여사님은 한영진 반도 아니고 반의반만이라도 닮으라 난리 중이신데. 이 모습 보시면 엄청 실망하실 거야."

"음, 누가 찾아온다고 해서."

"누구?"

"꼬치꼬치 캐묻긴. 꼬맹이, 나 좋아하냐?"

단번에 혜영의 얼굴이 굳었다. 지금 이 인간이 뭐라는 거야, 라는 물음이 얼굴에 딱 써진 모양이었다. 영진이 팔을 뻗어 그녀의 볼을 꼬집었다. 혜영이 인상을 찌푸리며 고개를 뒤로 뺐다.

"장난으로라도 그런 소리 하지 말지? 꿈에 나올까 두려우니까."

"곧 프랑스로 갈 것 같기도 해."

"프랑스? 좋겠다. 나도 파리 가고 싶은데. 루브르 박물관. 모나리자도 보고 싶고 막 그런데."

"나중에 오면 가이드 해줄게. 잠도 재워주고."

"진짜? 약속하는 거야."

알고 지낸 뒤 이렇게 사이좋은 적이 있었을까? 어쨌건 이런 인맥의 사람이 있다는 건 손해 볼 일은 아니었다.

"언제 가는데?"

"왜?"

“빨리 좀 가라고. 우리 집에 그만 좀 오고.”

“내가 떠나고 나면…… 그립지 않을까?”

“무슨 소리야.”

“난 하혜영이 좀 많이 그리울 것 같은데.”

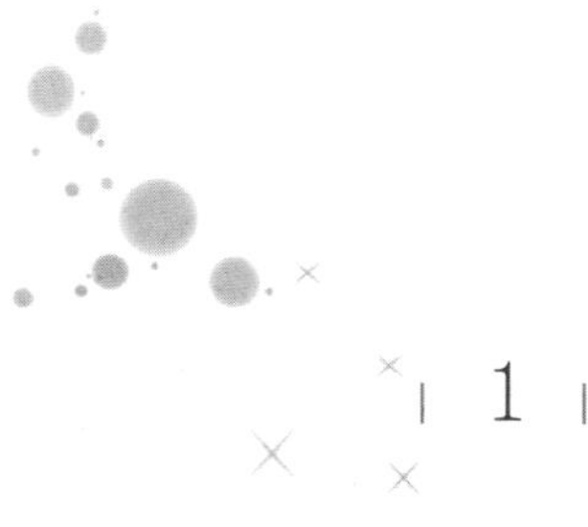

| 1 |

하혜영.

그녀는 멀쩡하게 대학 4년을 졸업한 대한민국의 성실한 국민 중의 하나였다. 다만 부모님의 이상에 맞추지 못했다. 졸업을 하고 토목회사에 입사를 하고선 바로 공무원 시험을 준비했다. 그리고 7급 공무원이 되었고 막상 공무원이 되자 또 이것도 맞지 않다고 선언하고 한 달 만에 그만두었다. 그리고 결국 2년 뒤 그녀가 전공한 과와는 성질이 전혀 다른 과에 편입을 했다.

본래 그녀는 토목전공이었다. 어떻게 하다 보니 졸업은 하게 되었는데 도저히 이 길은 자신의 길이 아니다 싶었다. 어렸을 때부터 그녀는 어울리지 않게 미술에 관심이 많았었는데 결국 예고를

보내주지 않아서 포기했었다, 이번에 선택한 것이 바로 서양화였
다. 그런데 신, 편입생 환영회에서 만난 사람이 초등학교 다닐 때
미치도록 싫어했던 짝꿍 민정현이었다. 어릴 때의 기억에도 정현
은 뺀질뺀질대며 그녀를 놀리는 것을 참 좋아했었다. 어떻게 된
건지 정현은 이렇게 나이가 들어서도 변한 게 하나도 없었다.

"인연이 어떻게 또 이렇게 만나지지? 그러고 보면 우리가 인연
은 인연인가 봐, 안 그래?"

"인연은 무슨, 악연이지."

"하 후배, 그런 말 하는 거 아니지. 자, 마셔. 쭉쭉 들어간다. 캬,
맛 좋다. 뭐 해? 하늘 같은 선배님에게 안주를 가져다 올리지 않
고?"

여전히 유아적인 발상으로 정현은 그녀를 괴롭히는 게 좋은 모
양이었다. 정말 미치도록 술을 퍼 먹이고 안주까지 입에 집어넣으
라고 시키는 것이 아닌가? 남들의 이목만 아니었어도 그녀의 화가
폭발했을지도 모를 일이었다.

"어머, 선배님. 이 나이 든 후배가 올리는데도 참 맛있으신가 부
다."

절로 이를 사리물고 말을 하다 보니 거친 목소리가 흘러나왔다.
그럼에도 불구하고 정현은 전혀 신경도 쓰지 않았다. 계속 술을
권하는 것을 보니 정현은 아무래도 오늘 술로 그녀를 보낼 모양이
었다. 하지만 역시 그녀는 공대 출신이었다. 이 정도 술로 나가떨

어질 일은 없었다.

그래. 거기까지도 참을 만했다. 잠시 후에 교수진들이 도착했는데 거기서 익숙한 누군가를 발견했다. 바로 중학교 때 미치도록 싫어했던 옆집 오빠 한영진이었다. 거기다 하필이면 담당교수란다.

이 나이에 편입한 것도 억울한데 선배가 미치도록 싫은 동창인데다, 담당교수까지 거의 매일 전쟁을 방불케 했던 옆집 살던 동네 오빠였다. 앞으로 평생을 살아도 보지 못할 것 같았는데 이런 데서 엮이게 될 줄이야. 세상은 정말 좁고도 너무나 좁았다. 정말이지 자퇴하고 싶은 욕구가 불쑥불쑥 솟구쳐 올랐다.

처음엔 그녀가 무작정 영진을 피해 다녔다. 그런데 이상했다. 1학기 때도 너무나 친절하게 대해주고, 그건 2학기에 들어서도 마찬가지였다.

변해도 너무 변했다. 이건 교수의 체면인가 옛정인가? 정말이지 상상도 못할 정도로 너무 잘해줘서 오히려 뒤가 두려웠다. 예전부터 영진은 뒤통수치기 선수였다. 믿으면 안 되는 것을 알면서도 자꾸 선량한 눈빛 때문에 믿게 되는 것이었다.

"날씨 쌀쌀하지? 들어와서 커피 한잔 마시고 가."

정말이지 이럴 때마다 놀라서 심장이 덜컥 떨어지는 느낌이었다. 거기다 영진은 유능한 총각 교수로 학생들의 선망의 대상이었으니 여대생들의 질투를 한눈에 받는 건 당연했다. 저 나이에 프랑스 대학에서 3기까지 완벽히 마쳤으니 과연 타고난 천재라고 할 만도 했다. 거기다 꽤 이름값을 날리는 듯 전시회 소식도 간간이 들려왔다. 물론 그녀도 화가를 꿈꾸고 있었으니 그의 이름을 알고 있는 것은 당연했다. 하긴, 저렇게 유망하니 저 나이에 대학 교수까지 갈 수 있는 것 아니겠는가. 게다가 총장의 간곡한 청으로 교수직을 맡았다는 소문도 들었다.

그의 교수실엔 유화 냄새가 가득했다. 아직 재정상의 문제로 제대로 된 서재를 만들지도 못했지만 언젠가 그녀도 자신만의 방을 갖고 싶었다. 종이 냄새와 물감 냄새가 가득 찬 곳으로.

"저번에 낸 과제 말이야. 살펴봤는데 괜찮던데? 먹으로 그렇게까지 좋은 표현할 줄은 몰랐어."

조선시대 그림들의 서양화법에 대해 배우던 중 과제를 냈었다. 그녀는 어렸을 때 붓글씨를 배워서 먹은 자유롭게 쓸 수 있었다. 중학교 때까지도 계속 서예부였고 굵직굵직한 대회에 나가서 상도 더러 받아오곤 했었다. 그리고 영진에게 칭찬을 받는다는 건 굉장한 찬사처럼 느껴지기도 했다.

잘 가르치긴 해도 칭찬엔 인색한 교수라고 소문이 자자했으니까. 이런 소문은 애들 앞에서 해줘도 되는데……. 괜히 나오려는 웃음을 애써 앙다물며 컵에 커피를 따르고 있는 영진을 바라보았다.

혜영은 영진이 내미는 머그컵을 받아 들고 한입 마셨다. 하지만 이내 인상을 찌푸리고 말았다. 도대체가 이런 블랙커피는 왜 먹는지 이해를 할 수가 없었다. 그 모습을 보며 살짝 웃던 영진은 혜영이 조용히 노려보자 스틱 설탕 하나를 내밀었다.

"2개."

"설탕물 마시나?"

"남이사."

"하긴, 넌 살 좀 쪄야지. 특히 상체에 말이야."

입술을 꽉 깨물었다. 그녀가 절벽인 것은 부정할 수 없는 사실이었다. 언젠가 꼭 확대수술을 받고 말겠다며 다짐했었는데 모아 놓은 돈도 없었고 할 수 없이 뽕 브라로 연명하고 있었다. 그래도 나름 공을 들여 비싼 걸로 샀는데 영진의 눈엔 뽕이 빵빵하게 든 것이 보였나 보다. 혜영은 저도 모르게 고개를 숙여 자신의 빈약하기 짝이 없는 가슴을 안타까운 눈으로 바라보았다.

하긴, 소문에는 여자들이 수시로 바뀐다고 하는데 뽕과 진짜 가슴을 구별할 수 있는 눈 정도는 가졌겠지. 그녀는 괜히 목에 두른 스카프를 살짝 내렸다. 하지만 가슴을 가리려 하는 게 너무 티가 났는지 영진이 픽 웃었다. 그 웃음에 혜영의 눈이 세모꼴이 됐다. 괜한 불똥을 피하려는지 영진이 살짝 턱을 문지르며 화제를 돌렸다.

"부모님은 잘 지내시지?"

"120살까지 사실 분들이니까 걱정 마시지? 특히 그 아줌마."

"부러워서."

영진이 살짝 눈을 깔았다. 여전히 그의 눈은 그윽한 사슴을 생각나게 만들었다. 처음 영진을 보았을 때 어떻게 사람이 저렇게 맑을 수 있을까, 어린 나이에도 그런 생각을 했었으니까.

그의 짙고 촘촘한 긴 속눈썹을 보던 혜영은 그에게 살짝 미안한 감이 들었다. 영진은 고등학교 시절 사고로 어머니를 잃고 바로 유학을 떠났었다. 어머니를 잃은 상처가 아직도 클 텐데 그녀는 그 앞에서 윤 여사를 헐뜯고 말았다.

그러고 보니 그는 그녀의 어머니인 윤 여사를 참 좋아했었다. 그 이유는 윤 여사가 음식을 잘해서였는데 툭하면 그녀의 집으로 밥을 먹으러 왔었다. 그건 당연한 듯 되어 아예 그의 지정 자리가 정해져 있었다.

그가 올 때마다 그녀는 짜증을 내기 일쑤였는데 윤 여사나 그녀의 언니인 혜민은 좋아서 어쩔 줄 몰라 했었다. 그러고 보니 학교에 편입을 해 그를 다시 본 게 3월부터니까 벌써 7개월이나 지났는데도 아직 부모님께 말도 꺼내지 않았다.

"부모님께 나 만났단 이야기는 안 한 모양이로군."

역시나, 그는 족집게였다. 왠지 모르게 씁쓸한 음성에 괜히 머쓱해진 그녀는 커피에 설탕을 타며 시선을 피했다. 사실 별로 말할 필요도 없었고, 말을 해서 또 그를 데리고 오라고 그녀를 닦달

할 테니 정확히 말하자면 일부러 말을 하지 않았다는 게 정답이었
다.

"말하려고 했는데 시간이 잘 안 나서……."

"술 마시느라 집에 잘 안 들어가서는 아니고?"

"그게 그러니까 설라무네……."

"나이 생각도 좀 하지? 이제 적은 나이도 아니잖아."

그의 말이 사실이었다. 나이도 벌써 스물일곱이고 집에선 그럴
바에야 시집이나 가라 성화였다. 거기다 요즘 들어 급격히 나이
들고 있다는 것도 느끼고 있고. 눈가에 자리 잡혀가는 주름이나
나잇살 때문에 나오는 배도 그렇고.

이놈의 다이어트는 늘 생각은 하는데 행동이 따라주지 않았다.
그래도 옷으로 잘 숨기고 다녔는데 이번 기회에 좀 빼야겠다 싶었
다. 뱃살 때문에 할 수 없이 설탕을 하나만 넣고 잘 저은 뒤 그녀
는 커피를 마셨다. 역시 커피는 달지 않으면 맛이 없었다. 그녀는
살짝 인상을 찌푸리며 잔을 탁자에 내려놓았다.

그러고 보니 영진은 겨울에 있을 전시회 때문에 계속 바쁘다고
했었다. 덕분에 담당교수인데도 볼 수가 없다고 애들이 성화였다.
그런데 이렇게 여유롭게 앉아 차를 마실 여유가 있다니. 역시 천
재들은 뭐가 달라도 다른 모양이었다. 어쩌면 이미 작품 준비를
다 끝내놓았을지도 모르고. 혜영은 눈을 굴리며 책상에 걸터앉아
창밖을 보고 있는 그를 유심히 보았다.

그러고 보면 꽤 잘생긴 얼굴이긴 했다. 뭐 교수계의 원빈이라던가 강동원으로 불리고 있다는 소리도 꽤 듣고 있었고. 이런 모성본능을 자극하는 듯한 여린 생김새는 그녀가 좋아하는 스타일이 아니었으므로 관심도 없었다.

오히려 그녀는 남자다운 소지섭이라던가 차승원 같은 스타일을 좋아했었다. 뭐, 딱히 그런 남자가 그녀의 인생에 나비처럼 훨훨 날아올 거라는 건 애초에 기대도 하지 않았지만. 그래도 이건 인생이 너무 무료한 거 아닌가, 싶을 정도로 심심했다. 사실 학교를 오게 되면서 로맨스가 일어나진 않을까 기대도 했었다.

어쨌거나 그런 기대감은 아무것도 아닐 정도로 꼭 배우고 싶어 겨우 결심해서 온 학교인데 영진을 만나게 되다니, 이건 정말이지 너무나도 가혹한 일이었다. 그때 그녀는 이 세상에 신은 없다고 믿게 되었다.

"이 친구도 이번에 꽤 괜찮았어. 역시 과대표는 다른 건가? 이 친구와 꽤 괜찮은 사이 같던데."

영진의 말에 혜영의 눈이 쏟아 나올 듯 커졌다. 그가 가리키고 있는 건 정현의 그림이었다. 그리고 괜찮은 사이라니? 아니다. 민정현과는 절대 그런 사이가 아니었다. 학교 최고 퀸카였던 여자친구가 혜영을 오해한 것뿐이었다. 그런데 민정현은 이건 집안의 수치라며 다음 여자가 생길 때까지 무조건 사귈 것을 종용했다. 더럽고 치사한 마음에 OK를 하고 말았지만 그 뒤 4개월째 민정현은 새로운 여자를 사귀고 있지 않았다.

정현은 어렸을 때, 그러니까 그녀가 초등학교 5학년 때 같은 반 짝꿍이었는데 무지하게 그녀를 괴롭혔었다. 당연히 초등학교를 졸업하고 볼 일이 없을 거라 여겼는데 이 무슨 운명의 장난인지 이 학교에서, 그것도 과 선배로 얼토당토않게 만나게 된 것이었다. 거기다 어쨌거나 지금은 민정현하고는 공식적인 연인관계였다.

당장이라도 민정현과 아무 사이가 아니다, 라고 말하고 싶었으나 절대 계약관계에 대해서는 비밀에 붙일 것을 당부했으므로 진실을 밝힐 수도 없었다. 그나저나 알아주는 바람둥이라는 정현은 여름방학이 지나고 2학기가 시작된 지 꽤 시간이 지났음에도 불구하고 아직도 새로운 여자를 만나고 있지 않았다.

그냥 시원하게 사람들이 보는 앞에서 뻥, 차줬으면 하는 바람을 늘 빌고 있었다. 하지만 정현은 뭐에 그리 바쁜지 도서관에만 박혀 있을 뿐이었다. 덕분에 사람들 사이에선 '민정현이 정신 차리고 한 여자에게 집착하려나 봐. 공부만 한대.' 라는 말도 안 되는 소문만 무성하게 퍼져 나가고 있을 뿐이었다.

"괜찮긴 개뿔. 당장에 뻥 차줬으면 좋겠는데."

"사이좋은 캠퍼스 커플 아니던가?"

"캐, 캐, 캠퍼스 커플 같은 소리 하네! 절대 아니거든요, 교수님. 차는 다 마셨는데 이만 가봐도 될까요?"

"오늘 술자리 있는 거 알지? 물론 주당이 거기에 빠질 일은 없겠지만."

❖

그냥 과 모임인 줄 알았는데 학과장이 한턱내는 자리었다는 것을 혜영은 모르고 있었다. 머리가 다 벗겨진 한국화 교수님 앞에서 혜영은 그냥 사람 좋은 웃음으로 자리를 지킬 수밖에 없었다.

"이런 수재가 왜 이제야 우리 학교에 들어왔는지 모르겠단 말이지. 한국화로 전과할 의향은 없는가?"

"교수님, 그렇게 봐주셔서 고맙습니다. 그런데 역시 전 고고한 한국화를 하기에는 실력이 많이 모자라서요."

"아니네, 아니야. 자네는 좀 뻔뻔해질 필요가 있어. 겸손은 최고의 미덕이라지만 요즘엔 아니지. 언제든 생각이 바뀌면 말해주게."

그녀 역시 한국화에 관심이 많았었다. 아직도 외국에 있는 우리나라의 보물들을 보면서도 안타까워 견디지 못했다. 그런데 그녀는 역시 유화 물감을 좋아했다. 그리고 섬세한 그림도 그리고 싶었다. 영진까지는 아니겠지만 그래도 본인이 그리고 싶어하는 그림을 그리는 여성 화가가 되고 싶었다.

"민정현, 여자친구가 여기 계시는데 거기서 뭐 하는 거야? 빨리 이리 와.”

짓궂은 선배들은 역시나 많았다. 똥 씹은 얼굴을 할 겨를도 없이 정현이 재빨리 걸어와 옆자리를 턱하고 차지했다. 덕분에 살짝 옆으로 밀려나게 된 혜영은 살짝 인상을 찌푸리며 다시 자리를 잡았다. 그리고 불만이 가득 차 있는 얼굴로 영진과 시선이 마주쳤다. 남들은 보지 못한 모양이겠지만 혜영은 똑바로 보고 말았다. 그가 그녀의 표정을 보고 비웃은 것을.

“여기 미남 교수님이 계셨네? 제 잔 받으세요.”

한국화 교수님 바로 옆에 앉아 있던 영진과 그녀의 옆에 앉은 정현이 마주 앉게 된 것이었다. 그 비웃음을 순식간에 지우며 영진은 사람 좋게 웃음을 바꾸고 잔을 들었다.

‘저 선량한 눈빛에 속으면 안 된다니까. 그러고 보면 한영진 저 거 여우과 아니야? 옛날부터 우리 엄마랑 언니 홀렸었잖아.’

혜영은 괜히 영진을 노려보며 소주를 들이켰다. 아무래도 오늘은 술이 안 받는 날인 모양이었다. 몇 잔 마시지도 않았는데도 불구하고 머리가 어질한 것을 보면. 그런데 그걸 아는지 모르는지 영진은 자꾸 신경을 거스르며 술을 마시게끔 종용하고 있었다.

결국 2차로 자리를 옮겨서까지 혜영과 영진은 마주 앉아 계속 술을 마시고 있었다. 평소 양주라면 좋다고 마시는 혜영이었지만 오늘은 정말 무리인 듯했다. 거기다 민정현은 이미 뻗어 있었다.

어디 민정현뿐이겠는가? 다른 사람들도 모두 작정하고 마신 듯 뻗어 있었다. 그러나 영진은 아직까지 정신이 말짱한 듯했다. 자고 있는 모두를 깨워서 집으로 돌려보내기까지 하다니, 저건 사람이 아니었다. 말술이었다. 말술.

"야, 하촉새."

"민정현. 그만 정신 차리지?"

"허, 촉새 요즘 많이 컸다?"

"됐고. 빨리 차에나 타시지? 너 지금 혀 꼬여서 장난 아니거든? 내일 보자. 되도록 안 보면 좋겠지만."

촉새는 그녀의 별명이었다. 초등학교 때 말이 빨라서 생긴 별명이었는데 여전히 정현은 그녀를 그렇게 부르고 있었다. 그녀 역시 술에 취해서 혀가 꼬이고 있었지만 정현에 비하면 양반이었다.

택시에 구겨 넣듯이 정현을 집어넣은 혜영은 묵직한 그의 가방과 지통까지 챙겨 넣어주었다. 퍽 하는 소리와 함께 정현의 배에 떨어진 듯했지만 술에 취해서 아픔도 느끼지 못하는 모양이었다.

"데려다 줄게, 타. 대리 부르면 되니까."

역시, 잘나가는 교수는 뭐가 달라도 다른지 차도 좋았다. 또 어디서 본 건 있는지 럭셔리한 외제차를 보면서 혜영은 콧방귀를 뀌었다.

하지만 이대로 갈 순 없었다. 먼저 술 마시기를 종용한 사람이 누군데. 비틀거리는 걸음을 애써 다잡으며 혜영이 영진의 앞으로 가서 섰다. 그래도 오늘은 좀 꾸미고 나온 날이라 8㎝ 힐을 신었는데도 불구하고 영진을 한참을 올려 보아야만 했다. 고등학교 때도 꽤 큰 것 같았는데 외국으로 가서 더 큰 모양이었다.

"어허, 이대로 가면 안 되지. 누가 먼저 시작했는데. 한번 시작한 술은 끝까지 마셔야 되지 않겠습니까?"

"취한 것 같은데. 그것도 꽤 많이."

"제가요? 전혀요. 저 안 취했거든요?"

분명 혜영은 오기를 부리고 있었다. 그런데 이상하게 영진에게는 라이벌 의식과 같은 것이 묘하게 생겼다. 딱히 그가 잘못한 것도 없었는데 말이다. 뭐랄까, 그냥 평범한 인간이 천재에게 느끼는 괴리감? 그것도 아니면 괜한 견제?

영진은 어쩔 수 없다는 얼굴로 이마를 긁적이며 혜영의 손에 이끌려 근처에 있는 술집으로 들어가고야 말았다. 이게 실수였다. 그냥 집으로 갔어야 했다. 이기지 못할 술은 먹지 않았어야 했다.

지끈거리는 머리를 부여잡으며 천천히 눈을 떴을 때 혜영은 뭔가 이상한 느낌이 들어 천장을 유심히 바라보았다.

그녀의 집은 이렇게 천장이 높지 않았다. 정말 뭔가 이상했다. 이불의 감촉도 평소와는 달랐다. 이런 부스럭 소리가 나는 면 소재의 시트는 그녀의 취향이 아니었다. 슬쩍 하얀 천을 들어 그 안을 보았다. 맙소사, 아무것도 입지 않고 있었다.

전라의 몸 상태를 확인한 혜영은 소스라치게 놀라며 고개를 왼쪽으로 돌렸다. 옆을 확인한 그녀는 그렇지 않아도 큰 눈이 당장이라도 튀어나올 것처럼 커졌다. 바로 옆엔 한영진이 잠들어 있었다.

분명 서른이 넘었건만 까만 머리카락이 이마로 흘러내린 잠든 영진의 하얀 얼굴은 마치 고교생일 때의 그를 생각나게 만들었다. 잠시 상황을 정리하던 혜영은 곧 모든 상황이 머릿속에서 압축되기 시작했다.

그러니까 어제 정신없이 술을 마시고 같이 근처에 있는 호텔에 들어와 사고를 친 것이 틀림없었다. 분명히 어제 호텔 로비까지 온 건 기억이 났다. 영진이 더 이상 걸을 힘이 없다고 하기에 그녀가 먼저 호텔을 발견했다며 성큼성큼 들어왔었다.

맙소사, 이 겁도 없는 하혜영 같으니라고. 혜영은 스스로를 자책하며 머리를 주먹으로 때렸지만 동시에 머리와 주먹이 아파 윽, 소리를 삼켜야 했다. 지금 이럴 때가 아니었다. 상황을 정리해야 했다. 하지만 그녀의 머릿속에 떠오르는 건 그냥 도망이었다.

조용히, 정말 조용히 도망가야 된다고 생각해서 천천히 자리에서 일어나려고 했다. 숨소리가 아주 고른 것이 깊이 잠든 것 같으니 어서 여기서 도망을 쳐야 했다. 나중 일이 어떻게 되던지 지금

이 순간만은 피하고 싶었다.

하지만 거기까지였다. 그녀의 왼쪽 팔목을 턱하고 잡은 건 아직도 눈을 감고 있는 한영진이었다. 아직 잠에서 깬 건 아니라는 생각에 안도의 숨을 내쉬고 발을 침대 밑으로 내딛으려 할 찰나였다.

"하혜영."

술 때문인지 아니면 아직 잠에서 깨지 못한 탓이었는지 그의 목소리가 살짝 갈라졌다. 절로 윽, 소리가 입 밖으로 튀어나왔다. 아무래도 잘못 걸린 것이 틀림없었다.

담당교수와 그것도 영진과 이런 사태를 벌일 거라곤 추호도 상상해 본 적이 없었다. 그리고 그녀의 인생에 술 때문에 낭패를 본 적도 단 한 번도 없었다. 그런데 하필 이럴 때 이런 최악의 상황에 직면하다니. 그녀의 커다란 눈에 눈물이 고이더니 순식간에 눈물이 떨어지기 시작했다.

"울어도 소용없어. 그리고 어디서 도망가려고 그래?"

그의 말이 맞다. 울어도 아무 소용 없었다. 그리고 도망가려고 한 것도 사실이었다. 하지만 이런 상황은 그도 싫을 것 아닌가. 어쨌거나 그녀는 그를 어린 시절부터 싫어했었고 그 역시 그녀를 썩 내켜하진 않았으니까.

"책임져."

이게 대체 뭔 소린가 싶었다. 눈물이 당장에 멈췄다. 방금 목소리는 그녀의 목소리가 아니었다. 아무래도 무엇인가를 잘못 들은 것 같았다.

"네?"

"못 들었어? 책임지라고."

대체 뭘 책임지라는 건가? 설마 지금 술 먹고 실수를 했다고 책임을 지라는 건가? 요즘 세상에 잠 한 번 잤다고 책임지라고 하는 사람이 어디 있겠는가? 이미 성인이고 그럴 수도 있다고 생각하고 싶었지만 그녀 역시 제대로 된 상황판단을 할 수 없는 멘탈 붕괴 상태였다. 정말 할 수만 있다면 시간을 어제로 돌리고 싶었다. 하지만 곧이어 떨어지는 그의 말에 그녀의 입이 떡 벌어졌다.

"나 총각이야. 아니, 정확히 말하자면 총각이었지. 그러니 하혜영이 날 책임져야겠어."

악몽이다. 이건 지독한 악몽이었다.

| 2 |

그야말로 이건 고립무원(孤立無援), 사면초가(四面楚歌)였다. 그리고 총각이었다니. 내가 총각이다, 라는 딱지를 붙이고 있는 것도 아니고 그걸 어떻게 믿는단 말인가? 그리고 그는 프랑스 파리에서 거의 10년 정도 지낸 사람이었다.

프랑스 파리라고 하면 예술의 도시, 낭만의 도시라고 하지 않던가. 거기다가 남녀 동거비율도 높고 사랑도 그냥 아주 자유롭게 표현한다던데. 물론 일반적인 것일 뿐이고 그가 그렇게 했다는 증거 또한 없었다.

"초, 총각, 총각이란 걸 어떻게 믿어요?"

"내가 총각이래잖아. 사귀는 거야."

그녀의 입이 떡 벌어졌다. 이게 지금 무슨 상황이란 말인가? 물론 술을 먹고 잘못을 저지르기는 했으나 그렇게 심각해야 할 이유 또한 없었다. 아니, 없다고 생각했다. 이성적으로 생각해야 했다.

지금은 자유연애 시대다. 상대방이 딱히 총각, 처녀가 아니라고 운운하는 그런 시대는 아닌 것이다. 그런데 총각이니 책임지라는 이 유교적 발상을 마구 뽐내고 있는 남자는 다름 아닌 그녀가 좋아하지도 않는, 거기다 그녀를 좋아하지도 않는 남자였다.

"결혼을 전제로 사귀는 거야. 그리고 내일 당장 자리 마련해."

"자, 자리요? 무슨 자리요?"

"몰라 물어? 부모님 만나뵙고 인사를 드려야 할 거 아니야."

"아니, 그냥 사귀는 거야 어떻게든 되지만……."

"결혼하겠다 인사드려야겠어, 난."

어떻게 해서든 이 상황에서 빠져나가야 했다. 결혼이라니. 그녀는 태어나서 결혼을 해야겠다고 생각한 적이 단 한 번도 없었다. 몇몇 친구들이 벌써 결혼을 하기는 했지만 가서 축의금 내고 밥 먹고 돌아온 것이 다였다.

결혼이라는 건 말 그대로 인생의 무덤일 뿐. 누군가의 아내가 되고, 엄마가 되고 한다는 건 그녀 사전에서 찾아보려야 볼 수가 없었다. 지금 한 몸도 건사하기 힘든데 누구와 결혼을 해서 함께 인생을 짊어진단 말인가.

"또 잔머리 굴리고 있지? 돌 돌아가는 소리 여기까지 들린다.

넌 미리 빠져나갈 틈을 주면 안 돼. 내일 당장 약속 잡아."

혜영은 영진이 정말 지독하다고 생각했다. 어떻게 정말 빠져나갈 틈 따위도 주지 않고 저렇게 말을 내뱉을 수 있단 말인가? 그것도 마치 처음부터 모든 것을 정리해 놓은 사람처럼. 거기다 사람 뒤통수를 이렇게 칠 수 있는 것인가? 정말 저 사슴 같은 얼굴에 속으면 안 된다.

"아니, 교수님. 뭐 우리가 알고 지낸 지 꽤 됐다지만 어떻게 사귈 수가 있어요? 그것도 결혼을 전제로? 몇 년을 사귀다가도 깨지는 게 태반인데."

"그러니까 사귀자고 하는 거잖아. 머리 안 돌아가? 왜 이리 회전이 느려? 당연히 상대방을 알아가는 과정을 지켜봐야지. 그게 남녀가 사귀는 거 아니던가?"

그녀가 제일 듣기 싫어하는 말이 머리 나쁘다는 말이었다. 그걸 영진은 빙빙 돌려 말하고 있었다. 순간 열이 뻗쳐 큰소리가 나올 뻔했지만 지금 설설 기고 들어가야 할 입장이었으므로 화를 낼 수도 없었다.

"한 달 줄게."

"네?"

"민정현. 깨끗이 정리해."

정현이야 정리하고 말 것도 없었다. 평균적으로 괜찮은 여자 하나 소개팅해 주면 그대로 떨어져 나갈 테니까. 어차피 정현이에게 그다지 감정도 갖고 있지 않았고 저런 혹 하나 어떻게 하면 떨어질까 궁리를 하고 있었는데 더 큰 혹을 붙인 셈이 되었으니. 그녀는 머리가 깨질 지경이었다.

"돌아앉아 있을 테니 옷 입어. 언제까지 벌거벗고 있을 거야?"

그건 혜영이 할 말이었다. 자기도 발가벗고 있는 주제에 지금 누구한테 설교야? 하지만 혜영은 아무 말도 하지 못한 채 영진이 돌아앉는 것을 확인하자마자 침대 밑으로 내려가 쭈그려 앉았다.

마치 파충류들이 허물을 벗어놓은 것처럼 옷가지들이 뒤엉켜서 쭉 이어져 있었다. 혜영은 차례로 속옷과 옷가지들을 주워 들고 후다닥 욕실로 뛰어 들어갔다. 욕실 문이 닫히자마자 다리에 힘이 풀려 그대로 주저앉았다.

아무리 생각해 봐도 이건 미친 짓이었다. 태어나서 그녀는 단 한 번도 원나잇을 해본 적이 없었다. 아무리 술에 취해도 워낙에 귀소본능이 강해서 무슨 짓을 해서든 집에는 들어갔었다. 거기다 영진이 이렇게 늑대의 본성을 숨기고 있을 것이라고는 꿈에도 생각하지 못했다.

자리에서 벌떡 일어난 혜영은 다시 낙심을 해야 했다. 뭐, 몸에 커다란 이상 징후를 느끼지 못했었는데 거울을 보자 명확해졌다. 목에 남겨진 키스마크와 가슴 근처는 아직도 붉게 부풀어 올라 있었다. 몇 번이나 스스로 머리를 때렸지만 이미 벌어진 일이었다.

그러니까 어제 카드 키를 받아 들고 엘리베이터를 탔다. 엘리베이터 밖으로 비치는 화려한 야경을 보고 감탄사를 내뱉었다. 그리고 그 뒤로 기억이 없었다.

최대한 빨리 씻고 욕실에서 나왔을 때 아직도 침대에 앉아 창밖만 바라보고 있는 영진의 뒷모습이 눈에 들어왔다. 왠지 정신을 놓고 있는 것 같아서 건드려 볼까 하다 그냥 이대로 나가는 게 좋겠다 싶었다. 하지만 그 순간 그가 뒤를 휙 돌아보았다. 뒤통수에도 눈이 달려 있는 게 틀림없었다.

"아, 간 떨어질 뻔했네."

"얌전히 기다리고 있어. 씻고 나올 테니까."

어제까지의 한영진이 아니었다. 그래도 대학 와서 만난 뒤론 양의 탈을 쓴 것처럼 온순하고 잘해줘서 인간 많이 변했구나 싶었다. 하지만 오늘의 영진은 10여 년 전의 그를 생각나게 만들었다. 늘 조용하고 말도 없고 무표정만 하고 있던 그가 떠올랐다. 외국 생활이 좋아서 많이 변했다 싶었는데 그것도 아닌 모양이었다.

"그냥 가면 알지?"

이젠 협박까지 하신다. 그런데 이 남자. 부끄러움도 없는 모양인지 전라의 몸으로 침대에서 내려오는 게 아닌가. 잠시 그의 뒤태를 감상하던 혜영은 이러면 안 된다는 생각에 고개를 돌리며 소파에 몸을 묻었다.

물론 그녀도 평범한 20대 여자인지라 잘빠진 몸매에 관심이 많긴 했다. 특히 남자들의 군살 없는 말 근육들을 좋아했는데 딱 영진의 몸매가 그랬다. 쩍 벌어진 어깨에 작고 탱탱해 보이는 엉덩이가 절로 눈을 뗄 수 없게 만들었다. 저건 하루아침에 이루어진 몸매가 아니었다. 적어도 5년 이상은 꾸준히 운동을 해온 몸이었다.

왠지 스스로 변태가 된 느낌에 몇 번이나 머리를 내려치며 정신을 차리려 애를 썼다. 하지만 정신이 차려지긴 무슨, 더 아찔한 상상이나 하고 있으니 아무래도 너무 오래 굶은 탓이라고 생각하며 자리에서 일어나 몸을 탈탈 털었다.

"언제까지 원맨쇼를 하고 있을 거야."

언제 욕실에서 빠져나왔는지 그는 어제와 같이 완벽한 모습을 하고 있었다. 그녀는 이렇게 밖에서 밤을 지새울 거라는 생각도 하지 못해 화장품도 제대로 챙겨오지 못했다. 그래서 이렇게 생얼로 서 있는 데 반해 그는 깔끔한 모습 그대로였다.

그레이 톤의 슈트는 그를 이지적이고 깔끔하게 보이게 만들었다. 그의 모습을 쭉 훑어보던 혜영이 힐을 찾아 신었다. 그런데 발이 부었는지 어제 신었던 힐이 잘 들어가지 않았다. 더군다나 산 지 얼마 되지 않아 아직 길이 덜 들어서였는지 뒤꿈치까지 까져서 진물이 흘러나오고 있었다. 그걸 그도 눈치채고 있는 모양이었다.

"밴드 같은 거 없어?"

"없는데요."

“엘리베이터까지 걸어봐. 차에 가면 있을 거니까.”

영진의 눈치가 보여 어떻게든 구겨 신기는 했지만 엘리베이터까지 가는 길은 멀기만 했다. 잠시 한심한 듯 그녀를 내려 보던 영진이 팔짱을 끼라는 시늉을 해 보였다.

“고, 고맙습니다.”

“구두를 이기지 못하면 신지를 말던가.”

여자는 남자와 달라서 힐 하나에 목숨을 건다, 라고 말해주고 싶었지만 그런 말을 할 입장이 아니라는 건 혜영이 제일 잘 알고 있었다. 겨우 그에게 의지해 걷고 주차장까지 내려갈 때까지 아무 말도 하지 못했다.

차에 올라타자마자 그가 여기저기 뒤지더니 밴드를 그녀의 앞으로 내밀었다. 상처 난 곳에 밴드를 붙이자 따끔거리는 느낌이 사라져 그나마 살 것 같았다. 힐을 대충 벗어 던지고 발을 주무르는데 왠지 모를 시선이 느껴져서 살짝 고개를 돌리자 그가 한심하다는 얼굴로 그녀의 발을 보고 있었다.

“그러게 그런 것 좀 자주 신던지. 아님, 신지를 말던지.”

“누군 이렇게 되고 싶어서 됐나.”

“장난으로 하는 말 아니야. 한 달 안에 민정현 정리하고 내일 부모님께 인사드리러 간다고 말씀드려. 알았어?”

농담이 아니라 진심인 모양이다. 그녀는 속이 답답해짐을 느꼈다. 어떻게든 잔머리를 굴려봐야 했다.

"다 큰 성인 남녀가 사귀는데 굳이 인사를 드려야 할 필요는 없지 않나요?"

"싫어. 사귀는 게 죄도 아닌데 뭘 자꾸 빠지려 들어? 난 부모님께 다 말씀드리고 사귀는 게 좋다고 생각해. 그렇게 말씀드려."

"아니, 요즘 세상에 뭐 한 번 잤다고 이 사람, 저 사람 다 책임지면 나는 진작 시집갔어야겠네."

"끽해야 한두 명 아니던가?"

남들은 그녀 나이에 연애한 경력이 짧다고 했었다. 뭐, 그녀도 인기가 아예 없었던 건 아니다. 다만 한 사람과 사귀는 기간이 길었던 것뿐이지.

"아, 그러세요? 그래서 그 나이까지 총각으로 계셨어요?"

"누구처럼 문란하진 않았으니까."

문란이라니. 그녀 나이에 물론 순결을 지키고 있는 여자들도 많이 있겠지만 요즘 세상에 남자 한둘 만나는 게 문란한 것인가? 그리고 순결이야 결혼하고 나서 그 상대에게 지키면 되는 거 아닌가? 아직 임자를 만나지도 못했고 조금 즐기면서 사는 게 나쁜 건 아니지 않은가.

"문란? 저 문란하게 산 적 없거든요? 한 사람하고 좀 오래 사귀었을 뿐이지 일주일에 한 번 남자 갈 정도는 아니었거든요?"

"말이 그렇다는 거야."

"뉘앙스가 그게 아니잖아요."

“어쨌든 내 원칙은 그래. 난 내 순결을 바친 여자와 평생을 하리라고 마음먹었었거든. 그게 네가 될 줄은 몰랐지만.”

그의 눈빛이 상당히 건조했다. 그런 눈빛을 할 거면 아예 사귀자고 말을 말던가. 그리고 그건 그녀도 마찬가지였다. 이런 식으로 그와 엮일 거라곤 단 한 번도 생각해 본 적이 없었다. 지금 똥 밟은 사람이 누군데 뭐라는 건지……

아니, 물론 사회적으로 본다면 한영진이 지금 똥을 밟은 것이었다. 스펙의 차이로 보자면 그건 인정할 수밖에 없었다. 뭐라 따질 자격이 없는 것 같아 결국 그녀는 입을 다물 수밖에 없었다.

정확히 20분 뒤 집 앞에 차가 세워지자 그녀는 오늘 하루 제대로 똥 밟았다고 생각하며 거칠게 문을 열고 차에서 내렸다.

“내일 저녁 6시쯤 찾아뵐 거야.”

“말하면 되잖아요.”

저도 모르게 신경질적인 말투가 튀어나갔다. 하지만 그는 별 상관이 없는 모양이었다. 아니면 그녀의 기분 따위는 보지 않는 것인지도 모르고.

“민정현은?”

“한 달은 무슨. 월요일에 당장 정리하겠습니다.”

차 문이 부서져라 닫고 그녀는 허리춤까지 오는 대문도 부술 듯 열고 안으로 들어갔다. 복실이가 반갑다며 커다란 꼬리를 흔들고 마중을 나왔지만 그녀는 모든 것이 귀찮았다. 평소 같으면 5분 이상은 만지고 안고 봐주었겠지만 오늘은 도무지 그럴 기분이 아니었다. 실망하는 복실이를 남겨두고 집으로 들어왔을 때 매서운 윤 여사의 눈초리가 보였다.

"너 이놈의 계집애! 다 늦게 대학을 갔으면 얌전히 다녀야지, 또 외박을 해?"

"어? 아, 엄마. 어제 화선이 집에서 잤어. 화선이 곧 있으면 시집가잖아. 그래서 친구들이랑 마셨어."

"화선이는 벌써 시집가는데 넌 대체 언제 가려고 이 난리야! 학교는 무슨. 그냥 시집이나 가라니까."

이런, 괜히 말을 했다. 물론 화선이와 약속이 있긴 했다. 그건 오늘 저녁이었지만……. 결혼할 남자를 보여준다고 그렇게 말을 했는데 시간이 안 맞아 계속 보지 못했었다. 다들 짝으로 나오는데 영진을 데려가야 하나, 생각이 미치자 윤 여사에게 이왕 이렇게 된 거 말을 해야겠다 마음먹었다.

"내일 저녁에 한영진 올 거야."

"얘가 갑자기 왜 화제를 바꾸고 그…… 한영진? 영진이? 어머나, 세상에. 너 영진이 만났니?"

"내 담당교수야."

그때부터 윤 여사의 호들갑이 시작되었다. 담당교순데 왜 이제야 말을 하느냐부터 시작해서, 잘 있냐고 정신도 없이 질문을 해댔다. 그리고 마침 장을 봐놓은 게 있는데 영진이가 잡채와 산적을 좋아했으니 그것부터 당장 만들어야겠다며 성화였다.

오늘이 아니라 내일 온다고 했는데 대체 뭣 때문에 저리 신나서 벌써부터 호들갑을 떠는지 이해가 되지 않았다.

"근데 나 저녁에 나가봐야 하는데…… 화선이 한 번 더 보기로 해서……."

"그래, 다녀와, 다녀와. 그나저나 대단하네. 영진이가 올해 몇이지? 서른하나던가? 그 나이에 벌써 교수를 다하고. 그런 아들 하나 있었으면 얼마나 좋을까."

신나하는 윤 여사를 보면서 혜영은 저도 모르게 한숨을 푹 내쉬었다. 그녀는 지금 마음이 답답해서 딱 터지기 일보 직전이었다. 하지만 그렇다고 윤 여사에게 사실을 말할 수도 없었다. 그랬다간 머리 밀고 집에서 쫓겨날지도 모를 판이었다. 아니, 워낙 영진을 좋아해서 왜 애를 망쳐 놨냐며 그녀를 닦달하지 않았을까?

"우리 사귀기로 했어요."

"그래. 사귀기로 했……. 뭐?"

"결혼을 전제로."

그야말로 혜영의 얼굴은 뭐 씹은 것 같았다. 하지만 그와 반대로 윤 여사의 입은 찢어질 듯 커졌다. 그리고 뭐가 그리 좋은지 그녀의 등을 찰싹찰싹 쳐대고 있었다.

"엄마, 아파."

"웬일이니. 너 영진이 있는 거 알고 그 대학 간 거야? 대체 언제부터 사귄 거야? 영진이 때문에 그 학교 들어간다고 진작 말을 하지. 그럼 그렇게 반대 안 했을 거 아니야, 이것아.”

아무래도 윤 여사는 단단히 착각을 하고 있는 게 틀림없었다. 지금 딸이 뭣 때문에 인생을 저당 잡히게 생겼는데.

물론 사귀다 보면 영진은 그녀에게 정이 떨어질 것이 틀림없었다. 그건 굳이 길게 생각하지 않아도 충분히 알 수 있었다. 아까 그녀의 민낯을 보고도 살짝 인상을 찌푸리지 않았던가.

분명 사귀는 기간이 길어지다 보면 실망할 것이고 이 결혼 없던 것으로 하자고 할 것이다. 그녀는 우선 좋은 게 좋은 거라고 편하게 생각하기로 했다. 남녀가 사귀다 보면 어느 순간 헤어지는 게 일상다반산데 그 역시 다를 건 없을 것 같았다.

“올라가서 조금만 자고 나갔다 올게요.”

“깨워줘?”

“아니, 알아서 일어날게.”

평소엔 저렇게 친절하지 않은데 아무래도 한영진이란 이름이 주는 무게감은 상당한 모양이었다. 하긴, 윤 여사는 예전부터 영진을 정말 친아들처럼 대했었다. 알고 보면 그냥 옆집에 살았던 조용한 남자애였는데. 물론 조금 부티가 나고, 예의가 바르다는 것 정도는 부정할 수 없었지만.

방으로 들어와 옷도 갈아입지 않고 그대로 침대에 누웠다. 이왕 이렇게 된 거 집에 영진을 소개시키겠지만 이 가짜 연애가 얼마나 지속될지 그것도 문제였다. 이 가짜 연애가 끝나면 또 윤 여사는 얼마나 닦달을 할 것이며 선 자리를 물어올까. 상상만으로도 머리가 지끈거렸다. 잠시 생각을 마친 혜영은 핸드폰을 집어 들어 문자를 보냈다.

「교수님, 혹시 제 친구 화선이 기억나세요? 걔가 곧 결혼해서 오늘 모임이 있는데 혹시 같이 가실래요? 걔가 예전에 교수님 엄청 좋아했잖아요.」

그렇게 보내놓고 후회를 했다. 마지막 말은 왜 했으며 왜 같이 가자고 한 것일까. 어차피 두 사람의 마음이 진짜도 아니고 상관없는 사람인데. 물론 그녀의 약속 정도는 그가 쉽게 무시할 거라고 생각했다.

「몇 시, 장소는?」

이 문자를 받고 답을 알려줬을 때까지만 해도 설마 그가 나타날까 했다.

초등학교 때부터 워낙 다들 친했던지라 오랜만에 만나도 꼭 어제 만난 것처럼 어색함이 없었다. 거기다 곧 웨딩드레스 입는다고 다이어트 운운하더니 화선은 물 만난 고기처럼 먹을 걸 고르느라 정신이 없었다.

이래서 패밀리 레스토랑에서 만나는 게 아니었다고 생각하며 샐러드 바로 가기 위해 자리에서 일어나던 혜영은 막 들어오는 사람과 눈이 마주치자 저도 모르게 다시 자리에 앉고 말았다.

얇은 민트색의 니트와 깔끔한 베이지색 면바지를 입고 들어서는 사람은 다름 아닌 영진이었다. 워낙 그 존재가 화려한 사람이다 보니 사람들의 이목이 쏠리는 것도 어쩌면 당연했다.

막 음식을 퍼와 자리에 앉던 화선은 단번에 영진을 알아본 모양이었다. 하긴, 예전보다 살짝 키가 컸을 뿐이지 지나간 세월은 그에게서만 멈춘 듯 그대로였기 때문이었다.

"어, 어, 어머! 영진 오빠!"

하긴, 영진이 대학 담당교수로 있다고 했을 때 화선은 학교에 온다고 난리를 쳤었다. 오지 말라 난리를 친 건 정현이 있어서 가능했다. 민정현하면 화선과도 초등학교 때 앙숙으로 유명했기 때문이었다.

아마, 화선에게 남자친구가 없었다면 영진을 보겠다고 난리를 쳐대면서 학교로 왔을지도 모른다. 그래도 찾아오지 않은 걸 보면 정현을 만나기 더 싫었던 모양이었다. 그것도 아니면 남자친구에게 좀 미안했을 수도 있고.

"오랜만이다, 화선아. 너 그대로다."

"정말 오랜만이에요. 오빠야말로 그대로예요. 누가 30대로 봐? 완전 대학생이네! 혜영이가 불렀어요?"

"참, 여기 선물. 결혼 축하한다."

확실히 화선은 오늘 만난 사람도 내 사람처럼 만드는 그런 힘이 있는 여자였다. 그러니 만난 지 10년이 넘은 사람을 다시 만나 꼭 어제 본 사람처럼 구는 건 쉬운 일이었다. 거기다 더 신기한 건 영진이었다. 어색할 법도 한데 아무렇지도 않게 화선과 대화를 하고, 화선의 남자친구와 인사를 나누고 있었다. 게다가 급하게 왔을 텐데 선물까지 사오는 것도 잊지 않았다.

"한영진입니다."

"반갑습니다. 이정대입니다."

"정대 씨, 영진이 오빠 옛날에 혜영이 옆집 살았었거든. 옛날에도 진짜 잘생겼었는데 여전하다니까."

"그러게 정말 미남이시네."

확실히 정대를 미남으로 보기엔 무리가 있었지만 그래도 덩치가 좋고, 남성다워 여성스러운 화선과는 잘 어울렸다. 상대적으로 옆에 서 있는 영진은 정대보다 키가 훨씬 더 크고, 호리호리한 체형에 샤프해 보이는 인상이었다.

작은 회사를 운영한다고 했던 정대는 생각했던 것보다 약간은 내성적이고, 조용한 성격이었다. 오히려 영진이 더 남성스럽고 대화를 잘 이끌어 나가서 혜영은 의외의 모습을 발견한 게 신기했다.

"그런데 두 분은……."

정대의 목소리에 혜영은 먹던 연어를 저도 모르게 뱉을 뻔했다. 화선 역시 눈을 동그랗게 뜨고 생각도 못했다는 듯 두 사람을 번갈아 보고 있었다.

"저희도 곧 결혼할 겁니다."

그 말에 화선이 들고 있던 포크를 뚝 떨어뜨렸다. 포크를 떨어뜨린 건 화선뿐만이 아닌 혜영도 함께였다. 영진은 자연스럽게 지나가는 직원을 불러 포크를 다시 달라 부탁을 했다. 혼자서만 너무 자연스러운 영진을 보며 혜영은 다시 포크를 받아 들고 어색하게 웃고 말았다.

"진짜? 혜영아, 진짜야?"

"어, 그게……. 어쩌다 보니 그렇게 된……. 그런 건가?"

"웬일이야. 너 그래서 학교 오지 말라고 난리를 쳐댔구나?"

화선의 말에 영진과 정대의 시선이 그녀에게로 돌아왔다. 마치 두 사람의 눈은 그게 무슨 소리야, 라고 묻는 것 같았다.

"내가 어릴 때 영진 오빠를 좀 좋아했거든. 봐봐, 좋아하지 않을 수 없는 비주얼이잖아. 영진 오빠 우리가 어릴 때 왕자님이라 부르면서 좋아했거든. 정대 씨, 오해하지 마. 영진 오빠는 만인의 왕자님이었어."

그랬다. 어린 시절 영진이 정말 우리나라에 왕자가 있으면 저런 느낌일 거라고 애들이 말할 땐 그런가 보다 했었다. 확실히 영진은 얼굴뿐만 아니라 공부도 잘하고, 성격도 차분해서 또래들보다 훨씬 어른스러워 보였다. 그리고 굳이 말하자면 뭔가 분위기가 고급스러운 남자였다.

"너 영진 오빠 우리 몰래 좋아했구나?"

“아니거든.”

이를 꽉 깨물고 대답했다. 하지만 화선의 귀엔 그렇게 들리지 않는 모양이었다. 어쩜 좋아를 남발하며 괜히 옆에 앉아 있는 죄 없는 정대의 팔뚝을 때리고 있었다.

“오빠, 우리 혜영이 어디가 좋아요?”

화선의 난데없는 물음에 혜영은 잠시 굳었다. 괜히 긴장되어서 저도 모르게 영진의 눈치를 살폈다. 그리고 이어 나온 영진의 대답에 혜영뿐만이 아닌 화선과 정대도 그대로 돌이 되었다.

“몸?”

영진이 그냥 인사를 오는 것뿐인데도 불구하고 윤 여사와 하 박사는 지나치게 긴장을 하고 있었다. 거기다 혜민 역시 설렌다며 어쩔 줄을 몰라 했다. 지금 유일하게 편안하게 앉아 있는 사람은 그녀의 동생인 창완뿐이었다. 그녀 역시 어디서 어떻게 폭탄이 터질지 몰라서 긴장을 하고 있는 상태였다.

드디어 그 시간이 오고야 말았다. 초인종이 울리자마자 모두가 자리에서 벌떡 일어났다. 물론 창완이를 빼고.

“어머, 이게 누구야. 늠름하게 자랐네. 더 잘생겨졌어. 정말 그 대로다. 이럴 때가 아니지, 어서 와. 어서 들어와.”

"어서 오게. 건장하게 잘 자랐구먼."

"그동안 안녕하셨습니까. 진즉 인사를 드렸어야 했는데 그러지 못했습니다. 죄송합니다."

가족들 뒤에 서 있던 혜영은 기가 막힌 얼굴로 쯧쯧거렸다. 그러고 보니 영진은 그녀가 아닌 다른 사람들 앞에선 늘 예의 있고 바르게 행동했다. 그 모든 게 내숭인지도 모르고 사람들은 그에게 속고 있었다.

잘 차려진 상을 사이에 두고 온 식구들과 영진이 둘러앉았다. 자연산 송이버섯을 선물로 받은 윤 여사는 이 귀한 걸 어떻게 먹겠냐며 수선이었다. 그럼 이 상 위에 있는 1등급 한우 불고기나, 대게는 아무것도 아니란 말인가? 거기다 무조건 영진의 옆에 앉아야 한다며 혜영의 등을 떠밀기까지 했다.

"혜영이와 진지하게 사귀기로 했습니다. 허락해 주십시오."

막 수저를 들려던 모두의 행동이 그 말 한마디에 멈추었다. 하박사는 허허 웃으며 고개를 끄덕였다.

"허허, 다 큰 성인들이 그렇게 하기로 했다는데 우리가 허락하고 말고가 어디 있나. 그냥 보기 좋게 서로 잘 위해주며 사귀게."

"고맙습니다, 아버님."

아버님이라니. 몇 번이나 봤다고 아버님이란 말인가. 물론 옆집에 살았으니 자주 보긴 했지만 그땐 늘 아저씨였다. 어떻게 딱 입에 붙은 듯 바로 아버님이라는 말이 나올 수 있는 것일까? 혜영은 그가 신기하기만 했다.

잘 차려진 밥상이 얼마 만인지 모르겠다며 또 윤 여사가 황홀하게 갈 만한 장황한 말들을 늘어놓으며 그는 또 모두를 자신의 편으로 만들고 있었다. 거기다 혜민을 보고는 더 예뻐졌다며 칭찬까지 했고 창완을 뭐로 꼬드겼는지는 모르겠지만 거의 존경의 눈빛으로 그를 보고 있었다. 어쨌거나 하씨 집안에서 그를 마땅치 않아 하는 사람은 오로지 그녀 하나뿐이었다.

"자주 놀러 오고. 혜영이 없을 때도 오고 그래."

"알겠습니다, 어머님. 혜영이보다 저를 더 자주 보실지도 모르겠네요."

"그럼 우린 좋지."

좋긴 대체 뭐가 좋단 말인가. 이 집 딸은 바로 그녀였다. 그냥 딸과 사귀는 것뿐인데 뭐가 그리 좋다고 손까지 놓지 못하고 있느냔 말이다.

"혜영이 뭐 하냐, 영진이 간다는데."

"보고 있잖아요."

"어이구, 내가 이 눈치 없는 것 때문에 못살아."

결국 그녀는 등 떠밀려 마당으로 쫓겨났다. 투덜대며 밖으로 나와서 괜히 앞에서 알짱대는 복실이만 매만졌다. 복실이는 처음 보는 사람인데도 뭐가 그리 좋은지 커다란 꼬리까지 흔들며 영진의 손길을 반기고 있었다. 갑자기 모든 게 서러워졌다.

"종이 뭐지? 허스키? 말라뮤트?"

"말라뮤트요."

"옛날에 키우던 개는 허스키 아니었나?"

"말라뮤트였어요. 그리고 숙희는 죽었어요."

"아, 괜한 걸 물었군."

전혀 미안해할 것 같지 않던 영진이 답지 않게 미안한 표정을 짓고 있었다. 다 됐으니까 이제 쉬고 싶었다. 어제부터 오늘까지 화선뿐만 아니라 집안 식구들에게 시달려서 그냥 이대로 누워 자고 싶은 마음이 굴뚝같았다.

내일 또 학교에 가 정현을 상대하려면 이 피곤함을 어떻게 해서든지 만회해야만 했다. 복실이를 묶어두고 대문을 열고 나오는데 영진이 갑자기 뒤를 돌아보자 혜영이 놀란 듯 가슴을 부여잡았다.

"도둑질했어? 뭘 그리 놀래?"

"갑자기 돌아보니까 그러잖아요."

"화요일 저녁에 시간 좀 내."

"왜요?"

"고등학교 동창 모임이 있어."

그녀는 대충 고개를 끄덕였다. 으레 저 나이라면 부부동반이라던가 하는 것은 필수였으니까. 어쨌거나 그와 사귀기로 한 사이였으니 그런 것도 성실히 나가줘야 될 듯싶었다. 그런데 원수는 외나무다리에서 만난다던가?

　영진의 차 바로 앞까지 걸어왔을 때 개 한 마리를 데리고 산책을 시키고 있는 정현이와 떡하니 맞닥뜨리고 말았다. 정현은 키가 꽤 큰 편이었다. 중학교 때까지 농구를 하면서 체격이나 체력도 많이 좋아졌다고 혜영에게 운동할 것을 권하기도 했었다. 히죽 웃으며 다가오는 정현을 보며 당황한 혜영이 영진을 쳐다보았지만 그는 여전히 무표정한 상태 그대로였다.

　“뭐야, 하촉새. 너 술 많이 마셔놓고도 말짱한가 보다? 그리고 남자친구가 그렇게 실려갔으면 바로 전화를 했어야지. 이틀이 지나도록 전화 한 통 없……. 어? 교수님, 안녕하세요.”

　“산책하는 길인가 보지?”

　“네. 일요일은 제가 우리 집 개 산책시키거든요. 그런데…… 교수님이 여기는 무슨 일이세요?”

　정현이 뒤쪽의 그녀의 집을 슬쩍 훑으며 물었다. 혜영은 저도 모르게 긴장 상태로 허리가 꼿꼿이 세워졌다.

　“혜영이 집에 인사드리러 왔어.”

　“인사요?”

　“그래. 그렇지 않아도…….”

　“잠깐만요! 교수님. 그냥 제가 말할게요. 오늘은 그냥 가시면 안 될까요?”

　“그러지. 그럼 화요일 6시까지 내 방으로 와.”

　다행이었다. 영진이 먼저 차를 타고 출발했다. 정말 사람이 돌

직구라는 건 알았지만 이렇게 대놓고 말할 줄은 몰랐다. 영진의 차가 완전히 보이지 않자 혜영은 저도 모르게 긴장이 되어 한숨을 훅 내쉬었다.

그럴 필요 없는데 괜히 긴장이 됐다. 어쩌면 거짓으로 사귀는 상대에게 또 거짓 연애자를 말해야 해서 그런 것일지도 몰랐다.

정현은 아직 제대로 상황이 정리가 되지 않은 모양이었다. 하긴, 정현은 영진과 그녀의 사이를 조금이라도 의심하지 못할 테니까. 잠시 머리를 긁적이던 혜영이 드디어 입을 열고 말았다.

"정현아, 내가 미안한데. 계약을 이수하지 못할 것 같아. 대신 내가 쭉쭉 빵빵한 애로다가 소개시켜 줄게."

"갑자기 그게 무슨 소리야?"

"나 한영진 교수님하고 사귀게 됐어."

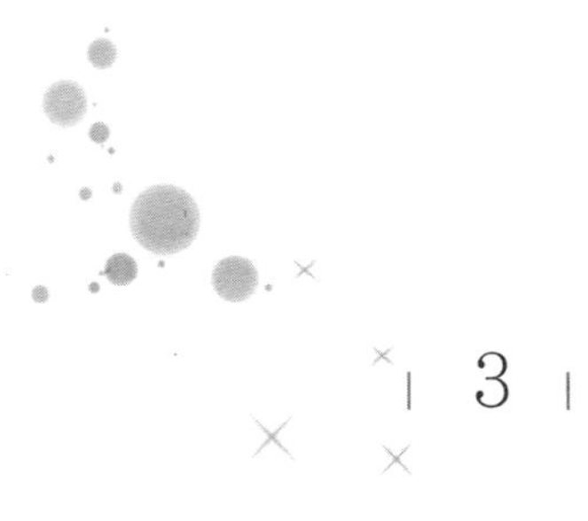

| 3 |

이왕 마음먹은 거 제대로 말하자 해서 두 눈을 질끈 감고 말했다. 뭔가 반응이 있어야 하는데 한참이나 조용하자 그녀는 천천히 눈을 떴다. 정현은 뭐가 그리 웃긴지 두 손으로 배를 부여잡고 소리도 제대로 내지 못한 채 웃고 있었다. 하긴, 웃을 수도 있다고 생각됐다. 한참 뒤에야 정신이 돌아왔는지 정현이 겨우 웃음을 참으며 말했다.

"하촉새, 너 돌았냐? 한 교수님 인기 많은 거 네가 안 그래도 다 알거든? 아무리 저 양반이 좋아도 그렇지 그러고 싶냐?"

"진짜야. 우리 집에 그래서 인사드리러 오신 거야. 결혼 허락받으러 온 거거든. 계약은 못 지켜서 미안하다."

농담이 아니라는 것을 알아차렸는지 순식간에 정현의 얼굴이 굳었다. 하지만 어차피 심각한 사이는 아니었으니 이쯤 말하면 정현도 이해할 거라고 생각했다. 하지만 아닌 모양이다. 짙은 눈썹이 천천히 위로 치켜 올라가는 것을 보니.

"야, 민정현. 그러니까……."

"하혜영, 너 지금 나한테 무슨 소리 하고 있는지 알고나 있는 거야?"

"말하고 있잖아."

"그래. 그러자, 그럼."

의외였다. 이렇게 아무렇지도 않게 계약을 끝내자고 할 거라곤 상상도 하지 못했다. 갖은 협박을 다해가며 어떻게 해서든 한몫 단단히 뜯어낼 거라고 생각하고 있던 차였다. 그래서 그녀는 아주 거하게 밥이라도 한 끼 사려고 생각하고 있었다.

"이럴 줄 알았냐? 하촉새, 너 나 뭐로 생각하는 거야? 제정신이야? 돌았어? 그런 식으로 말하면 내가 떨어져 나가줄 걸로 알았냐? 농담도 정도껏 해. 한 교수가 정신이 나갔나 보지? 너희 집에 인사를 갈 정도로 심각하게 사귄다고? 그 빵빵한 사람이?"

그럼 그렇지. 그렇게 쉽게 믿는 사람이 아마 이상할 거라고 생각은 했다. 영진이야 이쪽 방면에서 알아주는 사람이었고 인기도 많았다. 그녀가 알기로도 그는 학창시절에도 꽤 인기가 많았었다. 집 앞까지 찾아오는 여학생들도 있을 정도였으니까. 거기다 그녀의 친구들도 그에게 빠져 허우적대지 않았던가. 그가 유학을 갔을 때 엉엉 울던 친구들도 있었다.

그는 정말 순결을 중요하게 생각하는 걸까? 하긴 보통 그 나이 대의 남자들이 총각이라는 건 거의 불가능하지 않나? 아무래도 속은 느낌이 강했다.

"난 절대로 못 받아들여. 내일 한 교수 찾아가 봐야겠네."

"야! 제발, 한번만 봐주라. 친구 좋다는 게 뭐야. 좀 어려울 때 도우라고 있는 게 친구 아니겠어?"

"너 한 교수한테 약점 잡힌 거라도 있냐? 왜 그렇게 비굴한 척 해?"

약점? 약점이라면 아주 크게 잡혔다. 정말 상대가 총각이었다면 그녀는 천하의 몹쓸 년이 되고 말 테니까. 아무리 술에 취했다고 그렇지 어떻게 된 게 그렇게 싹, 완전 깨끗하게 기억을 지울 수 있는가? 정말 머릿속에 필름이 있다면 그 부분만 딱 떼어내서 태워 버린 것 같았다. 늘 취하면 무슨 수를 써서든지 집으로 왔었는데 정말 술 한번 잘못 마셔서 대체 이게 무슨 변고란 말인가.

괜히 앞에 있는 정현이 미워졌다. 이렇게 사단을 만든 게 정현이 아예 개입되지 않았다고 말할 수 없었다. 그날 그렇게 '후배'라고 부르며 술을 마시라고 강요했던 사람이 누구였는가. 바로 앞에 있는 민정현이었다.

하지만 후회해 봤자 이미 상황은 이렇게 굴러갔다. 아무리 머리를 굴려봐도 그날 일은 도무지 기억이 나지 않았다. 그리고 그 호텔 일만 기억이 안 나면 다행이다. 3차에 가서 자리에 앉자마자부터 기억이 없었다. 분명 앉아서 소주 세트를 시킨 것까지만 기억을 하고 있었다.

"어쨌든. 나 좀 한 번만 봐줘."

"봐주긴 뭘 봐줘. 나도 사건의 정황은 정확히 알고 행동을 해야지. 어쨌든 너 얼굴 많이 안 좋아 보인다. 들어가서 쉬어라."

두 남자는 그렇게 혼란만 남긴 채 그녀의 앞에서 사라졌다.

혜영은 이 대학에 들어와 처음으로 수업이 받기 싫다고 생각했다. 바로 첫 교시부터 영진의 수업이었기 때문이었다. 그냥 땡땡이를 쳤다가는 철저한 보복이 기다리고 있을 것이 틀림없었다. 거의 죽어가는 얼굴로 강의실에 들어가 누워 있는데 누군가가 무엇인가를 탁 소리가 나게 내려놓았다.

"오늘도 역시 얼굴색이 강시 같고만. 얼굴이 하얗게 뜬 건 피곤해서 그래. 마셔. 자양강장제 막커스!"

그러고 보니 이 수업은 정현도 같이 듣고 있었다. 순간 혜영의 얼굴이 사색이 되었지만 곧이어 들려온 조교의 휴강 소식으로 인해 안도의 숨을 내쉬었다. 하지만 문제는 그 뒤였다. 다짜고짜 그녀를 끌고 교수실이 있는 층으로 올라가는 것이 아닌가.

"야, 교수님 지금 휴강하셨으니까 안 계실 거야!"

"그러니까 우선 가보자고."

어떻게든 빠져나가려 했지만 그의 힘은 실로 대단했다. 이러다 간 손목에 그대로 손자국대로 멍이 남을까 봐 더 이상 반항하는 것은 그만두었다. 그리고 혜영은 또다시 머리가 아파오는 것을 느꼈다. 그냥 쉽게 받아치고 넘어가면 될 것을 정현이 왜 이렇게 고집을 부리고 있는지 이해를 하지 못했다. 그러다 보니 지금 영진을 굳이 만나야 할 필요가 없다는 것을 깨달았다.

"야, 설마 너 나 좋아하냐?"

그냥 농담을 툭 내던졌다. 거짓말이었다. 이건 분명히 거짓말이었다. 그 뻔뻔하고 영악스럽기 그지없던 정현의 얼굴이 믿을 수 없게도 점차 붉어지고 있었다. 귀까지 붉어진 걸로 봐선 그녀가 아무래도 헛다리를 짚은 것은 아닌 듯했다.

"서, 설마 스물일곱이나 먹어서 내가 조, 좋아진 건 아니지?"

"왜? 난 사람 좋아하면 안 되냐?"

이건 정말 말도 안 되는 일이었다. 저 진지한 표정의 정현은 말 그대로 지금 고백이라는 것을 하고 있었다. 물론 그녀는 이해할 수가 없었고.

분명 이 학교에 처음 와서 정현을 만났을 때 그는 여전히 초등학생처럼 그녀를 괴롭혔었다. 대체 언제 이런 심경의 변화가 생긴 것인지 도무지 알아차릴 수가 없었다. 아니, 그것보다 말만 계약 연애였지 학교 이외의 장소에서 만난 적이라도 있었던가? 전혀 없었다.

그때였다. 엘리베이터 문이 열리며 내리는 사람은 다름 아닌 영진이었다. 영진은 뒤에 계신 교수님들께 인사를 하고 나서 두 사람을 바라보았다. 그리고 아무 표정 변화 없는 얼굴로 정현의 팔목을 잡고 그녀를 떼어놓았다.

"민정현 군, 할 말이 있는 것 같은데 내 방으로 가지."

영진이 먼저 혜영의 손을 잡고 연구실로 가기 시작했다. 뒤에서 오만 인상을 찌푸리며 따라오는 정현의 얼굴을 한번 보고 그녀는 고개를 숙였다. 이거 분명 뭔가 잘못돼도 한참 잘못된 것 같았다.

늘 농담 따먹기에 바빴던 정현이 그녀를 좋아한다는 것은 정말 상상할 수도 없는 일이었다. 그냥 가볍게 정말 소위 쪽팔려서 사귀고 있는 것으로만 알고 있었다. 그리고 좋아하고 있다는 사실을 알게 되자 대체 언제부터 도대체 왜라는 궁금증이 도져서 눈이 돌아갈 지경이었다.

예상외로 정현은 얌전히 연구실까지 따라 들어왔다. 조교는 잠시 자리를 비우고 없는 모양이었다. 하지만 이걸 다행으로 생각해야 하는 건지 아닌 건지는 알 수가 없었다. 영진의 조교는 남자였고 혹시라도 물론 그럴 일이 없겠지만 두 사람이 싸우기라도 한다면? 이거야말로 고래 싸움에 새우 등 터지는 격이었다.

그녀는 인생을 쉽게 살지도 그렇다고 어렵게 살지도 않았다. 이왕 이렇게 태어난 몸 그저 즐겁게 인생 즐기며 살다 가자는 게 그녀의 모토였다. 그런데 27년 평생 최악의 사건에 빠져 있었다.

어차피 영진이야 이렇게 사귀다 그녀의 실체를 알게 되면 헤어지게 될 텐데 정현은 그게 아니었다. 그녀의 실체를 빤히 알고 있는 사람이 바로 민정현이었다. 그럼에도 불구하고 좋아하다니.

지금 상황이 어떻게 돌아가는지도 모르는 영진은 너무나 여유로운 몸짓으로 커피를 따라 두 사람 앞에 내려놓았다. 혜영은 영진의 힘에 의해 의자에 앉게 되었지만 정현은 앉을 생각 따윈 전혀 없어 보였다.

한쪽 구석은 캔버스로 가득하고 한쪽 구석은 여러 가지 미술 관련 책들로 가득했다. 이런 좋은 곳에서 좋지 않은 일로 모여 있다는 게 그녀로서는 참을 수 없이 갑갑했다.

"제자에게 이러셔도 되는 겁니까? 아무것도 모르는 여자에게 결혼을 전제로 사귀자고 하는 게 말이 됩니까?"

"지금은 내 제자지. 하지만 혜영이는 스승과 제자가 되기 이전에 만났었어. 그것도 한참 전에."

그 말에 정현은 조금 놀라는 눈치였다. 하긴 영진과의 관계를 누구에게도 말해본 적이 없으니 당연히 놀랄 만도 했다.

"교수님도 아시겠지만 저하고 하혜영은 사귀는 사이입니다."

"그래서 시간을 줬지."

“시간이요?”

반문을 하던 정현이 고개를 돌려 혜영을 보았다. 머리를 긁적이며 곤란해하는 혜영이 보였던지 영진이 바로 말을 이었다.

“나도 사람인데 인정 없이 바로 끝내라고 말할 수는 없지. 그래서 한 달이라는 시간을 주었던 걸로 아는데. 아닌가?”

“교수님이 무슨 권리로 우리 사이를 한 달 안에 끝내라 마라 하시는 겁니까?”

“하혜영 약혼자로서 말한 거야. 그럼 이해가 되나?”

영진의 말이 끝남과 동시에 혜영과 정현의 얼굴이 경악으로 일그러졌다.

“약혼자?”

정현의 물음에 혜영이 고개를 절레절레 저었다. 약혼자라니, 그냥 사귀는 사이일 뿐이었다. 그것도 그냥 사고를 치게 되어서. 어쨌거나 그녀는 결혼할 의사가 전혀 없었고 하도 영진이 밀어붙이는 통에 알겠다고 고개를 끄덕인 것뿐이었다. 하지만 약혼자라는 말이 나온 이상 이야기가 달라지는 건 뻔했다. 물론 정현을 설득하기 위해 결혼 허락 맡으러 집에 왔다는 말을 하긴 했지만.

“대체 언제부터 두 사람이 사귀기 시작했다는 겁니까? 그리고 왜 갑자기 그렇게 됐는데요? 교수님도 잘 알고 계실 텐데요. 저희 꽤 요란하게 시작했으니까요.”

“내가 왜 혜영이와 이런 관계가 됐는지 구구절절 설명해야 하나?”

“전 하혜영 남자친구니까요.”

“어차피 두 사람 진짜로 사귀는 것도 아니었잖아.”

“네?”

정현이 허를 찔렸다는 얼굴로 되물었다. 그리고 혜영을 죽일 듯 노려보았다. 혜영은 재빨리 고개를 흔들었다. 정현과의 관계를 영진에게 말을 해본 적이 없었으니까.

“옛 공대 건물 뒤는 내가 좋아하는 장소지.”

영진의 말에 혜영과 정현의 입이 딱 벌어졌다. 그 말도 안 되는 계약 연애 이야기를 할 때 두 사람은 분명 사람들이 나오지 않는다는 공대 건물 뒤에서 아주 조용히 이야기를 했었다.

“그럼에도 불구하고 정 듣고 싶다면 내가 왜 혜영이와 이런 관계가 됐는지도 말해야겠군.”

혜영은 아차 싶었다. 설마가 사람 잡는다지만 영진이라면 사실 그대로를 말할 건 뻔했다. 그래서 어떻게 해서든 막아야만 했다.

막 영진이 입을 열려는 찰나 혜영이 자리에서 벌떡 일어났다. 영진과 혜영의 눈이 부딪쳤다. 하지만 그것도 아주 잠시였다. 정현이 뒤에서 혜영의 팔목을 잡아 자신의 쪽으로 이끌었다.

덕분에 혜영은 정현의 품에 거의 안긴 꼴이 되고 말았다. 혜영은 순간 놀라 할 말을 잃고 말았다. 오늘따라 정현의 다른 모습을 많이 보게 되는 것 같아서 그런지 심장이 주체할 수 없이 뛰고 있었다.

“교수님, 하혜영 사랑하십니까?”

순간 혜영은 잠시 숨 쉬는 걸 잊고 말았다. 물론 영진이 그녀를 사랑할 일은 없었는데도 불구하고 이렇게 심장이 뛰어대는 건 대체 무슨 조화란 말인가? 그리고 지금 이렇게 심장이 뛰어대는 게 정현의 품에 안겨 있어서인지 그 물음 때문인지도 분간할 수가 없었다.

“전 혜영이 사랑합니다. 이 여자 책임질 수 있게 그래서 지금 열심히 공부하고 있는 중입니다.”

“지금 나하고 해보자는 건가?”

“그게 문제가 아니지 않습니…….”

“하혜영은 날 책임져야 할 일을 저질렀어. 그래서 난 지금 마땅히 그것을 받아내려고 하는 중이야.”

“무슨 말씀이신지 잘 모르겠습니다.”

“그건 우리 둘만의 문제이니 민정현 군이 알 필요는 없지. 어쨌거나 하혜영은 날 책임져야 하고 나 역시도 하혜영을 책임질 거야. 어찌 되었건 난 혜영이에게 한 달간의 시간을 주었으니 그 안에 끝내도록 해. 다 됐으면 두 사람 다 이만 나가봐.”

조금은 다행이라고 생각됐다. 사실은 영진이 ‘쟤가 내 총각을 가져갔으니 결혼할 거다.’ 라고 말을 할 줄 알았다. 이걸 다행이라고 생각을 하고 있는 스스로가 어이가 없어서 웃음이 튀어나올 뻔했다.

혜영은 지금 이리저리 휩쓸려 가는 것 같았다. 27년간 그래도 꽤 주관 있게 살아왔다고 자부했는데 그것도 아닌 모양이었다. 이렇게 정신없이 쓸려가는 것을 보니. 아니, 어쩌면 지금 이 상황이 현실이 아닌 꿈이었으면 하고 바라고 있는지도 몰랐다.

정현의 눈초리를 보아하니 여기에서 나가면 어서 있는 사실대로 그대로 불라고 협박할지도 모른다는 생각이 들었다. 하지만 뒤에서 들려오는 영진의 말에 혜영은 그대로 굳었다.

"민정현, 지금 나도 많이 양보하는 거야. 부디 한 달 안에 그 마음 정리할 수 있길 바라지."

정현은 뭔가 악에 받친 듯한 표정이었으나 별다른 말 없이 연구실 문을 닫았다. 혜영은 계속 한숨을 내쉬며 얼굴을 문질렀다. 딱히 뾰족한 수가 떠오르지 않았다.

지금까지는 정신이 없어서 계속 두 사람에게 끌려 다니기만 했는데 여기서 더 책잡힐 수는 없었다. 몇 번인가 옷매무새를 정리하던 혜영은 목을 다듬으며 고개를 올려 정현을 바라보았다.

"민정현, 우리도 할 이야기가 꽤 많지 않아?"

이상한 일이었다. 이런 식으로 진지하게 서로를 마주 본 적이 한번도 없어서인지 이상하게 혜영은 자꾸 정현과 눈이 마주치자 얼굴로 열이 확확 오르는 느낌이 들었다. 두 사람은 학교 앞 가까운 카페로 자리를 옮겼다.

아이스 아메리카노를 앞에 두고서 자꾸 목만 축일 뿐 누구 하나 먼저 입을 열 생각을 하지 못하고 있었다. 혜영은 눈을 질끈 감고 나서 천천히 눈꺼풀을 들어 올렸다. 그리고 입을 열기 전 길게 한숨을 내쉬었다.

"어차피 나도 한영진과 오래 사귈 생각 없어. 너하고도 그랬고."

"하혜영."

늘 하촉새라고만 하다가 이렇게 이름을 부르면 두려워지는 법이었다. 잔뜩 긴장을 해서 그런지 목이 말라오는 느낌에 커피를 한입에 쭉 들이켰다. 너무 급하게 마셨는지 사레까지 들려서 몇 번이나 기침을 해야 했다.

"너 지금 내 감정 너무 가볍게 보는 거 아니야?"

가볍게 보고 있는 게 아니라 가볍게 보고 싶었다. 더 이상 이런 식으로 남자와 엮이는 건 딱 질색이었다. 제발 인생 한번 편하게 살아보고 싶었지만 그놈의 술이 결정적으로 발목을 잡은 셈이 되었다. 그녀는 술을 정말 좋아하고, 사랑했지만 이제는 더 이상 마셔서는 안 되는 마약과도 같은 존재라는 것을 깨닫게 되었다.

"제발 가볍게 보면 안…… 될까?"

"너 내가 왜 그렇게까지 괴롭혔다고 생각해? 관심 없는 애한테 그렇게 했겠냐? 바보냐? 그러게 왜 그런 시커먼 중, 고등학교를 갔어?"

"시커먼 중, 고등학교?"

"여중, 여고. 그러고 보면 나도 참 안 어울리게 순정파란 말이야. 첫사랑을 보자마자 어떻게 잊었던 그 감정이 다 되살아나는 거지?"

혜영은 정현이 이렇게까지 솔직하리라곤 전혀 상상도 하지 못하고 있었다. 왠지 그의 사랑고백을 듣고 있자니 속이 간질간질한 게 아무래도 계속 자리에 앉아 있지 못할 것만 같았다. 그런 그녀의 마음을 그가 먼저 알아차린 모양이었다.

"듣기 간지러워도 좀 듣고 있어. 대체 어떻게 된 거야? 한영진은 또 무슨 사이야?"

"중학교 때 옆집에 살던 오빠였어."

"중학교 때?"

"오빠 엄마가 갑작스런 사고로 돌아가시고 나서 프랑스로 유학 갔었어. 그 뒤론 못 봤었고 이 대학 와서 나도 처음 봤어."

그런데 7개월이 넘을 동안 영진은 예전과 다르게 정말 친절했었다. 옛날엔 주로 심통을 부리고 자기가 하씨집 아들을 할 테니 만날 나가라고 구박하기 일쑤였었다. 지금 생각하면 영진은 유독 혜영에게만 짜증을 부리곤 했었다. 역시 제일 만만했던 걸까?

"그런데 갑자기 어떻게 사귀게 되었단 거야? 너도 인마, 좋아하는 사람이 있었다면 내가 그런 말도 안 되는 고집부릴 때 안 된다고 말을 했었어야지!"

"말도 안 되는 계약이었다는 건 알고 있는 거네?"

믿을 수 없게도 정현의 얼굴이 또다시 삶은 문어를 연상케 만들었다. 어떻게 하면 저렇게 얼굴이 붉어질 수 있는지 신기할 정도였다.

"그냥 어릴 때 좋아했던 감정이다. 이런 식으로 생각하고 잊었다고 생각했는데 널 다시 보자마자 다 생각나는 게 뭔데. 아, 난 아직도 이 아이를 좋아하고 있구나, 나이 스물일곱이나 먹어서 유치하게 그런 생각을 했었는데. 그래서 정신 차리고 공부도 하고 있었는데. 너도 알지 모르겠지만 우리 집이 학원을 맡고 있으니까. 이제 할아버지 건강도 좋지 않으셔서 이사장 자리가 비게 될지도 몰라서 그쪽 방면으로 공부를 하고 있었어. 도서관에 그냥 박혀 있었던 게 아니란 말이야."

"민…… 정현."

"나도 생각이 있는 사람이야. 내가 안정이 되면 그때, 고백하려고 했었어."

혜영은 태어나서 한번도 사랑에 대해 꿈을 꿔본 적이 없었다. 그런 건 그냥 귀찮기만 한 존재라고 생각했었다. 그래서 친구들이 혹시 레즈비언이 아니냐고 말할 정도였지만 그녀도 평범하게 남자를 사귀었었다. 동성을 상대로 그런 생각을 한다는 건 더 있을 수 없는 일이었다. 물론 예쁜 여자를 보면 눈이 호강해서 좋다고 생각하긴 했지만 절대 여자가 좋은 건 아니었다.

"미안. 난 한번도 누군가를 좋아해 본 적이 없어. 미안하다, 민정현."

혜영이 자리에서 일어났다. 더 이상 이 자리에 있다가는 정현에게 더 상처를 줄지도 모른다고 생각했다. 아무래도 빨리 여기에서 없어져 주는 게 그에게도 그녀에게도 좋을 거란 판단이 들었다.

"좋아. 이쯤에서 그 계약은 없던 걸로 해. 그런데 하나만 말할게."

혜영은 말없이 뒤를 돌아보았다. 믿을 수 없게도 정현은 조금 전까지의 필사적인 표정을 짓고 있지 않았다. 오히려 여유 있는 포즈로 편하게 앉아 살짝 미소를 머금고 있었다.

"난 포기 안 해. 한영진한테도 그렇게 말해. 그리고 절대 네가 날 좋아하게 만들 테니까 너도 긴장하고."

멍한 표정으로 서 있는 혜영을 뒤로하고 정현이 먼저 카페에서 빠져나갔다. 혜영은 수분 동안 그렇게 서 있었다. 왠지 머리에서 종이 계속 울리는 기분이었다. 태어나 한번도 이런 식으로 남자에게 열렬한 대시를 받은 적이 없어서 그런 거라고 생각했지만 이렇게까지 정신이 없을 거라곤 상상도 하지 못했다. 그리고 자리에서 일어나 카페를 나가려고 했다.

"저…… 손님."

"네?"

"계산 안 하셨는데요."

혜영은 이를 부득 갈았다. 그럼 그렇지, 정현이 계산을 하고 나갈 일은 없을 거라고 생각했다. 역시 계속 장난이었던 거다. 울며 겨자 먹기로 커피 값을 계산하고 카페에서 나온 혜영은 곧바로 영진의 연구실로 향했다.

하지만 영진은 세미나 때문에 자리에 없다는 소식만 들려왔다. 믿을 수가 없어서 문을 벌컥 열었지만 그의 자리는 비어 있었다. 내일까지 영진의 수업은 휴강이라는 소리를 듣고 나서 혜영은 고개를 끄덕였다. 어차피 다음날은 영진의 수업만 있었으므로 학교에 나올 필요도 없다고 생각했다.

집에 오자마자 윤 여사는 대체 영진과 어떻게 만나서 사귀게 되었냐며 꼬치꼬치 캐물었다. 하긴, 어제도 제대로 설명조차 해주지 않아서 그 궁금증을 어떻게 참았는지 용하다고 생각되었다. 평소에도 궁금한 건 절대로 못 참는 윤 여사를 뒤로하고 혜영은 방으로 들어왔다. 그리고 생각했다. 대체 그 호텔에서 무슨 일이 있었는지.

오, 맙소사. 어떻게 사람이 이렇게 갑자기 잊었던 일이 생각이 날 수가 있을까. 그렇게 기억하고 싶을 땐 꼭 거짓말같이 생각이 나지 않더니. 완전히, 완벽히 생각이 나고야 말았다. 아니, 정확히 말하자면 장면이 아니라 영진의 품에 안겨 '좋아.'를 남발하는 그녀의 목소리가 계속해서 귓가를 때려오고 있었다.

얼굴이 창피함에 타들어갈 것 같았다. 어떻게 처음인 상대에게 그런 말을 계속 남발할 수 있었을까? 설마 영진과 속궁합이 맞는 것은 아닐까?

혜영은 스스로 놀라워하며 몇 번이나 침대 매트리스를 주먹으로 내리쳤다. 그렇다고 혜영도 경험이 많은 것은 아니었다. 전에 사귀던 남자친구와 딱 두 번 자본 것이 경험의 끝이었다.

그 끈적이고 불쾌한 느낌이 싫어 굉장히 싫어했었는데 그걸 남자친구가 참지 못하고 결별 선언을 하고 말았었다. 괜히 그 생각이 떠올라 그녀는 시큰거리는 코를 닦아내고 침대에 털썩 누웠다.

머리가 뱅글뱅글 돌아가는 느낌이었다. 어떻게 술을 그렇게 고주망태가 되도록 먹고 취해서 그런 엄청난 일을 벌인 것일까? 정말 끝까지 기억이 안 나서 영진에게 책임을 못 지겠다고 따지려고 했지만 이제 빼도 박도 못하게 생긴 것 같았다.

거기다 전투태세를 갖춘 정현은 또 어찌한단 말인가. 태어나 남자 문제로 머리가 아플 일은 없다고 그리 장담했건만 아무래도 그건 잘못된 생각이었음이 틀림없었다.

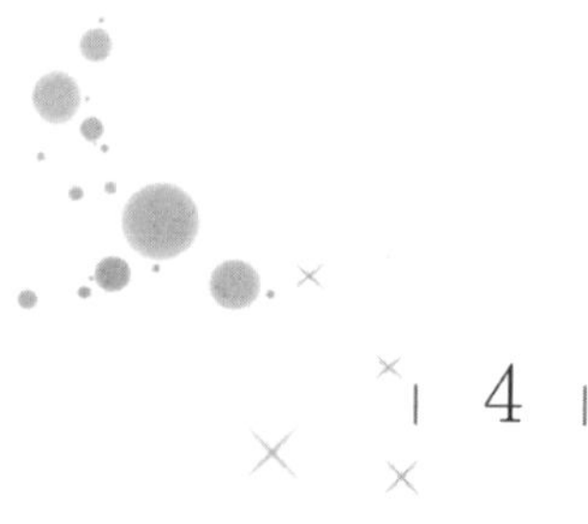

| 4 |

자고 일어났을 때 시계는 5시를 가리키고 있었다. 당연히 새벽 5시인 줄로 알았건만 해가 떠 있는 것을 보니 오후 5시가 틀림없었다. 거기다 그것도 전화벨이 울려서 자리에서 일어난 것이었다. 그리고 휴대폰 액정도 보지 않고 전화를 받았다.

"네. 하혜영입니다."

[자고 있었나?]

"누구세요?"

[나야.]

이 오만하고 건방진 말투에서 혜영은 영진임을 캐치했다.

"웬일이세요."

[오늘 약속 있다고 말했던 것 같은데.]

분명히 그가 고등학교 동창 모임이 있다고 했었다. 자신도 모르게 신음이 흘러나오자 수화기 너머에서 왠지 비웃는 듯한 웃음소리가 들렸다.

[잊고 있었군.]

"자기도 세미나 간다고 말 안 했으면서. 끊어요, 준비할 테니까."

어차피 영진은 만나야 했고 해야 할 이야기도 있었다. 머릿속은 정확히 정리가 되지 않지만 그래도 계속 이렇게 휘둘릴 수는 없었다.

혜영은 약속을 중요하게 여기는 사람이었다. 그래서 최대한 빨리 씻고 정성 들여 화장을 끝마쳤다. 원래 귀찮은 건 딱 질색하는 타입이라 평소에도 거의 화장을 하지 않고 다녔었는데 그래도 교수인 영진의 체면을 깎을 순 없는 모양이었던지 최대한 치장을 하고 있었다.

제일 중요한 것. 그 자리에 입고 나갈 만한 옷이 없었다. 잠시 잔머리를 굴리던 혜영은 방에서 빠져나와 2층으로 올라갔다. 분명 며칠 전에 혜민이 쇼핑을 했다며 즐거워했던 것이 떠올렸다. 조심히 혜민의 방으로 들어가서 옷장을 열었다. 혜민은 혜영과 달리 취향이 여성스러웠다.

혜민이 사왔던 원피스와 명품 가방도 하나 빌려 재빨리 1층으로 내려와 방으로 들어갔다. 키는 혜영이 살짝 더 컸을 뿐이었으니 검은색의 원피스는 맞춘 것처럼 몸에 딱 맞았다. 하지만 너무 달라붙는 재질이라 그런지 아무래도 오늘 많이 먹기는 틀린 것 같았다. 혜영은 손목시계를 확인했다. 정확히 6시. 이 정도면 그래도 꽤 선전한 거라고 생각하고 재킷을 들고 거울을 본 뒤 파이팅을 외쳤다.

집 밖으로 나오자 익숙한 차가 앞에 세워져 있었고 영진은 차에 기대어 서 있었다. 역시, 영진이 약속 시간에 늦을 리가 없었다. 인기척에 뒤돌아본 그는 혜영의 모습에 꽤 의외라는 표정을 짓고 있었다. 하긴, 알고 지낸 세월 동안 이런 여성스런 모습은 생전 처음 보았을 테니까. 혜영은 어깨를 들어 올리며 조수석에 올라탔다.

"왜요? 짧은 시간에 준비해서 놀라셨나 보죠?"

"조금은?"

원래 혜영은 모든 게 빨랐다. 옷을 갈아입는 것도, 씻는 것도 심지어 밥을 먹는 것도. 그러니 이런 준비쯤이야 가볍게 끝낼 수 있었다. 화장이야 그냥 가볍게 BB크림을 바르고 아이라인과 마스카라만 한 것이 다인데도 불구하고 평소와 꽤 달라 보였다. 당연히 평소 워낙 민낯으로 다녔기 때문에 이렇게 조금만 화장을 해도 사람이 달라 보이는 건 어쩔 수 없는 모양이었다. 영진이 꽤 놀란 표정을 짓는 것을 보니.

“그렇게 안 쳐다보셔도 저 화장빨인 거 다 알거든요?”

“여자의 변신이 이런 건가?”

“네, 네. 변신이 아니라 변장 수준입니다.”

“받아.”

그가 뒷좌석으로 팔을 뻗어 종이 가방을 그녀에게로 내밀었다. 크기가 꽤 커서 혜영은 뭔지 모르겠다는 얼굴로 그 안을 들여다보았다. 무엇인지 확인하자마자 혜영의 눈이 풍선처럼 크게 부풀어 올랐다. 이건 말로만 듣던, 아니, 혜민이 애지중지하는 명품 브랜드가 틀림없었다.

“이런 가방 하나도 없을 줄 알고 하나 샀는데, 있었군.”

“이건 언니 거 빌린 거예요. 명품은 잘 모르거든요.”

“그런 옷에 평소 들고 다니던 가방은 안 어울릴 것 같아서 준비한 거야. 그냥 선물이라고 생각해.”

물론 그는 돈이 많았으니 이런 가방 하나쯤이야 우습게 생각하고 샀을지도 몰랐다. 하지만 혜영에게 있어서는 너무나 부담스러운 선물이었다. 물론 정확한 가격이야 모르지만 적어도 공이 여섯 개는 붙어 있을 것 같았다.

아무래도 여자의 마음이라는 게 있으니 욕심이 나기는 했지만 영진과 오래 사귈 사이도 아니고 더군다나 오늘 자신의 생각을 말할 생각이었는데 이 선물을 받기엔 너무 부담스러웠다.

“그렇게 비싼 것도 아니야. 부담 갖지 않아도 돼.”

혜영의 입이 떡 벌어졌다. 이게 비싼 게 아니라니. 아무리 명품에 완전한 문외한은 아니지만 별 관심 없는 그녀 역시 이게 적어도 얼마쯤 할지는 짐작할 수 있었다.

결국엔 너무나 놀라 어영부영 말도 못한 채 약속 장소에 도착하고 말았다. 그래, 이왕 선물받은 거 그냥 쓰자는 생각에 그녀는 혜민에게서 슬쩍 해온 가방 속에 있는 것을 모두 털어 영진이 준 가방에 집어넣었다. 그러고 보니 이 가방이 왠지 입고 온 옷에 더 잘 어울리는 느낌이었다.

차에서 내리자 영진이 바로 옆에 서서 팔짱을 끼라는 듯 어깨를 한 번 살짝 들어 올렸다. 어차피 커플 자격으로 온 것이니 자연스러운 게 좋을 듯싶어 혜영은 군말 없이 그의 옆에 서서 팔짱을 꼈다.

"오늘 괜찮군."

"네?"

"예뻐."

혹시 이 남자 선수가 아닐까, 잠시 생각했다. 하지만 혜영은 머리를 휘휘 내저었다. 선수인 사람이 자신 같은 사람에게 총각이라며 책임지라고 할 일은 전혀 없을 것 같았다. 객관적으로 보기에도 영진은 잘생기고, 키도 크고, 능력도 좋았다. 물론 성격이야 매너 좋고 성실한 교수님으로 정평이 나 있었으므로 거의 나무랄 곳 없는 사람이라고 해야 함이 옳았다. 하지만 그녀의 눈엔 그냥 그저 까칠한 한 교수로 보일 뿐이었다.

"뭘 그렇게 훑어봐?"

분명 앞만 보며 걷고 있어서 이상한 눈으로 훑는 건 보지 못할 거라고 생각했는데 이 남자, 혹시 눈이 사시 아닐까? 혜영은 떨떠름한 표정으로 괜히 헛기침을 하며 그가 이끄는 곳으로 걸어갔다.

분명히 고등학교 동창 모임이라고 했는데 사람들은 꽤 화려한 듯했다. 듣자 하니 의사, 검사들도 있었고 건축가도 있었다. 거기다 저기 있는 건축가라면 혜영도 잘 알고 있는 사람이었다. 토목과를 다니고 있던 시절 건축도 함께 복수전공을 해볼까 해서 수업을 들었다. 건축과는 꽤 인프라가 좋은 곳이라 유명한 설계자들을 자주 초청하곤 했다. 그때 초청강연회에 뜨고 있는 설계사로 저 건축가가 왔었다.

그땐 젊고 실력 있는 젊은 소장이었지만 현재는 대한민국에서 제일 잘나가는 설계소장이라고 해도 과언은 아니었다. 라임건축이라면 우리나라에서 선진국에 가까운 수준으로, 혜영도 설계를 전공했으면 꼭 들어가 보고 싶은 곳이었다.

영진은 친구들과 인사를 하느라 그녀를 두고 조금 멀찍이 떨어져 있었고 혜영은 그냥 뷔페 음식이나 먹어야겠다고 생각했는데 바로 옆에 라임건축 소장이 있었다. 결국 혜영이 참지 못하고 입을 열었다.

“저기…… 박은우 소장님 맞으시죠?”

“네. 누구신지…….”

“한 4년 전에 한국대학교에서 강연회하신 적 있으시죠? 거기서 강연 들었던 학생이에요.”

잠시 무엇인가를 생각하는 듯하던 은우를 보고 있자니 혜영은 마음이 훈훈해지는 것을 느꼈다. 나이도 젊었거니와 은우는 미남으로 유명했다. 그러고 보니 은우는 분명 일본에서 자라왔다고 했는데 어떻게 영진의 고등학교 동창 모임에 와 있는 것일까?

“아, 혹시 토목과 학생 아니었나요? 얼굴을 보니 기억이 나는데. 독특해서 기억하고 있었습니다.”

사실 그녀는 스스로 튀는 성격이 아니라고 생각했었다. 하지만 엉뚱함 때문에 한번씩 자신도 모르는 사이에 유명인사가 되어 있었다. 사실 그녀 스스로도 꽤 개그스러운 성격이라고 생각했었다.

그때 이름과 학과를 밝히고 질문을 하겠다며 앞으로 걸어가다가 스텝이 꼬이는 바람에 바로 앞에서 대자로 뻗은 전적이 있었다. 은우는 바로 무대에서 내려와 그녀를 일으켜 주었다. 그 기억이 떠오르자 얼굴이 슬그머니 붉어지려고 했다.

“아, 하혜영이에요. 그런데 여긴 어떻게 오셨어요?”

“이런저런 친구들 소개로 오게 됐습니다. 영진이와 세륜이 덕분에 저도 이 모임에 오게 된 거라고 볼 수 있죠.”

언젠가 이런 설계자에게 집을 부탁하고 싶다고 생각했었다. 물론 집을 지으려면 돈이 필요할 테고 그런 집을 과연 지을 수나 있을까 생각했었지만.

"은우 너도 왔구나."

"누가 초대한 건데."

흘려가면서 듣기는 했지만 정말 영진과 알고 있는 사이일 거라곤 상상도 하지 못하고 있었다. 하긴 영진 역시 이 분야에서 잘나가는 사람이었고 사람들은 끼리끼리 논다더니 딱 그 짝이었다.

"두 사람 알고 있는 사이인가?"

"예전에 내가 대학에 강연 나갔을 때 봤었어. 독특한 학생이라 기억하고 있었고. 은우 넌? 혜영 씨와 아는 사이인가?"

"우리 학교 학생."

"학생?"

은우가 의외라는 듯 쳐다보았다. 하긴, 그럴 만도 했다. 은우를 봤을 때가 4년 전이었는데 또 학생이라고 하면 이상하게 생각할지도 몰랐다.

"편입했어요. 미술이 하고 싶어서."

"그리고 내 약혼자야."

그럼 그렇지, 이쯤이면 영진이 이렇게 사고를 칠 거라고 생각했었다. 역시나 은우는 믿을 수 없다는 얼굴로 두 사람을 번갈아 보았다.

"나와 신세륜이 모르는 사이에 약혼까지 하셨다?"

"그렇게 됐다. 조만간 셋이 한번 보자. 그때 정식으로 소개하지."

"영진아."

낭랑한 목소리였다. 뒤를 돌아보았을 땐 큰 키에 늘씬한 몸매를 가진 여자가 서 있었다. 거기다 얼굴까지 예뻐서 혜영은 저 여자가 전생에 나라를 구했다고 생각하게 되었다. 영진은 잠시 미안하다는 말을 하고 자리를 피했다. 아무래도 예전에 사귀었던 여자가 아닌가 생각되었다. 하긴, 여자들이 그렇게 쫓아다녔는데 사귀었던 여자들쯤은 있을 거라고 생각했다. 뭐, 거기까진 신경 쓸 일이 없다고 생각한 혜영은 화제를 돌렸다.

"그런데 일본에서 오셨는데 어떻게 교수님이랑 아세요?"

"영진이에게 안 들었나 보죠? 영진이 그 녀석 10살 때까진 일본에서 살았는데. 아버지가 무대 연출자셔서 꽤 이곳저곳 떠돌긴 했었지만."

약혼자가 그것도 모르냐는 투로 들렸다. 하긴, 영진에게 딱히 관심이 없었으니 그런 건 잘 모르고 있었다. 그러고 보니 영진의 어머니는 몇 번 보았던 적이 있지만 아버지는 한 번도 본 적이 없었다.

집이 자주 비어 있어서 늘 그녀의 집에 와서 아들이 되고 싶어 했나, 생각이 들어 왠지 짜증을 냈던 게 미안해졌다. 그땐 왜 저 인간이 여기 또 있느냐고 괜한 투정을 부리곤 했었다.

지금 생각해 보면 그때가 사춘기였는지 왠지 다른 사람이 와서 식구를 공유한다는 게 무척이나 싫었었다. 그것도 아니면 자신만의 영역이라고 생각을 했던 듯도 싶다. 그런 유치한 생각을 했었다는 게 조금 창피해져서 혜영이 얼굴을 붉혔다.

"저 녀석, 오래전에 한번 미술하기 싫다고 다 때려치우겠다고 한 게 엊그제 같은데. 그래도 지금은 교수도 하고 있고 활동도 하고 있으니 참 다행이다 싶어요. 그림 그리는 거 안 하면 어쩌려고 했는지."

분명 영진은 실력 있는 교수였고 화가였다. 그런 사람이 미술을 하기 싫다고 했다니. 그녀의 기억에 그는 늘 커다란 지통에 화구들을 들고 다니던 사람이었다. 그 무거운 것들을 들고 한여름에 다니면서도 땀조차 흘리지 않던 사람인지라 실은 외계인이 아닐까 생각한 적도 있었다. 그리고 그의 곁에 가면 늘 유화기름 냄새가 났었다.

한동안은 영진이 떠나고 시간이 흐른 뒤에도 테레핀 냄새를 맡으면 한번씩 그가 떠오르기도 했다. 왠지 모르게 가을이면 훨씬 그에 대한 생각이 자주 났었다.

"이번 건물에 들어가는 벽화도 저 녀석이 해주기로 했는데 언제 한번 같이 오세요. 조만간 작업 시작하니까 다음 주쯤에 오시면 괜찮겠네요."

"정말 가도 되나요?"

"그럼요."

벽화는 쉬운 작업이 아니었다. 구도를 맞추기도 어려웠고 이것 저것 손도 많이 가는 작업이었다. 물론 아직 배우고 있는 학생이 었기 때문에 영진이 무엇을 그려낼 것인지도 궁금해졌다.

영진이라면 이번에도 실망시키지 않을 것이 분명했다. 개인적 인 것을 넘어서서 그는 그림으로는 굉장히 존경받을 만한 사람이 었다.

"이쪽이 약혼녀 분?"

아까 그 바비 인형 같은 여자였다. 아깐 그냥 예쁘다고 생각했 는데 앞에 서 있는 여자는 정말 연예인처럼 화려한 이목구비였다. 혜영은 얼떨결에 자리에서 일어나 고개를 숙였다. 영진은 여전히 무표정한 얼굴로 팔짱을 낀 채 서 있었다.

"안녕하세요, 하혜영이라고 합니다."

"만나서 반가워요. 선민아라고 해요. 영진이하고는 고등학교 친구구요. 현재는 대학 후배라고 볼 수 있죠. 영진이 너 은근 영계 밝히는구나?"

27살이면 그리 적지도 많지도 않은 나이라고 생각했다. 그리고 영진과는 4살 차이에 불과했는데 어떻게 영계가 될 수 있단 말인 가?

"피부 자세히 봐. 스물일곱이면 많지도 않지만 적지도 않은 나 이지."

물론 혜영도 스스로 피부가 요즘 예전 상태가 아니라는 것은 알고 있었지만 그렇게 콕 집어 이야기를 할 줄은 몰랐다. 아무래도 혜민이 사온 영양크림 좀 많이 발라야겠다고 생각했다. 그렇지 않아도 나이를 먹어가는 것도 서러운데 피부까지 더 나이 들어 보이게 만들 수는 없었다.

그나저나 혜영은 영진에게 딱 달라붙어 있는 민아가 이상하다고 생각했다. 분명 약혼자임을 밝혔는데도 불구하고 그녀는 노골적으로 그에게 관심을 표출하고 있었다. 물론 영진은 여느 때와 같이 서늘한 표정으로 그녀의 스킨십을 피하고 있었다. 그래도 혜영이 약혼자라고 밝혔으니 민아가 하는 대로 가만히 두었다간 괜한 오해를 살 거라는 건 알고 있는 모양이었다.

"바로 앞에 영진이 약혼녀도 있는데 그만하는 게 좋지 않을까?"

"박은우 말이 맞네. 난 지금 약혼녀 앞에서 최대한 점수를 잘 받아야 하거든. 그렇지 않아도 내가 불리한 게 많아서 말이야."

대체 뭐가 불리하단 소리일까? 혜영은 아무리 생각해도 답을 찾을 수가 없었다. 솔직히 말해서 그가 분에 넘친다는 건 그녀 스스로도 잘 알고 있었다. 그런데 무슨 점수를 잘 받아야 하고 불리하다는 말일까?

민아의 얼굴은 확연할 정도로 붉어져 있었다. 하지만 지금 혜영이 신경 쓰이는 것은 민아의 영진에 대한 관심이 아니라 그의 발언이었다. 저 앞에 앉아 있는 분홍빛의 우아한 원피스를 입고 있는 미녀가 아니라 검은색의 슈트를 입은 채 서늘한 표정으로 앉아 있는 남자가 더 신경이 쓰였다.

"혜영 씨, 불쾌했다면 미안해요. 외국에 있는 시간이 길다 보니 스킨십도 자연스럽게 됐네요. 영진아, 잘 생각해. 이건 좋은 기회야. 프랑스를 거점으로 활동하는 거라고."

"됐어. 난 한국이 좋아. 파리에서 전시회는 언제든 열 수 있지만 난 여기서 우리나라 학생들을 가르치면서 배우고 느끼는 점이 많아. 그리고 난 계속 한국에서 활동할 생각이다. 더 이상은 말해도 소용없어."

역시 실력 있는 사람은 다르구나 싶었다. 민아가 저렇게까지 말한다는 건 현재 프랑스 쪽에서 유명인사가 영진을 추천하고 있다는 말이 되었다. 분명 혜영이라면 좋은 기회구나 하고 바로 떠났을지도 몰랐다.

"피곤한데 이만 가봐도 되겠지? 그나저나 신세륜은 오늘 끝까지 안 나타나는군."

"편집이 잘못되었다나 봐. 그럼 나도 같이 일어서지."

은우와 영진이 자리에서 일어서자 혜영도 얼떨결에 일어났다. 아무래도 영진은 이런 자리를 그다지 달가워하지 않는 눈치였다.

밖으로 나오자 영진은 가볍게 은우에게 인사를 하고서 곧바로 혜영을 조수석으로 밀어 넣었다. 결국 혜영은 차에 앉아서 은우에게 인사를 할 수밖에 없었다.

"녀석이 너무 경계하는데요? 그럼 다음 주에 봐요, 혜영 씨."

"네, 죄송합니다. 다음 주에 뵐게요."

"간다. 문 닫아."

언제 운전석에 앉은 건지 영진은 벌써 안전벨트까지 매고 있었다. 혜영은 미안하다는 듯 웃으며 고개를 숙인 뒤 문을 닫았다. 문을 닫자마자 영진은 차를 출발시켰고 혜영은 입을 삐죽이며 벨트를 맸다.

"벨트도 안 맸는데 차도 바로 출발시키고. 한 교수가 무슨 매너가 좋다는 거야? 나한텐 꽝인데."

"난 꽤 거칠게 운전하는 타입이라서."

"그래도 목숨은 귀한 줄 아시나 보죠? 벨트는 딱 착용하시고?"

"매지 않는 건 위법이니까."

그와 말싸움을 하면 늘 밀리는 건 그녀였다. 결국 혜영은 먼저 입을 다물었다. 별명이 촉새일 정도로 말이 빠르고 많았는데 늘 영진의 앞에 서면 이상하게도 촉새의 기질이 발휘가 되질 않았다.

"진짜 그 첫 경험 중요하다고 생각해요?"

"넌 아닌가 보지?"

"그런 게 아니라, 앞으로 살아갈 날이 더 많은데 사랑하는 사람도 아니고 그냥 첫 경험을 나와 했다는 이유로 결혼한다는 건 너무 불행한 일일 것 같지 않아요?"

"내가 널 사랑하는지 안 하는지 어떻게 알아?"

"네?"

혜영이 소리를 지르며 그를 쳐다보았다. 하지만 그는 운전을 하고 있기 때문인지 아니면 당연한 말을 한 것인지 똑바로 앞만 보고 있었다.

"물론 지금 딱히 널 사랑한다고 말할 순 없지만 적어도 관심은 있어. 내가 한 말은 적절한 책임을 지란 말이야. 비록 시작이 그랬지만 우리가 사귀다 정 맞지 않으면 결혼까지 가지 않을 수도 있겠지."

혜영은 다행이라 생각하며 고개를 끄덕였다. 그럼 그렇지 영진이 어떤 사람인데. 절대 결혼까지는 생각하지 않을 거라고 생각했다.

"하지만 크게 이상이 없으면 결혼을 하겠지. 단언하긴 좀 그렇지만 난 결혼하면 꽤 충실한 가장이 될 거야."

이거야말로 자화자찬이었다. 그는 완벽주의자인 것 같으니 결혼을 하면 자신의 말대로 그렇게 될지도 몰랐다. 정말 예술가가 맞나, 싶을 정도로 그는 보수적이고 융통성이 없는 것 같았으니까.

"그렇게 입으니 말이야, 꽤 요조숙녀처럼 굴던데."

"뭐, 옷에 따라 마음가짐이 달라지나 보죠."

"그 모습도 퍽 나쁘진 않아."

"어련하시겠습니까."

혜영은 더 이상 말을 섞어봤자 이득이 없다고 생각해서 고개를 창 쪽으로 돌렸다. 하지만 그것도 잠시였다.

"민정현 학생은 그대로 네게 맡겨도 되는 건가?"

"네?"

고개를 돌렸던 게 무색해졌다. 그는 계속 이런 식으로 그녀의 신경을 건드는 게 재미있는 모양이었다. 어떻게 얼굴색 하나 바꾸지 않고 이런 질문을 할 수 있는 걸까? 사람이 사람을 자른다는 게 얼마나 무서운지 그는 알고나 있는 것일까?

"그 녀석 꽤 널 좋아한 모양인데. 어떻게 사귀게 된 거야? 넌 별로 관심 없는 모양이던데."

"공대 벤치에서 다 들으셨다면서요."

"두 사람 이야기하기에 피해줬어. 그리고 그냥 대충 눈치챈 거였지."

영진이 처음부터 끝까지 대화 내용을 들었을 거라고 생각했는데 아닌 모양이었다. 눈에 잘 띄는 곳이 아니라 몰래 앉아 충분히 들을 수 있었을 텐데도 자리를 피했다니. 남들 말대로 매너가 좋을지도.

"초등학교 때 절 많이 괴롭히던 녀석이었어요."

"그 나이 때는 좋아한다는 걸 그렇게 표현하지. 뭐, 나도 그랬으니까."

"교수님도 좋아한 여자가 있었어요?"

“난 인간도 아닌 줄 아나 보지?”

물론이다. 그녀는 정말 그가 차라리 외계인이었으면 싶었으니까. 나이가 많지도 않은 사람이 벌써 저 위치에까지 오르고 어떻게 그런 예술성을 지니고 있을 수 있을까 생각했기 때문이었다. 화려한 색채를 많이 사용하지 않음에도 불구하고 그의 그림은 늘 인상적이고 사람을 빠져들게 만들었다.

“어쨌든 민정현 학생은 딱 한 달간 네게 맡겨보지. 보아하니 쉽게 포기할 것 같진 않지만. 도움이 필요하면 말해.”

“녀석의 감정을 너무 쉽게 생각했었나 봐요. 생각보다 어려울지도 모르겠어요.”

정현은 포기하지 않겠다고 했었다. 그랬기 때문에 내일 학교를 가게 된다면 어떻게 나올지 모르는 상황이었다. 그냥 지금까지 했던 그대로만 해줬으면 싶었는데 그건 너무 안일한 생각이라는 것을 혜영도 잘 알고 있었다.

“어떻게 사귀게 되었냐고 묻잖아.”

“그때 녀석한테 사귀고 있던 여자가 있었는데 우리 사이를 오해한 모양이에요. 정현이는 차인 것은 일생일대의 수치라면서 다음 여자친구를 사귀게 될 때까지 사귀는 척해달라고 했어요.”

“거절할 수도 있었을 텐데.”

“실은 별로 남자한테 관심도 없었고 또 녀석의 말을 거절하면 얼마나 괴롭힐지 그것도 짜증났었거든요. 별로 그 기간도 길지 않을 거라고 생각했고. 너무 쉽게 생각한 거죠. 똑바로 녀석의 감정을 보려 하지도 않고. 정말 이 나이 때까지 뭘 보고 배운 건지도 모르겠어요. 그냥 멍청하게 살았나 봐요."

혜영은 한숨을 푹 내쉬었다. 실제로 그녀는 정말 가볍게 살아가려고 생각하고 있었다. 어차피 한 번뿐이고 짧은 인생인데 그렇게까지 아등바등거리고 살고 싶진 않다고 생각했었다. 그래서 독신주의를 은근히 고집하기도 했었다. 이런 식으로 옆에 앉아 있는 영진 때문에 발목이 잡힐지는 몰랐지만.

그 뒤로도 영진은 계속 말이 없었고 혜영도 더 이상 입을 열지 않았다. 왠지 모르게 몸도 마음도 지쳐서 무언가를 하고 싶다는 생각도 들지 않았다.

"도착했어."

"고맙습니다. 들어가 볼게요. 아, 이 가방도 잘 쓰겠습니다. 좋아하는 거 있으세요? 저도 선물만 받고 그냥 있을 순 없으니까."

"대가를 바라고 한 선물 아니야."

그라면 그렇게 말할 줄 알았다. 혜영은 고개를 끄덕이며 고개를 숙여 인사를 하고 차에서 내렸다. 하지만 몇 걸음도 못 가 다시 자리에 서야 했다.

"하혜영."

"네?"

"앞으론 좀 더 치열하게 살아야 할 거야."

혜영은 그게 무슨 뜻인지 잠시 생각했다. 그렇다. 그는 그녀의 생각을 간파하고 있었다. 세상을 쉽게 살아내려고 했다는 것을.

"그리고 이건 잘 모르는 것 같아서 해주는 말인데, 나 생각보다 굉장히 질투심 강하고 독점욕도 심해. 그러니까 경고해 두는 거야. 앞으론 다른 남자 앞에서 그렇게 눈웃음 치지 마."

"뭐라구요?"

"난 내 걸 공유하는 건 못 참아."

혹시 저건 돌 아이가 아닐까라고 생각될 정도였다. 물론 예술 계통에 있는 사람들 중에 사이코가 많다고 하는 속설이 있기는 하지만 영진이 그럴 거라곤 상상도 못해봤었다. 물론 한 교수는 왠지 그런 끼가 있다면서 유언비어를 퍼트리기도 했지만 실제로 그럴 거라고는 예상하지 못했다.

영진의 차가 떠나고 한참 뒤에야 혜영은 어이없다는 표정으로 고개를 흔들며 집으로 들어왔다.

"야! 너 그 원피스가 얼마인지 알기나 해?"

이런, 잘못 걸렸다. 원래 조용히 들어가서 옷을 갈아입고 모른 척할 셈이었는데 영진 때문에 정신이 없어서 그대로 초인종을 누르고 들어온 것이다. 하지만 혜영은 지금 손에 들고 있는 백이 위기에서 구해줄 타자라고 여겼다. 혜민의 손바닥이 날아오기 전에 혜영은 재빨리 손에 든 백을 앞으로 꺼내 들었다.

"앗! 이건!"

역시 혜민은 된장녀였다. 신상품인데도 불구하고 한 달을 기다려야 하는 가방을 어떻게 손에 넣었냐며 좋아 죽을 지경이었다. 신상품이고 한 달을 기다려야 한다고? 거기다 가격도 만만치가 않았다. 영진은 무슨 생각으로 저 가방을 선물해 준 걸까? 하긴, 그의 인맥 정도면 이 정도도 쉽게 구할 수 있겠다 싶었다.

대체 저런 가방이 뭐가 좋다는 건지 알 수가 없었으나 어쨌든 가방 하나로 3박 4일은 갈 잔소리를 피할 수가 있었다. 가방이 중요하지 그녀가 어떻게 그 가방을 갖고 있는지는 별로 중요한 것 같지 않았다.

혜영은 왠지 모르게 피곤이 몰려와서 옷을 갈아입을 생각도 하지 못한 채 방으로 들어와 침대에 철푸덕 누웠다. 쉬고 싶음에도 불구하고 혜민은 무조건 혜영의 방으로 들어와 침대에 걸터앉았다.

"이 가방 어디서 났냐니까!"

이제야 궁금증이 돈 모양이었다. 혜영은 슬쩍 옆으로 몸을 피하며 말했다.

"한 교수가 줬어."

"한 교수? 영진이 오빠? 세상에, 너무 멋있다. 이런 가방 선물하는 남자친구라니. 난 언제 만난다니. 너 이 계집애. 넌 어떻게 처음부터 이런 벤츠를 만나냐. 난 처음에 똥차 만나서 고생했는데."

똥차는 무슨. 혜민이 처음 사귀었던 남자친구는 주유소를 여섯 개 정도 가지고 있는 꽤 부자에 속하는 집안 남자였다. 생각보다 씀씀이가 크지 않다며 그 남자를 차는 혜민을 보고 꽤 신랄하게 비난한 적도 있었다.

그럼에도 불구하고 혜민은 아직까지도 정신을 차리지 못하고 있는 듯했다. 오죽하면 윤 여사도 한 배에서 나왔는데 왜 저렇게 다르냐며 차라리 반반 섞였으면 좋았을 거라고 했었다.

"언니, 이 원피스는 내가 드라이……."

"됐어. 그깟 원피스 너 가져. 난 이 핸드백만 있으면 행복할 것 같아. 아, 들고 나갔던 가방도 가져."

분명 처음에 들고 나갔던 혜민의 가방도 꽤 값을 했었다. 그럼에도 불구하고 저렇게까지 저 가방 하나에 목숨을 건다는 건 정말 특별하긴 했나 보다. 어린애처럼 좋아하며 방방 뜨는 것을 보니.

어차피 혜영은 저런 가방을 들고 다닐 정도로 꾸밀 옷도 없었으며 그럴 일도 없었다. 자신이 갖고 있어봤자 장롱 속에서 썩힐 것은 분명했으니 차라리 빛날 수 있게 혜민이 들고 다니는 게 저 가방을 위해 해줄 수 있는 일이었다.

| 5 |

혜영은 아침부터 꽤 피곤했다. 필요한 책이 있어서 도서관에 왔는데 오자마자 정현과 부딪쳤고 그런 그녀를 그는 놓치지 않았다. 밥 먹었냐는 물음에 고개를 끄덕이자 그럼 차라도 마시자며 자판기 커피를 내밀었다.

그녀는 커피 광이었다. 그것도 이렇게 달달한 프림 커피는 그녀가 최고로 치는 것 중의 하나였다. 얼떨결에 커피를 받아 들고 잘 조경되어 있는 바위에 걸터앉았다. 밤잠을 설쳐서 아직도 비몽사몽이었는데 그래도 커피를 마시니 좀 나아지는 것 같았다.

"갑자기 웬 커피?"

"지난번 커피 값은 미안. 그때 정신이 없어서 그냥 갔어. 사과의

의미로 내일 오후 시간 어때?"

"됐어, 커피 값 정도야. 오후? 갑자기 왜?"

"같이 밥 좀 먹자고."

공짜 밥이라면 그녀도 마다하지는 않았다. 하지만 지금은 아니었다. 정현에게도 확실한 생각을 전달해야만 했다. 그동안 인생을 너무 쉽게만 생각해서 이리저리 휩쓸려 다니기 십상이었는데 더는 그럴 수가 없었다. 그녀는 성인이었고 자신이 한 일에 대해 책임을 져야 할 사람이었다.

"민정현. 날 좋게 생각해 주는 건 고마워. 내가 좋다고 말해준 사람도 네가 처음이었고 그런 말을 용기 내어 해줘서 고맙지만 난 전혀 아무 생각이 없어."

"앞으로 좋아질 수도 있는 거잖아."

"그럴 수도 있겠지. 하지만 지금은 아니야. 그리고 꽤 오랜 시간 동안도 아닐 거야. 난 공부도 늦게 시작했고 지금 따라가야 할 것도 산더미야. 그것만으로도 벅차서 아무것도 생각하고 싶지 않아."

그녀는 늘 밝고 경쾌한 사람이었다. 친한 친구들은 늘 발광이라고 표현하기까지 했었다. 실제로 그녀는 전생에 보헤미안이었을 것이라며 자신은 그 피가 흐르고 있다 믿고 있었다. 하지만 이제 그것도 영진에 의해 깨지게 생겼으니 상상도 하고 싶지 않았다.

"한 교수는?"

대체 어떻게 말해야 하는 걸까? 솔직히 말한다면 상황을 더 악화시킬 수도 있다고 생각했다. 할 수 없이 혜영은 선의의 거짓말을 해야만 했다. 누군가의 마음에 상처를 주는 건 거북하고 껄끄러웠지만 상대방을 위해선 때론 그런 거짓말도 필요했다.

"중학교 때 우리 옆집에 살았다고 했지? 그때 많이 좋아했었어."

"너 한 교수 싫어한 거 아니었어? 싫어했잖아."

물론이다. 그녀는 이 학교에 들어와 영진이 예전에 옆집에 살던 사람임을 알아차렸을 때부터 싫어했다. 거기다 담당교수라니. 정말이지 입학을 다시 고려해 보고 싶을 정도였다. 하지만 하고 싶은 공부 때문에 부모님의 뜻을 어겨가며 겨우 왔는데 여기서 포기할 순 없었다.

그래서 영진을 씹고 다녔었지만 그는 인기가 많았고 욕을 하는 사람들은 찾아볼 수가 없었다. 그래서 정현과 함께 은근히 영진을 뒷담화의 안줏거리로 만들곤 했었다. 그러고 보면 정현도 영진을 꽤 싫어하는 기색이 역력했었다. 젊은데다 교수까지 하는 사람이라 재수 없다면서. 사실 그건 질투심에 나온 말일 것이다. 같이 예술을 하는 사람이었으니까. 그녀도 영진의 재능을 솔직히 질투하고 있었으니까.

"네가 말했잖아. 싫어하는 척 괴롭힌 것뿐이라고. 나도 그런 것뿐이었어. 어렸을 때 좋아했는데 다시 보니 그 마음이 그대로 되살아나더라고.”

혜영은 스스로가 비겁하다고 생각했다. 정현이 했던 말을 그대로 인용하고 있었다. 하지만 이렇게 하는 게 서로서로 좋다고 생각했기 때문에 어쩔 수가 없었다. 오늘로서 거짓말을 또 하고 말았으니 죽어서 그 많은 죄를 어떻게 사죄받아야 할지 갑갑하기까지 했다.

“영광이군. 어렸을 때부터 좋아해 주었다니.”

젠장이었다. 건물로 들어가는 옆에 있는 입구 쪽에 앉아 있던 것이 화근이었다. 이쪽은 학생회관과 연결되어 있는 곳이라 사람들의 출입이 잦은 곳이었다. 교수들도 가까워서 이곳을 자주 이용하는 듯했다.

영진을 보자 입가에 웃음을 머금고 있는 것을 보니 애써 참고 있음이 역력했다. 지금 누구 때문에 이런 거짓말까지 하고 있는데. 할 수만 있다면 한 대 때려주고 싶은 것을 혜영은 초인적인 인내를 동원해 참아야만 했다.

여유롭게 웃고 있는 영진을 보면서 정현의 주먹에 불끈 힘이 들어가는 것이 보였다. 키가 비슷한 두 사람은 서로를 마주 보고 있었고 혜영은 괜히 죄 없는 손톱을 쥐어뜯으며 머리를 긁적이곤 고개를 숙였다.

잘생긴 남자 둘이 한 여자를 두고 싸우는 건 드라마나 영화에서 가능한 일이라고 생각했는데. 그런데 그것이 실제로 현실에서도 일어나는 모양이었다. 그것도 다름 아닌 그녀를 두고서.

왠지 모르게 죄를 짓고 있는 느낌이 들어서 그렇지 않아도 정현을 쳐다보는 게 미안했는데 이 모든 원인을 제공한 두 사람이 함께 있는 것은 더욱 보기 힘들었다. 평소 참 뻔뻔한 성격이라고 생각했는데 이럴 때 보면 그런 것도 아닌 것 같았다. 결국 상황을 정리한 건 영진이었다.

"그만 들어가지? 수업 준비하려면 꽤 바쁠 텐데."

혜영은 고개를 끄덕이며 이미 식어버린 커피를 한번에 들이켜고는 건물 안으로 들어섰다. 다행히 이번 수업은 정현과 함께 듣는 수업은 아니었으나 영진이 담당하고 있는 수업이었다.

편입을 해서 졸업까지 2년밖에 시간이 없었으므로 그녀는 1학기 때 들어야 할 교양은 다 들었고 2학기부턴 1학년부터 3학년까지 가리지 않고 들을 수 있는 전공과목은 모두 듣고 있었다. 덕분에 영진을 일주일에 네 번이나 봐야 했다.

그나마 예전에는 수업 들어가기가 그렇게 껄끄럽지는 않았는데 이렇게 상황이 돌변하니 듣기 싫어지는 마음이 슬금슬금 솟아나고 있었다. 하지만 한 번 빠졌다가 돌아오는 과제는 엄청날 것임을 잘 알고 있었다. 혜영은 터벅터벅 걷다 누군가와 부딪치는 바람에 그대로 바닥과 포옹을 해야 했다.

"미, 미, 미안해요. 괜찮아요? 언니?"

"어? 아, 괜찮아. 무겁겠다. 내가 좀 들어줄게."

"아니에요. 어차피 내가 가지고 가야 하는 건데."

그렇게 말하며 어질러진 화구들을 주워 드는 사람은 혜영과 같이 편입한 수영이었다. 굉장히 덩치가 크고 여드름투성이인 수영은 편입생이라는 점과 외모로 인해 은근히 왕따를 당하고 있었다.

같이 밥이나 한번 먹으려고 해도 늘 그 시간 때면 어딘가로 사라져서 보기도 힘들었다. 하지만 듣는 수업은 2학기 때 거의 겹쳐서 강의 시간 때면 자주 마주치곤 했다.

"우리 같이 면접 본 사이잖아. 그나저나 뭘 이렇게 많이 들고 가?"

"아, 선배들이 자료실로 좀 옮겨달라고 해서."

말도 안 됐다. 아무리 덩치가 있다지만 여자 혼자서 이 많은 것을 드는 것은 무리였다. 보지 않아도 뻔했다. 돈 좀 있고 예쁘다고 유세 부리는 유세은이 틀림없었다. 그 공주병 패거리들은 사사건건 혜영과 부딪치기도 했었다. 그리고 세은은 다름 아닌 정현의 전 여자친구였다.

됐다고 몇 번이나 만류하는 수영을 뿌리치고 혜영은 화구들을 정리해서 함께 정리실로 향했다. 원수는 외나무다리에서 만난다더니 막 엘리베이터 모퉁이를 돌려고 할 때 세은의 패거리들의 목소리가 들려왔다.

"그나저나 세은이 너, 장수영 너무 싫어하는 거 아니야?"

"돼지 같은 게 어디서 정현 오빠한테 눈독을 들이는 거야. 삼류

대 출신에 편입생인 주제에."

"하긴 뒤뚱뒤뚱 걷는 게 웃기긴 했어. 하하."

아무리 사람이 듣고 있는 걸 모를 수 있다지만 함부로 하는 말을 듣자마자 혜영은 말 그대로 눈앞에 뵈는 게 없었다. 가까스로 정신을 차리고 옆을 보자 수영은 금방이라도 울 것처럼 보였다. 그때부터 이성의 끈을 놓은 혜영은 들고 있던 모든 것을 내던지고는 앞으로 걸어가 세은의 머리카락을 쥐어뜯었다.

"야, 나이 먹고 너무 유치하다고 생각하지 않냐? 어디서 유치원생들도 안 하는 짓을 하고 있어?"

"놔! 야, 안 놔?"

"빨리 사과해. 너넨 뭐가 그리 잘나서 이러는데? 집에 돈 좀 있고 빽 좀 있으면 그래도 되니? 빨리 사과해!"

그렇게 패기 있게 덤빈 것까지는 좋았다. 문제는 그녀의 깡과 욱하는 성질에 비해 아귀힘이 세지 않다는 것에 있었다.

그녀는 싸움을 참 못했다. 지나가던 조교가 아니었다면 이렇게 코피가 터진 정도로 끝나진 않았을 것이다. 거기다 강의실도 바로 옆이었기 때문에 수업에 들어가려던 영진까지 끼어들어 싸움을 말렸다.

상황이 모두 끝나고 세은은 친구들과 함께 어딘가로 사라져 버렸다. 혜영과 수영은 영진의 연구실에 와 있었다. 수영은 정성스러운 손길로 영진이 건네주는 구급상자에서 이것저것을 꺼내 들

있다. 그리고 손톱으로 긁혀 피가 맺혀 있는 이마를 소독했다.

"앗, 따거!"

"언니, 괜찮아요?"

수영이 그렇게 말하며 혜영의 상처에 연고를 발라주며 치료를 마무리했다.

"아야, 그냥 둬. 이런 거 그냥 두면 나아."

"하지만 손톱자국은 잘 안 없어지는데……."

"괜찮아. 뭐, 한두 번도 아니고. 괜찮아."

혜영은 손사래를 치며 고개를 흔들었다. 그녀는 겁도 꽤 많은 편이라 이렇게 따끔한 것도 싫어했다. 거기다 엄살은 또 어찌나 심한지 조금만 아파도 끙끙 앓는 소리를 하곤 했었다. 덕분에 학교 다닐 땐 아프다면서 조퇴를 밥 먹듯이 했었다. 지금은 공부가 좋아서 하고 있는 것이었으니 열심히 학교를 다니고 있었지만.

"장수영, 가서 수업 준비해."

"네, 교수님. 언니, 미안해요."

"미안하긴. 괜찮아."

수영이 먼저 연구실에서 빠져나가자 그 안은 적막감만 감돌았다. 보고 있지 않아도 영진이 자신을 보고 있다는 것은 그냥 알 수 있었다. 그렇지 않아도 어린애처럼 싸운 걸 들켜서 민망한데 이렇게 계속 앉아 있자니 어색해져서 그녀는 계속 눈을 굴리다 자리에서 일어나기 위해 팔에 힘을 주었다.

“코피는 좀 지우고 가.”

“아, 뭐. 하하.”

“그러게 그 나이 먹어서 얼굴 팔리는 짓은 왜 해?”

그의 말에 혜영이 욱했다.

“저도 알아요. 이 나이 먹어서 유치하게 싸움했다는 것은.”

“한 대도 때리지도 못할 싸움을 그렇게 왜 시작해?”

“처음부터 보셨어요?”

영진은 말이 없었다. 그렇다면 처음 맞을 때부터 도와줄 일이지 왜 괜히 중간에 끼어들었단 말인가. 중간에 말리지만 않았어도 한 대 정도는 때릴 수 있었을 텐데. 생각할수록 억울해서 견딜 수가 없었다.

세은은 그 깡마른 몸을 가지고서 어찌나 힘은 센지. 혜영은 처음으로 힘에서 밀려봐 충격이 이만저만이 아니었다. 아귀힘은 약하다고 해도 몸 힘은 웬만해선 지지 않는다고 생각했었다. 분함에 서서히 고개를 드는데 바로 입 앞으로 영진의 큰 손이 와 있었다.

“따, 따가운데.”

그때였다. 문이 벌컥 열리면서 정현의 얼굴이 드러났다. 어디서부터 뛰어온 것인지는 모르지만 그의 콧잔등엔 땀이 송골송골 맺혀 있었다. 거짓말 같게도 영진의 손은 어느샌가 사라져 있었고 그의 손엔 출석 명단이 들려 있었다.

“하혜영, 너 괜찮아?”

"괜찮아. 별것도 아닌데 왜 여기까지 왔어."

"별것도 아니긴. 멍까지 지려고 하는데. 입술은 터지고. 엉망진 창이다. 그러게 애처럼 왜 싸워?"

당황한 혜영은 머리를 긁적이며 고개를 들어 올렸다. 순간 영진 과 눈이 마주쳤지만 혜영은 재빨리 시선을 피했다. 왠지 영진을 쳐다보기가 쑥스러웠다. 거기다 정현은 그녀의 손을 무슨 동아줄 이라도 되는 양 꽉 잡고 있었다. 손을 빼려고 했지만 어찌나 꽉 잡 고 있는 것인지 빠지지도 않았다.

"내 연구실 딱 10분 빌려주지. 하혜영, 10분 뒤 바로 강의실로 와."

문이 탁 닫히자 혜영은 이상하게 적막감만 감도는 연구실에 더 는 있을 수 없다고 판단했다. 그사이 방심한 것인지 다행히 혜영 의 손은 쉽게 빠졌다.

정현 역시 영진이 그런 발언을 했다는 것 자체에 놀란 것인지 표정을 감추지 못하고 있었다. 괜히 어색해서 혜영은 크게 웃고 말았다. 혜영의 웃음에 정현도 정신이 돌아온 듯했다.

"한 교수. 정말 널 좋아하는 거 맞아?"

"어?"

"아니면 그런 확신 때문인가? 뭘 믿고 저리 여유를 부려? 어차 피 집에 인사까지 다 했다 이 말인가?"

급격히 피곤해지는 느낌에 얼굴을 쓸어내리던 혜영은 왼쪽 이마가 아려오는 것을 느꼈다. 그러고 보니 아까 싸울 때 머리 박치기까지 했었다. 유세은, 분명 쇠머리를 가지고 있는 것이 틀림없었다. 그렇지 않다면 집안 최고의 돌머리를 가지고 있다는 혜영의 이마가 이렇게 아플 리는 없었다.

"그러고 보니 수업 준비를 하나도 못했네? 이만 가봐야겠다."

"하혜영."

재빨리 자리에서 일어서던 혜영은 정현의 부름에 인상을 구겼다. 하지만 돌아볼 땐 최소한 웃으려고 노력했다.

"그렇게 피하는 게 능사는 아니잖아?"

정현의 말이 맞다. 솔직히 말해서 잘못한 게 하나도 없는데 피한다는 것도 웃겼다. 하지만 이런 상대는 껄끄러운 게 사실이었다. 희망고문이란 건 그녀가 그렇게 싫어한다는 것 중 하나였고 그러다 보니 자연히 피하게 된 것이었다. 그렇다고 예전과 똑같이 대한다는 것도 말도 안 되고. 살면서 이렇게 머리가 아픈 것은 처음이었다.

"놔두면, 시간이 흐르면 좋아지겠지. 그런데 솔직한 심정으로는 지금 널 피하는 것밖에 할 수가 없어. 미안하다, 민정현."

혜영은 눈도 제대로 마주치지 못한 채 그렇게 말하고는 연구실에서 빠져나왔다. 스스로의 머리를 때리며 계단을 내려가던 혜영은 중심도 제대로 잡지 못해 잘못했으면 굴러떨어질 뻔했다. 스스로가 생각해도 한심해서 헛웃음이 튀어나왔다.

강의실로 들어가 이젤 앞에 앉아 가방을 뒤적였다. 스케치용 연필을 잡고 정신을 차리자마자 강의가 시작되었다. 의도한 것인지 원래 그랬던 것인지는 모르겠지만 영진은 처음부터 그녀가 있는 쪽은 쳐다보지도 않는 것 같았다. 곧 모델이 들어오고 주위는 순식간에 조용해졌다. 종이와 연필의 마찰음만 들리고 있었다. 혜영도 정신을 차리고 서서히 손을 움직이기 시작했다.

혜영은 스케치보다는 물감을 좋아했다. 그것도 유화를 두껍게 발라서 바르는 느낌을. 어쩌면 세세한 그림보다는 조금 둔탁해 보이고, 어두워 보이는 느낌을 좋아하는 건지도 몰랐다. 그래서 한 번씩 영진의 그림을 보게 되면 부러워서 몇 번이나 부러운 눈길로 보곤 했었다. 영진은 색채를 잘 다루기로 소문난 작가였다.

"하혜영, 집중해."

역시나, 속일 수는 없었다. 맞은 데가 아파와서 그런지, 아니면 괜히 기분이 우울해서 그런 것인지 쉽게 집중하지 못하고 있었다.

"20분 정도 쉬었다 시작하지."

혜영은 연필을 내려두고 고개를 젖혔다. 우두둑하는 소리와 함께 목이 아려왔지만 얼굴을 찡그릴 수조차 없었다. 거울을 좀 볼까 하다가 그럼 괜히 더 속이 상할 것 같아서 관두었다. 그때 누군가가 음료수 캔을 앞으로 내밀었다.

"수영아?"

"괜찮아요, 언니? 늘 고마워요. 미안하고. 저 때문에……."

"미안하긴. 걔네들이 인간이 덜된 거야. 그런 것들하고 배워가려니 큰일이다. 너도 그렇게 무르게 살면 안 돼."

"언니 아니었으면 저 정말 계속 다니지 못했을 거예요."

편입생도 별로 없었거니와 면접 때도 같이 봤었으니 혜영은 수영과 꽤 사이좋게 지내는 편이었다. 하지만 왠지 이번엔 정말 어린아이처럼 군 것 같아 수영에게 미안한 감정이 솟아올랐다.

"미안, 내가 이 나이 먹어서 감정 조절도 못하고 막 덤벼들어서 네 입장만 괜히 곤란하게 만들었다."

"아, 아니에요. 사실 저도 언니가 세은이 머리채 잡았을 땐 시원하기까지 했었어요."

"그럼 뭐 해. 결국엔 한 대도 못 때렸는데."

혜영은 어렸을 때부터 2살 터울인 혜민과 자주 싸웠었다. 생각해 보니 그때도 늘 맞았던 건 혜영이었다. 확실히 때리지 못한다기보다는 왠지 여자들은 체구가 작고 여리여리해서 때리면 어디라도 부러질까 봐 때리지 못한 것이 대부분이었다. 실제로 혜민이 아닌 누군가와 싸운 것도 세은이 처음이었다.

생각해 보니 처음에 머리를 꽤 세게 잡았던 것인지 나중에 정신을 차리고 보니 손바닥에 머리카락이 한 움큼이었다. 그걸로 만족스런 웃음이 잠깐 나올 뻔했지만 얼굴이 계속 아픈 것을 느끼고 나니 그 정도는 아무것도 아닌 것을 깨달았다. 그리고 그렇게 뒤에서 남을 헐뜯는 애들은 맞아도 싸다고 생각했다.

“언니, 정현 선배랑 잘 사귀고 있는 거죠?”

“민정현? 아니야. 사귀긴 무슨. 그런 거 아니야.”

“정말요? 세은이는 계속 정현 선배하고 언니하고 찢어놓으려는 궁리한다던데. 언니 조심해요.”

찢어놓을 것도 없었다. 이젠 그 계약이고 뭐고 할 것도 없는 사이였으니까. 정현이와 있었던 사건 때문에 세은과는 처음부터 사이가 나빴었고 몇 번인가 계속 수영의 문제 때문에 부딪쳐 오다가 이번에 크게 터진 것이었다. 분명 이 싸움을 윤 여사가 알게 된다면 곧 계란 한 판인 주제에 어린아이와 싸움을 했다며 놀릴 것이 분명했다. 어떻게 해서든 영진의 입을 막아야겠다고 생각했다.

영진은 수업이 끝날 때까지 별다른 말이 없었다. 물론 평소의 수업시간 때에도 그다지 말이 있는 건 아니었지만 괜히 이상한 느낌이 들어 혜영은 평소보다 더 영진을 좇는 시선이 많아졌다는 걸 느꼈다. 그러지 말아야지, 생각하면서도 몸은 머리를 배반하고 있었다. 그녀는 저도 모르는 새에 계속 영진을 훔쳐보고 있었다.

“다음 시간은 마무리니까 그걸로 중간고사 대처한다고 생각하면 된다. 이상.”

어차피 별다른 말은 안 할 거라고 생각했었지만 왠지 모르게 찝찝해졌다고 해야 할까? 혜영은 괜한 생각이라며 고개를 내저었다.

“언니, 점심 먹으러 가요. 제가 살게요.”

"학생이 무슨 돈이 있어서. 내가 살게."

"언니도 학생이잖아요."

역시 이런 동생이 있었으면 하고 생각했다. 혜영에겐 남동생만 있어서 그런지 어렸을 땐 윤 여사에게 여동생을 낳아달라고 생떼를 부리기도 했었다. 그래도 연년생이라 사이가 꽤 좋아서 같이 자주 쇼핑도 하곤 했었지만 여동생과는 다른 느낌이었다.

결국 학교 근처에 있는 분식집에 자리를 잡았다. 떡볶이와 튀김이 나오자 혜영은 정신없이 입으로 집어넣었으나 입술 터진 곳이 아파서 제대로 씹지도 못했다.

"언니, 괜찮아요?"

"뭐 이 정도 가지고. 나 어렸을 때 우리 언니랑 싸우던 거에 비하면 양반이지."

"그럼. 양반 됐지."

이 목소리의 주인공은 별로 그다지 보고 싶지 않은 정현이었다. 정현은 수영의 옆에 턱하고 앉으면서 혜영을 바라보았다. 혜영은 말없이 순대만 초장에 찍어 먹어댔다. 정현은 계속 앞에 앉아서 씩 웃고 있었다.

"내가 양반 됐는지 아닌지 어떻게 알아?"

"초등학교 짝꿍이었는데 그것도 모르겠냐? 그때 우리 반 교실에서 너희 언니랑 머리채 잡고 싸운 적도 있었잖아."

초등학교 시절에 학교에서도 혜민과 싸운 일은 빈번했다. 혜영은 괜히 할 말이 없어져서 헛기침을 하며 어묵 국물을 떠먹었다. 정현이 슬그머니 젓가락질을 하자 혜영이 재빨리 손바닥으로 쳐 냈다.

"어디서 얻어먹으려고!"

"내가 살게. 내가 산다."

그 말에야 혜영은 슬그머니 젓가락질을 허락해 주었다. 무작정 들어와 시킨 게 떡볶이, 튀김, 순대, 김밥에 라면까지. 어차피 혜영은 먹는 걸로 스트레스를 풀었고 그건 수영도 마찬가지였다.

"수영아, 팍팍 좀 먹어라. 그렇게 깨작깨작 먹고 어떻게 공부하려고 그래?"

"네. 선배님."

그러고 보니 오늘 수영의 안색이 좀 파리한 듯했다. 혜영은 조금 둔감한 편이라 누가 머리를 새로 했다고 해도 잘 알아보지 못했었다. 하지만 오늘 수영의 얼굴은 눈에 띄게 창백했다.

"수영아, 너 어디 아……. 수영아!"

수영이가 털썩 쓰러졌다. 혜영은 급한 마음에 만 원짜리 지폐 2장을 꺼내 내밀었다. 정현은 재빨리 수영을 들쳐 업었고 분식집을 나가자마자 대학병원 쪽으로 뛰기 시작했다. 대학병원은 바로 옆에 있었으니 그리 멀리 갈 필요도 없었지만 응급실에 도착하자마자 혜영은 병원이 떠나가라 수영의 이름을 불러댔다.

"보호자분은 조용히 좀 하세요!"

간호사의 히스테릭한 목소리를 듣고 나서야 혜영이 입을 다물었다. 의사와 간호사가 무엇인가를 살펴보고서야 두 사람 앞으로 걸어왔다.

"영양불균형에 의한 영양결핍입니다."

"네? 영양결핍이요?"

"한마디로 영양실조라는 말이죠. 환자분이 그동안 잘 먹지 못했나요?"

그러고 보니 한 일주일 전부터 같이 점심을 먹자는 말에도 수영은 할 일이 조금 있다며 먹지 않았었다. 그땐 그냥 바쁜가 보다 했는데 그게 아니었던 모양이었다.

"너 수업 있지 않아?"

"미술의 이해 대출 부탁했어."

혜영은 조금 전에 과 동생에게 부탁의 문자를 날리고 수영의 옆을 지키고 있었다. 아무래도 걱정이 되어서 수영이 일어나기 전까지는 갈 수가 없었다. 그러고 보니 정현도 꽤 힘들어 보였다. 하긴, 수영의 무게가 꽤 나가니 아무리 남자라도 조금 힘에 부치겠다는 생각이 들었다. 혜영은 자판기에서 시원한 음료수를 꺼내 와 정현의 앞으로 내밀었다.

"고마워."

"고맙긴, 오히려 내가 더 고맙지. 나 혼자였으면 아마 수영이 못 데리고 왔을 거야."

"얼굴 아픈 건 이제 좀 괜찮아?"

"뭐, 이런 상처야 금방 나으니까. 어? 수영아, 괜찮아?"

"언니."

고개를 돌리는데 수영이 눈을 뜨고 있었다. 다행히 링거액도 잘 들어가고 있었다. 수영의 얼굴색도 많이 돌아온 뒤였고.

"너 자취하면서 제대로 뭘 챙겨는 먹는 거야? 내가 그때 반찬도 가져다줬는데, 너 그거 하나도 안 먹었지?"

"미안해요, 언니. 요즘 볼 논문이 있어서 먹는 둥 마는 둥 했더니. 하하, 태어나서 기절한 거 처음이에요."

물론 혜영도 태어나 기절이라는 건 한 번도 해본 적도 심지어 빈혈도 없었다. 수영은 보기와 달리 몸이 꽤 약해서 감기도 1년 내내 달고 사는 것 같았다.

"다 이 못난 언니 만난 죄다. 그리고 너 민정현한테 감사해야 돼. 얘가 너 데리고 온 거야."

"죄송해요, 선배. 저 엄청 무거웠을 텐데."

"괜찮아. 평소에 건강 좀 잘 챙겨. 잘 좀 먹고."

그러고 보면 정현도 꽤 친절한 남자였다. 누구에게나 매너가 있고 착한 바람둥이 기질을 가진 남자. 그래서 그 점만 빼면 친구로서 참 좋겠다고 생각했었다. 물론 초등학교 때 자신을 많이 괴롭혔던 건 아직도 잊혀지지가 않았지만.

수영의 부모님이 오시고 나서야 정현과 혜영은 병원에서 빠져

나왔다. 오늘은 왠지 많은 일들이 겹친 것 같아서 당장에 집으로 돌아가 씻고 나서 침대로 파고들고 싶었다.

"데려다 줄게."

"됐어. 버스 타면 금방인데."

"피곤해 보여서 그래. 본관 건물 앞에 차 세워뒀어. 여기서 잠깐만 기다……."

끼익 하는 소리와 함께 바로 옆에 차가 서며 문이 열렸고 거기엔 영진이 있었다.

"하혜영, 타."

됐다고 말하고 싶었지만 정현에게 쓸데없는 희망을 주면 안 된다고 생각한 혜영은 고개를 끄덕였다.

"정현아, 오늘은 고마웠어. 이만 가볼게."

정현은 고개를 끄덕이며 시선을 영진에게로 돌렸다. 혜영이 차에 탔는데도 불구하고 영진은 차를 출발시키지 않았다.

"벨트."

"아, 맞다."

"한 교수님, 그렇게 방심하시면 저한텐 무척이나 기회가 쉽게 오겠는데요? 저 같으면 하혜영이랑 다른 놈 단둘이 있게 놔두지 않아요. 그런데 교수님은 몇 번이나 그러시잖아요."

"미안한데 그 기회 또 오지 않을 것 같군. 내일 보지."

벨트가 채워짐과 동시에 차가 출발했다. 역시나 난폭한 운전 스타일은 그대로였다. 혜영은 입을 삐죽이며 몸이 결리는지 여기저기를 두드렸다.

"집엔 뭐라고 할 생각이야?"

"뭘요?"

"얼굴."

"넘어졌다고 해봤자 안 믿을 테고, 그냥 맞았다고 할까?"

영진이 어이없다는 얼굴로 쳐다보았다. 하지만 맞은 건 사실이니까, 거짓말은 아닌 셈이었다. 이 나이에 먼저 싸움을 걸었다는 것도 웃기고.

"배고프지 않아?"

"그러고 보니 배고프네."

"빨리 집에 들어가서 밥 먹고 씻고 자. 피곤해 보이는데."

어디 데리고 가서 밥이라도 사주는 줄 알았는데 그건 아닌 모양이었다. 조금 피곤하긴 해도 밥 한 끼 정도야 먹을 수는 있었는데. 영진이라면 꽤 맛있는 것을 사준다고 소문난 교수라 내심 기대했던 것도 사실이었다.

집으로 들어가는 골목 바로 앞에 차를 세운 영진을 보고 혜영은 아쉬운 마음으로 벨트를 풀었다. 이왕이면 삭신도 쑤시는데 집 바로 앞까지 갔으면 얼마나 좋았을까 생각했지만 영진은 골목 안으로 들어갈 마음이 없어 보였다.

"그럼 저 이만 내……."

내리려고 했는데 영진의 손가락이 입술 바로 앞에서 느껴졌다. 그러고 보니 막 싸우고 나서 연구실에 둘이 있을 때도 이런 비슷한 포즈를 취했었다. 이건 대체 뭘 하자는 건지 몰라서 혜영은 일순 긴장했다.

"이제 별로 안 아픈……."

"입 좀 맞춰도 될까?"

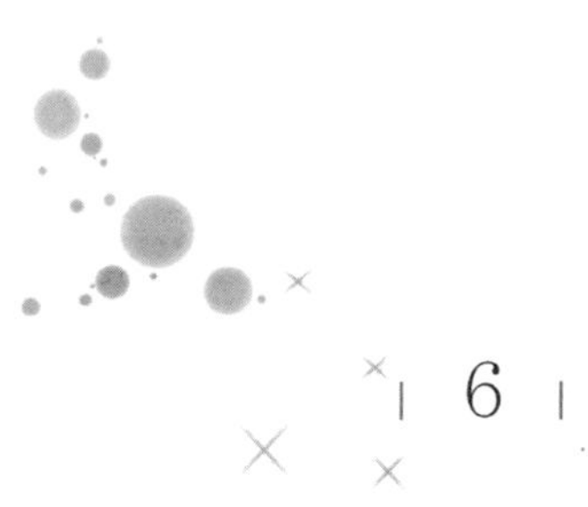

| 6 |

순간 당황한 혜영은 무슨 말을 해야 할지 찾지 못했다. 아니, 영진이야 워낙에 엉뚱하니까 섣불리 판단하면 안 되겠다고 생각했다. 분명 지금 사람을 난처하게 만들 대답을 생각하고 있을지도 몰랐다.

혜영은 간만에 잔머리를 굴리느라 머리가 과부하되어 김이 나고 있다고 생각했다. 이래 봬도 한때 잔머리의 제왕이라 불리었던 자신이었는데 말이다.

"그, 그, 그러니까 말을 맞추자고 하시는 거죠?"

"키스하겠다고 말한 건데."

보지 않아도 충분히 짐작할 수 있었다. 현재 자신의 얼굴은 분명히 터지기 일보 직전의 다이너마이트 같을 거라고.

"저, 저, 지금 입술 터졌는데요?"

"연고 사왔어. 그리고 무슨 말을 맞추자는 거야? 설마 내가 때렸다고 하려고?"

어떻게 이렇게 뻔뻔한 인간이 있을 수 있단 말인가? 하긴 사귄다는 것은 스킨십을 해도 괜찮다가 아니던가?

혜영은 난관에 부딪쳤다고 생각했다. 어떻게든 이 악의 구렁텅이에서 벗어나야만 했다. 혜영에게 있어 키스는 그다지 좋은 느낌이 아니었다. 끈적한 혀와 혀가 만나 얽히고설키는. 때로는 상대편이 너무 빨아들여 혀가 뽑혀 나가는 것은 아닐까, 생각했던 때도 있었다. 그냥 물컹해서 그다지 기분이 좋다고 생각해 본 적이 전혀 없었다. 그래서 절대 키스만은 하고 싶지 않았다.

"키, 키, 키스는 좋아하는 사람이랑 해야 기분이 좋은 거잖아요."

"아까부터 왜 그렇게 말을 더듬어?"

"교수님 저 싫어하시잖아요."

"내가 그런 말을 했었나?"

아닌가? 하긴, 그는 딱히 좋다, 싫다라고 표현했던 적이 없었다. 그럼 이건 어떻게 해석해야 하는 건가? 점점 좋아지고 있다, 아니, 그건 너무 높고 점점 나아지고 있다라고 표현을 해야 하는 건가?

적어도 '이젠 네 얼굴을 봐도 토악질이 나올 정도는 아니야.' 라고 말했다던 친구의 전 남자친구 정도로 생각해도 되는 건가? 혜영은 머리가 복잡해져 왔다.

"싫다고 한 적 없어."

"키스는 사랑하는 사람. 그래, 사랑하는 사람하고 해야 좋……."

순간이었다. 그의 얼굴이 가까이 확 다가왔다, 다시 멀어졌다. 하필 말도 거기서 끊겨 입술이 앞으로 삐죽 나오고 말았다.

반항할 시간도 없었다. 이건 입맞춤도 아니고 그냥 혀로 상처 부위를 살짝 핥았다고 해야 하는 건가? 이 떨떠름함은 도대체 뭐란 말인가? 이걸 뽀뽀로 봐야 하는 건지 키스로 봐야 하는 건지 헷갈렸다. 아니, 어디서 많이 본 것 같기도 하다. 동물 다큐멘터리 같은 데에서 왜, 동물들끼리 서로 애정표현 해주는 것!

"네 생각보다는 꽤, 아니, 더 괜찮다고 생각하는 정도일 거야."

"네?"

"싫어지면 어쩌나 걱정했는데 괜찮군. 앞으로 더 좋아질 것 같으니까. 우리도 잘 어울리는 커플이 될 것 같군."

저 사람의 입에서 나오는 커플이라는 단어가 이렇게 비현실적으로 들리는 건 놀랄 일도 아니다. 그와 나는 애초부터 그런 단어로 얽힐 여지가 없었으니까. 혜영은 지금 이 상황에서 화를 내야 하는 건지, 웃어야 하는 건지 헷갈렸다. 잘 어울리는 커플이라니.

혜영은 절대 누군가에게 매여 살 생각이 없었다.

결혼. 그거야말로 얼마나 인생의 무덤 같은 것이던가. 대한민국에서의 결혼이란 개인과 개인의 결혼이 아니었다. 그야말로 집안과 집안의 결합이었다.

결혼한 몇몇 친구들도 결혼 준비를 할 때 시댁과의 트러블로 얼마나 힘들어했던가? 그것뿐인가? 파혼까지 한 친구도 있었다. 물론 모두가 그렇다는 건 아니었지만. 거기다 애를 낳아야 한다.

애를 낳으면 자신의 생활은 끝이 난다. 그리고 그녀는 우선 애가 싫었다. 더럽고, 말귀 못 알아듣고, 시끄럽고 어쨌거나 좋지 않은 모든 것을 갖다 붙여서 애가 싫었다. 어쨌거나 그녀에게 있어 결혼이란 문제는 절대 타협할 수 없는 것이었다.

"그런데 제가 대학병원에 있는 건 어떻게 아셨어요?"

"학교가 시끄럽던데? 왕자님이 쓰러진 건장한 여학생을 안고 병원까지 뛰었다고."

하긴, 정현이라면 유명인사였고 꽤 큰 퍼포먼스를 펼쳤으니 소문이 날 만도 했다. 아마 내일 학교에 가면 소문은 눈덩이처럼 불어나서 아마 병원까지 뛴 게 아니라 날았다고 날지도 모를 일이었다.

영진이 뒤로 팔을 뻗어 종이봉투를 그녀의 허벅지 위에 내려놓았다. 뭔가 고소한 냄새가 나고 있었다. 뭔가 싶어 겉을 살펴보니 이건 꽤 유명한 호텔 이름이었다.

"밥도 제대로 못 먹을 것 같아서 좀 샀어. 들어가서 먹고 좀 쉬어. 아, 연고도 사났으니 좀 바르고."

"갑자기 또 왜 이렇게 잘해주세요? 사람 겁나게."

"사귀는 사이잖아."

아니다. 이건 분명히 뭔가 있었다. 그가 이렇게 대가 없이 잘해줬던 적은 한번도 없었다는 것을 혜영은 잘 알고 있었다. 차라리 뭔가 구박을 해야 마음이 편한데. 혜영은 왠지 스스로가 메조키스트같이 느껴져서 웃고 말았다.

"왜 웃어?"

"왠지 교수님이 잘해주시는 건 불안해서요. 차라리 구박을 하거나, 쌀쌀하게 군다거나 하는 게 더 잘 어울리시는데."

"언제까지 교수님이라고 할 거야?"

"그럼 뭐라고 불러요?"

"왜, 예전엔 잘했잖아. 오빠."

설마 이 인간 오빠라는 말에 환상이 있는 건가? 대한민국의 80% 이상의 남자들은 오빠라는 말에 확 간다는 말도 있었다. 게다가 낯간지럽게 오빠는 무슨 오빠. 하지만 지금 혜영은 약자였다. 그냥 오빠라고 불러줘야만 했음을 직감했다.

"하긴, 학교에서도 그렇게 부르면 곤란하니까 당분간은 교수로 가야겠군."

"그런데 난 학생이고 오빤 교수잖아요. 아무래도 학교에 알려지면 좀…….”

“하긴, 사제지간 사귀는 거야 외국에서도 흔치 않은 일이니. 사람들이 알게 된다고 해도 상관은 없지만.”

상관이 없긴, 혜영은 상관이 있었다. 많은 사람들의 구설수에 오르는 것도 딱 질색이었고 우선 우리나라 사람들의 그 넓은 오지랖이 문제였다. 분명 시험 점수에 대해서도 왈가왈부할 테고 중요한 건 더 이상 영진의 품에서 빠져나갈 틈이 없어질 것이었다.

“학교에 알려지는 거 절대로 싫습니다. 정현이 입은 제가 막을 테니까 교수님도 조심하세요.”

“민정현 군이야 다른 사람들에게 말할 타입도 아니지.”

하긴, 정현은 처음부터 알고 있었으므로 얼마든 다른 사람에게 말했을 수도 있다. 하지만 지금까지 잠잠한 것을 보면 누군가에게 이 기밀을 발설하지 않았다는 뜻이 되었다.

혜영은 다행히 정현의 입이 무겁다는 것에 안심을 하며 종이 가방을 손에 쥐고 차에서 내렸다. 그냥 가도 괜찮은데 영진은 차에서 내려 골목길을 걷고 있었다. 이런 식으로 이성과 함께 집 앞 골목을 걸어본 적이 없어서 상당히 어색하고 설마 옆집 아줌마가 나와서 보고 여기저기 소문을 내지 않을까 혜영은 괜히 두리번거리게 되었다.

“뭘 그렇게 눈치를 봐?”

“어? 눈치는 무슨. 그런 거 안 봤어요.”

혜영은 괜히 찔려서 고개를 휘휘 내저었다. 하지만 다 틀렸다고 생각했다. 저 바로 앞에서 음식물 쓰레기를 버리고 있는 사람은 다름 아닌 별명이 '공지사항'인 앞집 아줌마였다. 저 아줌마의 귀에만 들어가면 모든 사람들이 공지사항을 본 것처럼 모두 알게 된다고 해서 붙여진 별명이었다.

혜영은 어쩔 수 없이 고개를 숙여 인사를 했다. 그럼 그렇지, 아줌마들이 이런 좋은 건수를 놓칠 사람들은 아니었다. 바로 혜영의 인사를 받으며 앞으로 걸어왔다.

"혜영이, 학교 다시 갔다면서? 오랜만이네. 그런데……."

"아, 이쪽은……."

"어머? 한 감독님 아들 아니야? 영진이 맞지? 몇 년 만이야. 10년이 넘었는데도 얼굴이 그대로네. 그대로야."

하긴, 영진의 집과 혜영의 집은 교류가 많았으니 그냥 친한 동네 오빠, 동생 사이로 보고 있을 수도 있다고 생각했다. 어쩌면 그 점은 다행인 건가?

"어머, 내 정신 좀 봐. 찌개를 올려놓고 나왔는데. 그럼 나중에 봐."

"네, 들어가십시오."

영진은 깍듯이 인사를 했다. 한 감독님? 하긴 영진의 아버지는 무대 연출가였으니까. 하지만 한 번도 본 적은 없어서 말로만 들었을 뿐이었다. 혜민은 그런 미중년이 없다면서 입이 닳도록 칭찬을 했었다. 요즘에도 잡지에 한두 번씩 나온다고 했으니 혜민의 방에 가면 있을 것 같았다.

"들어갈게요."

"하혜영."

"네?"

"지금 많이 봐주고 있는 거야. 알아서 조심해."

영진은 그 말을 끝으로 멀어졌다. 혜영도 알고 있었다. 하지만 같은 학교인데다 같은 과인 정현과 마주치지 않는다는 건 말도 안 됐다. 그래도 나름대로 선을 긋고 있다고 생각했는데 영진의 눈엔 그게 아닌 모양이었다.

집에 들어오자마자 창완이 그녀보다 종이 가방을 먼저 반겼다. 어떻게 누나 얼굴은 쳐다보지도 않고 먹을 것부터 챙기는지 어이가 없어서 소파에 턱하니 앉았다.

"여기 진짜 맛있다고 소문 났……. 어? 누나 얼굴이 왜 그래? 또 어디서 싸웠어?"

"야, 이 나이에 누가 싸워! 그냥 넘어진 거야!"

"넘어지긴. 그 얼굴이 넘어져서 난 상처야? 하여간, 그 나이에 또 불같은 성질을 못 다스렸구만? 싸움도 못하면서 대체 왜 싸워? 나 참, 이해할 수가 없어. 이해를. 우와, 초밥! 대박."

창완은 고추냉이 장도 풀지 않고 그대로 입안으로 생선 초밥을 집어넣었다. 혜영은 저것도 동생이라고 때릴 수도 없음을 안타까워했다. 입도 찢어져서 아픈데 입을 벌려 초밥을 먹기엔 무리가 있었다. 무척이나 아까웠지만 입을 크게 벌릴 수 없는 자신의 처지를 안타까워해야만 했다.

"우와, 진짜 맛있다. 누나! 장어구이도 있어!"

노릇하게 잘 구워진 장어구이를 보고 혜영은 잠시 영진을 떠올렸다. 하긴 이건 한 명이 먹을 분량이 아니었다. 적어도 3, 4명이 먹을 수 있는 분량이었는데 설마 초밥을 못 먹을 걸 알고 따로 장어구이를 싸온 것일까? 왠지 의심이 들었지만 그건 우선 먹고 나서 생각하기로 했다.

창완의 말대로 이 집 음식은 예술이었다. 이 정도라면 족히 몇 십만 원은 나올 거라는 창완의 말에 혜영은 고개를 흔들었다. 그냥 싸고 간편한 일식집도 많은데 굳이 호텔에서 사온 건 부담감을 팍팍 느끼라는 소리밖에 안 되는 것 같았다. 그러고 보니 영진에게는 고가의 가방도 선물 받았는데 이대로는 안 되겠다고 생각했다.

내일은 마침 오후 수업만 있었으니 조금 빨리 일어나서 선물이라도 사가야겠다 생각하며 장어꼬리를 입으로 집어넣었다.

"앗, 내 꼬리!"

"이게 어째서 네 꼬리야? 받아온 건 난데."

"받아와? 그러고 보니 누나가 이렇게 비싼 걸 그냥 사왔을 리도 없고. 영진이 형이 사줬구나?"

“그래, 그 인간이 사줬다.”

“영진이 형 보기보다 센스 있는데? 여자친구 가족들까지 생각하고. 어? 그러고 보니 여기 연고랑 다 들어 있네.”

창완이 꺼낸 건 상처에 즉효라는 ‘후진데’ 연고였다. 혜영은 연고를 상처 부위에 바르면서 다시 영진을 떠올렸다. 생각해 보면 학생들이 왜 그렇게 영진을 좋아하는지 아주 살짝 이해가 가기도 했다.

서른을 넘겼다기엔 묘하게 소년 같은 얼굴이라든지 깨끗한 흰 피부는 매끄러워 보였다. 완연한 성인 남자라기엔 왠지 미소년 같았다. 검고 좋아 보이는 머릿결이라든지. 그러고 보니 담배도 피우지 않는 모양이었다. 한 번도 피우는 걸 본 적도 없었고 차에 올라타도 담배 냄새는커녕 좋은 냄새만 났다. 거기까지 생각이 미친 혜영은 서둘러 핸드폰을 꺼냈다. 이대로 넘어 가기엔 너무나도 미안했다.

「밥 맛있게 잘 먹었어요. 연고도 잘 바를게요. 고맙습니다.」

전송을 누를까 말까 하다 그래도 그냥 넘어가는 건 예의가 아닐 것 같아서 버튼을 꾹 눌렀다. 그런데 얼마 지나지 않아 문자가 도착했다는 소리가 들렸다. 설마 영진일까 했지만 문자의 주인공은 정말 그였다. 많은 나이는 아니지만 그래도 문자 같은 걸 보낼 리는 없다고 생각했는데 의외였다.

「바르고 빨리 나아. 그래야 안심하고 키스하지.」

혜영은 문자를 보자마자 입을 꽉 다물며 소파를 주먹으로 내리쳤다. 그리고 의심이 들었다. 이 사람 정말 총각일까? 하지만 어쩔 때 보면 선수 같기도 하다가 또 어쩔 땐 순진한 소년 같기도 했다. 아무래도 선물 건은 다시 한 번 생각해 봐야 할 것 같았다.

아침 일찍 준비를 하고 나와 백화점에 들어섰지만 도무지 뭘 사야 할지 갈피를 잡지 못했다. 그냥 커프스나 사서 선물을 할까 하다 넥타이는 잘 하지 않는 영진의 모습이 떠올랐다. 그는 구색만 갖춰 입었을 뿐이지 완벽한 정장 차림은 하지 않았다. 혜영은 우선 앉아서 생각하기로 했다.

백화점은 꽤 이른 시간인데도 사람들이 많았다. 그리고 커플들 역시 많았다. 평소 솔로 천국 커플 지옥이라는 말을 입에 달고 살았던 혜영은 앞에서 닭 털을 마구 날리는 그들의 모습을 보며 웃었다. 그래도 어려 보이는 두 남녀가 이렇게 서로 애정표현을 하고 있는 것을 보니 귀엽다고 해야 할까?

"너 지갑 많이 낡았다. 오빠가 하나 사줄게."

"정말?"

그러고 보니 영진의 지갑도 많이 낡아 있었다. 늘 깔끔하게 하고 다니던 그는 한눈에 보기에도 퍽 오래되어 보이는 지갑을 가지고 있었다. 지갑이나 하나 사줄까 하다 왠지 그는 중저가 브랜드는 쓰지 않을 것 같았다.

혜영은 서서히 고개를 돌려 바로 옆에 있는 명품 매장을 바라보았다. 들어갈까 말까 하다 그래도 여름에 했던 아르바이트비가 꽤 남아 있다는 것을 깨닫고 매장 안으로 들어갔다. 역시 이런 명품 매장은 그녀 체질이 아니었다. 온몸에 친절이 배어 있는 직원들은 왠지 조금 껄끄럽다고 해야 할까? 그냥 이럴 때는 혼자 보고 싶은데 직원이 바로 옆에 딱 붙어서 이것저것 설명해 주고 있는 건 정말 부담스러웠다.

"무슨 지갑이 한 달 알바비야."

앞에서 기쁜 얼굴로 포장을 하고 있는 직원을 보며 혜영이 중얼거렸다. 물론 절대 남에겐 들리지 않게.

"어머? 혜영 씨?"

"네? 아, 안녕하세요."

어떻게 이런 곳에서 민아를 만날 수 있는 걸까. 많고 많은 게 백화점인데. 바로 앞에 서 있는 여자는 민아였다. 여전히 그녀는 고급스러움을 온몸으로 내뿜고 있었다.

"여기 있습니다, 고객님."

혜영은 서둘러 종이 가방을 받아 들었다. 왠지 민아는 껄끄러워서 오래 대화하고 싶지가 않았다. 물론 할 이야기도 많지는 않았지만.

"혜영 씨도 선물 사러 왔나 봐요? 나도 들어올 때 급하게 들어오느라 선물 하나 못 산 거 있죠?"

이런 말을 할 정도로 가까운 사이던가? 그냥 인사만 하고 지나가도 될 것 같은 사이였다. 혜영은 그냥 웃으면서 어색하게 고개만 끄덕였다.

"저번에 보니까 영진이 지갑이 많이 낡은 것 같아서 사러 왔는데. 지갑 정도는 내가 선물해도 괜찮죠?"

혜영은 얼떨결에 고개를 끄덕였다. 그리곤 후회했다.

그냥 얼떨결에 고개를 끄덕인 것이었지만 그렇다고 바로 안 된다고 말할 타이밍도 놓치고 말았다. 혜영은 그냥 확신이 없었던 것뿐이었다. 영진을 말 그대로 미치도록 사랑해서 사귀고 있는 상황도 아니었고 딱히 민아에게 질투심을 느껴야 할 필요도 없다고 생각했기 때문이었다. 그럼에도 불구하고 계속 남는 이 찝찝한 느낌은 뭐란 말인가?

백화점에서 나온 뒤 바로 학교로 왔다. 앞에선 기세등등하게 계산을 끝마치고 나왔지만 교수 연구실로 올라갈 수는 없었다.

혜영은 계속 바위에 걸터앉아 바로 옆에 놓아둔 종이 가방을 쳐다보았다. 엄청난 거금을 주고 산 선물이었다. 딴에는 생각해서 통장의 3분의 1이나 털어 샀는데 막상 이걸 주지 못한다니 억울한 생각이 들기도 했다. 하지만 같은 브랜드의 지갑을 두 개나 가지고 다닐 남자는 없었다. 그리고 분명 민아가 사준 게 더 비쌀 테니 자신이 산 지갑은 빛도 받지 못하고 그냥 장롱 깊숙한 어디론가로 들어갈지도 모른다고 생각했다.

"추운데 여기서 뭐 해? 해 넘어가는 것도 모르겠다?"

혜영은 아무래도 이제 자신의 장소를 옮겨야겠다고 생각했다. 그동안은 이곳이 사람들이 많이 오가는 모습에 생동감이 넘쳐 좋다고 생각했다. 비좁은 길인데도 불구하고 학생들의 지름길로 많은 사람들이 오가는 곳이었다. 하지만 하필 여기서 정현을 만나게 될 줄이야. 그는 아무래도 그녀가 계속 이곳에 앉아 있던 걸 본 모양이었다. 따뜻한 캔 커피를 내미는 것을 보니.

"고맙다. 잘 마시마."

"무슨 생각을 그렇게 하느라 시간 가는 것도 모르고 이렇게 앉아 있어?"

"남이사, 너도 빨랑 가. 추우니까."

"고민 있냐? 있으면 이 오빠한테 다 말해봐."

혜영은 잠시 생각했다. 지금 앞에 앉아 있는 민정현이 정말 속이 좋은 것인지, 아님 그냥 단순 무식한 것인지. 어떻게 자기를 찬 여자 앞에서 이렇게 아무렇지도 않게 웃고 있을 수 있는 걸까? 자신 같았으면 자존심이 상해서 이렇게 아무렇지도 않게 대하지 못할 것 같았다. 그런 혜영의 생각을 눈치챘는지 정현은 피식 웃으면서 그녀의 머리를 한번 쓰다듬었다.

"이 넓디넓은 오라버니의 마음을 네가 어떻게 알리오."

"웃기고 있네. 손이나 치워."

혜영은 거친 동작으로 아직도 자신의 머리 위에 올라와 있는 정현의 손을 쳐내었다. 그럼에도 불구하고 정현은 그녀의 머리 쓰다듬기를 멈추지 않았다. 몇 번이나 손을 내치던 혜영도 이젠 포기했는지 그냥 고개만 숙였다. 아무래도 여기 더 있다간 정현의 귀찮음을 피할 수 없을 것 같았다.

"배고픈데 밥이나 먹으러 가자."

"나 약속 있어."

"한 교수?"

딱히 약속을 잡은 건 아니었지만 혜영은 그냥 고개를 끄덕였다. 어차피 상대편에게 감정이 없으면 계속해서 희망을 주지 말아야 한다는 게 그녀의 철칙이었다. 잠시 굳어진 표정을 짓던 정현은 알겠다는 듯 고개를 끄덕였다.

저런 힘이 빠진 얼굴은 혜영으로서도 처음이었으므로 왠지 가슴 한구석이 따끔한 게 양심이 찔리고 있었다. 거기다 저녁 시간에 가까워져 사람들도 없어 왠지 모르게 을씨년스러운 풍경이 더 혜영의 마음에 걸렸다. 그때 혜영의 눈에 들어온 건 막 건물에서 나오는 영진과 민아였다.

그냥 고개를 돌리려고 했지만 이미 영진과 눈이 마주쳐 그럴 수도 없었다. 울며 겨자 먹기로 고개를 숙인 혜영은 이만 자리에서 일어나야겠다 생각했다. 엉덩일 털며 주위를 정리하는데 그녀의 눈에 들어온 건 영진이 들고 있는 종이 가방이었다.

"하혜영, 얼굴은 좀 괜찮아?"

"네. 가보겠습니다. 안녕히 계세요."

혜영이 고개를 꾸벅 숙이며 인사를 했다. 정현도 내키지 않는 듯 살짝 고개를 숙였고 영진도 손을 들어 그의 인사를 받아주었다. 그리고 그냥 그대로 지나가려고 했는데 정현이 그녀를 불러 세웠다.

"하혜영, 이거 네 것 아니야?"

혜영은 돌아보기도 전에 인상을 찌푸리며 자신의 머리를 한 대 쳤다. 저 종이 가방을 가방에라도 넣었어야 했는데 그러지 못한 자신의 우둔함을 탓할 수밖에 없었다. 시선이 저도 모르게 영진에게로 향했다. 그는 분명 정현이 들고 있는 가방과 자신이 들고 있는 가방을 보고 있었다.

"아, 내 것 맞아."

"정신을 어디다 두고 다니냐?"

"나이 먹어서 그런다, 왜? 이리 줘."

"한 교수님도 똑같은 거 들고 계시네."

"그러고 보니 아까 백화점에서 만났었죠?"

민아의 말에 혜영은 그냥 고개를 끄덕이고 말았다. 괜히 시선을 돌리던 혜영은 또다시 영진과 눈이 마주쳤다.

"아빠 지갑이 많이 낡아서 하나 샀어."

"비싼 건데 그냥 두고 가냐? 난 나 가지라는 소린 줄 알았네."

"절대 아니거든?"

혜영은 정현의 손에서 가방을 홱 낚아챘다. 정현은 그저 어깨를 들썩였다. 괜히 신경질적인 반응을 보인 것 같아 미안해진 혜영은 괜히 목청을 가다듬었다.

"다음에 밥이나 먹자. 가볼게."

"민아야, 우리 밥은 다음에 먹자. 선물 고맙다. 하혜영, 집으로 갈 거지? 데려다 줄게."

민아의 대답은 듣지도 않은 영진은 혜영이 뭐라 반항할 틈도 없이 팔을 잡아끌었다. 바로 앞에 주차되어 있는 차는 영진의 차였고 혜영은 곧바로 조수석에 앉혀졌다. 자꾸 기회를 주고 있다는 정현의 말이 영진은 신경 쓰인 모양이었다. 그녀와 정현이 함께 있는 것을 보자마자 옆에 있는 민아를 본 척 만 척했으니까. 정말 그의 말대로 독점력이 강한 것일지도 모르고.

잠시 당황하긴 했지만 은근히 민아를 눌렀단 생각에 기분이 좋아졌다. 그리고 어차피 집에 가는 거 편히 가자란 생각으로 벨트를 맸다. 학교 안이라서 그런지 영진은 부드럽게 운전하고 있었다.

"연고는 바르고 있는 건가? 그대론데?"

"하루 만에 낫지는 않거든요?"

"아니, 왠지 동물 같달까? 그래서 재생능력도 빠를 것 같아서."

“동물이요?”

혜영이 발끈하자 영진이 입매를 올리며 가볍게 웃었다. 왠지 영진과 이야기를 하면 바보가 된 느낌이라 혜영은 더 이상 입을 열지 않기로 결심했다.

“되게 비싼 거 샀나 보지?”

“네?”

“그렇게 꽉 쥐고 있는 걸 보면.”

그냥 무심결에 힘이 들어갔던 것뿐인데 어느새 종이 가방은 너덜너덜해져 있었다. 4차선 신호에서 걸린 영진은 사이드 브레이크를 올리고는 옆을 뒤지기 시작하더니 무엇인가를 손에 들었다. 그건 다름 아닌 어제 영진이 사주었던 연고였다.

“이 연고가 상처 난 덴 최고라던데, 아닌가 보지?”

“그래도 발라서 많이 좋아졌어요.”

“가지고 다니면서 좀 발라. 그래야 빨리 낫지.”

그러고 보니 어제 그런 스팸 내용 같은 문자를 보냈던 게 기억이 났다. 어떨 때 보면 선수 같다가도 순진한 총각이었다며 펄펄 날뛰었던 것이 기억나 그냥 고개를 휘휘 내저었다. 요즘이 무슨 조선시대도 아니고 순결 한 번에 결혼까지 운운하다니. 물론 순결을 지키지 말아야 한다는 건 아니었지만. 하긴, 순결이 중요하다고 생각은 했지만…….

혜영은 더 이상 생각하는 것을 관두기로 마음먹었다. 여기서 더 생각했다간 분명 머리에서 열이 날 것만 같았기 때문이었다.

그는 직접 연고를 자신의 손가락에 짜더니 그녀의 입술에 난 상처에 친히 발라주었다. 순간 당황한 혜영은 마치 정신줄을 놓은 것처럼 뻣뻣하게 굳어 있었다. 설마 그가 이렇게 친절한 모드로 나올 거라곤 생각도 못했기 때문이었다. 그런데 이상했다. 왜 떨어지지 않고 점점 다가오는 느낌이…….

"신호 바뀌었는데요."

혜영의 굳은 말투에 픽 웃던 영진이 바로 차를 출발시켰다. 왠지 영진과 있으면 긴장이 되어서 숨조차도 마음대로 쉬기가 힘들었다. 그냥 옛날처럼 편하게 대하면 될 텐데도 불구하고 자꾸 불편하다고만 느꼈다. 아니, 불편하다기보다는 부담스럽다고 해야 하는 게 맞는 걸까?

"저녁 먹고 들어갈래?"

"네? 아뇨. 리포트가 있어서."

"그럼 내일 데이트나 할까?"

"네?"

"왜 그렇게 놀라는 거야? 낚시 어때? 괜찮나?"

혜영은 고개를 끄덕였다. 그녀는 낚시를 꽤 좋아했었다. 특히 바다낚시는 하 교수와 함께 자주 다니기도 했었다. 무엇보다 조용히 마음을 다스릴 수 있는 것 같아서 유일하게 좋아하는 취미이기도 했다.

"낚시 좋아하세요?"

"기다림의 여유랄까?"

혜영은 고개를 끄덕였다. 낚시는 기다림과 인내의 싸움이었다. 성질이 급한 혜민이나 창완 같은 경우는 금세 싫증을 내고 그냥 바닷가를 거닐어 다니는 것을 좋아했지만 혜영은 늘 하 교수와 끝까지 앉아 누가 고기를 더 많이 잡나 내기를 하기도 했었다. 물론 늘 지는 건 혜영이었지만.

"민아 씨가 준 선물 열어봤어요?"

"아니."

"두 분 굉장히 친하셨나 봐요?"

"왜? 신경 쓰여?"

영진은 앞만 쳐다보고 있었다. 신경이 안 쓰인다면 그건 또 거짓말일 것이다. 뭐, 절대 지갑 때문에 신경이 쓰인다는 것은 아니었다. 그냥 그 정도면 얼굴도 예쁘고 몸매는 슈퍼 모델감이었다.

"그냥 친구야. 고등학교 때 그 친구가 수석 입학자였거든."

혜영은 고개를 끄덕였다. 혹시 그 말로만 듣던 엄친딸? 요즘엔 얼굴도 예쁜 애들이 공부도 잘한다더니 틀린 말은 아니었다. 그러고 보면 영진도 공부를 꽤 잘했던 것으로 기억했다.

"민아 아버지가 선우영 화백이야."

선우영이라면 우리나라를 대표하는 동양화의 대가였다. 그런 사람 밑에서 자랐으니 오죽할까 싶었지만 민아는 생각보다 대단한 여자인 듯했다. 그런 여자와 사귀면 아무래도 영진에겐 더 좋지 않나, 하는 생각까지 들었다.

"교수님을 많이 좋아하시던 것 같은데, 왜 안 사귀셨어요?"

"진짜 질투하는 건가?"

"아니거든요!"

"아니면 나에 대한 관심이라도 생긴 건가?"

"뭐, 그렇다고 해두죠."

어쨌든 쉽게 사귀는 사이는 아니었으니 영진에게 관심이 가는 것은 당연했다. 옛날엔 그냥 불편한 옆집에 살았던 이웃이지만 지금은 어쨌거나 살을 섞은 사이였다. 그러니 그게 좋은 것이든 나쁜 것이든 관심을 가지는 것은 당연했다.

"얼굴도 예쁘고, 몸매도 좋고 성격도 뭐, 화끈한 게 괜찮은 것 같던데."

영진이 혜영을 한번 힐끔 쳐다보았다. 혜영은 괜히 민망해져서 고개를 오른쪽으로 돌려 길게 이어지는 꼬리와 같은 교통정체를 온몸으로 실감했다. 빨리 집에 가서 쉬고 싶은데 아무래도 30분은 도로에서 시간을 소비해야 할 것 같았다.

"너도 객관적이든 주관적이든 괜찮아."

"네?"

"예쁘다고."

순식간에 얼굴로 열이 확 오르는 느낌이었다. 가족이 아닌 누구한테도 그런 말을 들었던 기억은 없었다. 늘 하 교수나 삼촌들이 제일 예쁘다고 말해주긴 했지만 그건 역시 가족이기 때문에 입에 발린 말이었다. 물론 혜영 스스로도 자신이 예쁘다고 생각해 본 적은 없었다. 오히려 남자로 태어났으면 더 어울릴 거란 말을 몇 번인가 듣기도 했었다.

혜영은 손바닥을 부채 삼아 열심히 열을 식혔다. 그런 혜영의 모습을 보고 영진이 또 웃었다.

"뭘 그렇게 어색해해? 그런 말 처음 듣나?"

"네."

"그래? 그동안 주위에서 그런 말도 안 듣고 뭐 했어? 꽤나 쫓아다니는 남자가 있을 것 같았는데."

혜영은 말도 안 된다고 생각했다. 이제껏 거의 남자 없는 삶을 살아왔었고 앞으로도 그럴 거라고 생각했다. 처음 사귀었던 남자친구는 주위에서 어떻게 엮어줘서 사귀었던 것이고 그녀의 변화를 싫어하는 성격상 꽤 오랜 기간 사귄 것이 다였다. 그 남자친구도 그녀에게 예쁘다, 라고 말했던 적은 없었다.

"쫓아다니던 남자 없었는데."

"그건 네가 철벽방어를 한 거 아니야?"

"별로 관심이 없었던 것뿐이에요."

"하긴."

마치 그녀를 다 알고 있다는 말투에 혜영은 입술을 툭 내밀었다.

“네가 산 지갑.”

“네?”

“괜찮다면 내가 받은 것과 바꿔도 될까?”

“왜요? 제 건 별로 안 비싼 건데. 그냥 민아 씨가 산 걸로 쓰시는 게 더 고급스럽고 그럴 것 같은데.”

“네가 산 거 쓰고 싶어서. 살 때까지 꽤 고민 많이 했을 거 아니야. 이게 어울릴까, 저게 어울릴까 하면서.”

혜영은 속이 뜨끔했다. 설마 이 인간 자기를 위해서 산 걸 알고 있는 거 아니야? 라는 의구심까지 들었다. 혜영은 그냥 고개를 끄덕였다.

얼마 지나지 않아 도로가 뚫리기 시작하더니 생각과는 다르게 집 앞까지 빠르게 도착할 수 있었다. 오늘은 무슨 생각에서인지 골목이 아니라 집 앞까지 들어온 영진이 이상하게 보일 정도였다. 거기다 지갑까지 바꾸자고 하다니. 혜영은 살짝 고개를 갸웃거리며 들고 있던 종이 가방을 건네줬다.

“여기서 봐도 되나?”

“네? 아, 그러세요.”

“설마 그 친구한테 주는 건가 싶어 긴장했었는데. 다행이군. 고마워, 잘 쓸게.”

혜영은 그냥 고개를 끄덕였다. 어떻게 이걸 정현에게 줄 거라고 생각한 걸까? 아무리 나이가 있다고 해도 그녀는 아직 부모님께 기대고 있는 학생일 뿐이었는데. 이런 고가의 선물을 마음대로 할 수 있을 만큼 여유롭진 않다.

그때 그의 얼굴이 가까이 다가왔고 혜영은 두 눈을 질끈 감았다. 그의 입술이 닿은 곳은 그녀의 이마였다.

"키스를 하고 싶었지만 그랬다간 그 터진 입술 또 터질 것 같아서."

| 7 |

그런 말을 할 때면 또 선수 같단 말이지라는 생각을 떨칠 수가 없어서 혜영은 집으로 들어오는 그 짧은 시간 동안 자꾸 돌아보고 싶은 것을 참아야만 했다. 아직 차가 출발하는 소리가 나지 않았으니 영진이 가지 않고 있다는 뜻이었고 왠지 돌아보면 괜히 민망할 것 같아 그냥 집으로 들어오는 수밖에 없었다.

"다녀왔습니다."

신발을 벗고 거실로 들어서자 하 박사는 보고 있던 TV를 끄고 혜영을 맞이했다. 그래도 이 집에서 자신을 맞아주는 건 아빠밖에 없다고 생각하며 혜영은 하 박사의 앞으로 종이 가방을 내밀었다.

"딸, 이게 뭐고?"

"선물이요. 아빠 지갑 바꾸실 때 된 것 같아서."

"뭐 이런 걸 다. 설마, 혹시, 또 무슨……."

이제껏 사고를 친 전과가 많아 혜영은 그냥 배시시 웃고 말았다. 대학교 2학년 여름방학 때 여행을 가겠다는 말을 남기고 그녀는 혼자서 태국여행을 다녀왔다. 처음에 장난으로 여겼던 식구들은 그녀가 정말 혼자서 태국으로 여행을 갔다는 것을 알고 기겁을 했었다.

그때 또 하필이면 쓰나미가 몰려와서 집안 사람들은 혼비백산했다. 하지만 그녀는 온갖 재앙엔 운이 트일 정도로 좋은 사람이었다. 멀쩡히 살아 돌아왔는데 여행 갔던 곳만 쓰나미가 몰아닥치지 않았다는 것이었다.

그리고 그 뒤 3년 후. 3년 동안 고이고이 모아온 돈을 가지고 여행을 또 가겠다고 했을 땐 하 박사가 말렸다. 여자가 대체 무슨 혼자서 여행을 하는 거냐고. 그때 혜영은 이번엔 친구와 가볍게 다녀올 생각이니 괜찮다고 걱정 없다는 듯 말했다.

식구들은 혜영과 가장 친한 친구인 화선을 잘 알고 있었고 그냥 두 사람이 가볍게 제주도나 다녀오는 걸로 알고 있었지만 웬걸, 어쩐지 3년이나 돈을 모은다 싶었다. 두 사람은 장장 6박 8일 동안 프랑스로 여행을 다녀왔다.

그 뒤로 혜영은 한동안 거지처럼 살았다. 거기다 취직은 하지도 않고 놀더니 다시 학교를 가겠다고 덜컥 원서를 내놓고 지금은 학교도 잘 다니고 있었다. 남들 한 번 가는 학교를 꼭 두 번 가겠다는 저 청개구리를 어쩌면 좋냐고 윤 여사도 말렸지만 혜영은 요지부동이었다. 어렸을 때부터 하겠다는 것은 꼭 하고야 마는 혜영을 잘 알고 있는 하 박사는 그저 열심히 하라며 고개를 끄덕여 주었다.

혜영은 늘 부모님 말씀을 잘 듣다가도 한 번씩 크게 사건사고를 일으키는 경향이 있었다. 윤 여사는 그냥 다른 아이들처럼 자잘한 사건들만 터트려 줬으면 좋겠다고 말했다. 차라리 학창시절 술이나 담배 같은 호기심에 저지르는 일들 같은 것을 나열할 정도였으니 혜영이 그동안 쳐온 사고들에 비하면 그건 새 발의 피라는 것이었다.

물론 그녀가 학창시절에 술을 마시지 않은 건 아니었다. 다만 부모님 몰래 한 모금씩 했던 것뿐이었다. 담배야 주위에 피우는 사람이 없었으니 그다지 하고 싶다는 마음도 들지 않았던 듯했다.

"저번에 했던 아르바이트비가 이제 나와서요. 그냥 생각나서 하나 샀어요."

"비싼 거 아니니?"

"아빠가 저희한테 해주시는 거에 비하면 엄청 말도 안 되게 싼 거예요. 빨리 풀어보세요. 마음에 드셨으면 좋겠다."

말은 그렇게 해도 하 박사 역시 내심 좋은 모양이었다. 그래도 딸이 사준 선물이라고 포장지까지도 조심스럽게 뜯는 하 박사를 보며 혜영은 내심 양심이 찔리는 것을 느꼈다. 아무래도 조만간에 아버지를 위한 선물을 하나 사야겠다고 마음먹었다.

하 박사가 지갑을 들자 혜영은 저도 모르게 헉, 하는 소리를 냈다. 저 디자인은 분명 아까 자신이 샀던 것이 틀림없었다. 그것도 색만 달랐다. 혜영은 짙은 베이지색으로 샀는데 민아는 남색으로 산 것 같았다.

하긴, 신상품이라고 어찌나 직원이 입술에 침이 마르도록 칭찬을 하는지 평소 쇼핑을 싫어하는 혜영은 대충 싸달라고 말했었다. 그래도 실력 있는 유학파 민아가 산 디자인과 똑같다고 생각하니 한결 마음이 편해졌다.

"뭔데 그리 포장이 요란해? 어머? 이거 이번에 새로 나온 신상이잖아?"

"혜영이가 아빠 선물로 사왔댄다."

"웬일이냐, 하혜영?"

물론 혜민이 의심쩍은 눈초리를 보내는데도 혜영은 할 말이 없다고 생각했다. 평소 명품이라던가 하는 것에도 전혀 관심이 없었고, 자신의 기념일도 잘 챙기지 못했는데 난데없는 선물은 의심을 사게 만들기 충분했다.

"그냥, 백화점 갔다가 예쁘길래 샀어."

"여기 이번에 신상 나온 거 다 히트잖아."

"하여튼 된장녀. 그런 건 잘 알아."

"야, 너 툭하면 된장녀라고 놀리는데 난 내 능력을 즐기는 것뿐이야."

하긴, 혜민이라면 그 정도 돈을 써도 괜찮다고 생각했다. 현재 유명 제약회사 연구원으로 고액 연봉자인 그녀는 요즘 말하는 골드미스에 해당되었다. 그리고 이렇게 돈을 써줘야 경제가 돌아가는 거라는 말도 잊지 않았다. 그리고 혜영도 혜민에게서 타 쓰는 용돈도 꽤 많았으므로 뭐라 할 입장이 되지 못했다. 하지만 윤 여사만은 달랐다.

네가 주는 용돈 따위 필요 없으니 사위 용돈 좀 받아보자는 것이었다. 도대체가 무슨 사위가 그리 보고 싶은지 혜민이 25살을 넘어가기도 전에 제발 좀 시집가라고 보채곤 했었다. 혜민이 도무지 갈 생각을 하지 않자 그 레퍼토리는 그대로 혜영에게로 넘어왔다. 하지만 다시 학교를 간다는 혜영을 보면서 윤 여사는 이제 사위 보기는 체념한 듯했다. 허나, 영진이 집에 인사를 오면서 윤 여사는 곧 사위를 볼지도 모른다는 기대에 벌써부터 부풀어 있었다.

혜영이 대충 씻고 나오자 윤 여사는 거의 모든 저녁 준비를 마친 뒤였다. 옆에서 국을 뜨던 혜민이 혜영을 쳐다보았다.

"요즘 영진 오빠가 계속 데려다 준다며?"

"누가 그래?"

"소문이 다 퍼졌다. 영진 군하고 그렇게 좋았으면서 옛날엔 왜 그렇게 못 잡아먹어서 안달이었어?"

윤 여사는 벌써부터 영진의 편을 들고 있었다. 혜영은 그냥 입을 삐죽이며 냉장고에서 물을 꺼냈다. 여기서 말대꾸를 했다간 이왕 소문도 다 났으니까 시집이나 가라는 말로 그녀를 몰아붙일 게 틀림없었다.

혜영은 스스로 내공이 약해 윤 여사를 절대 이길 수 없다고 생각했으므로 이기지 못할 싸움은 피해가자는 주의였다. 더 이상 말대꾸를 하지 않고 앞에 있는 고기를 입으로 집어넣었다. 그때였다. 딱 하는 소리와 함께 머리가 따끔한 것은.

"이놈의 계집애가, 엄마가 하는 말을 씹어?"

"아, 엄마. 숟가락으로 때리지 좀 말라니까. 그리고 씹다니, 그런 말은 또 어디서 배운 거야?"

"너희가 만날 하니까 이 우아한 엄마가 다 배우는 거 아니니. 하여간, 애들이 품위 떨어지게."

혜영은 어이가 없다는 듯 웃고 말았다. 윤 여사는 이럴 때면 큰 착각을 하는 것 같았다. 여장부 같은 성격에 털털한 윤 여사는 우아함과는 꽤나 거리가 멀었다. 태양과 지구의 거리쯤? 그런데도 스스로 우우하다고 우기고 있는 중이었다.

저녁 식사 메뉴는 하 박사가 좋아하는 제육볶음이었고 이때 소주가 빠지면 안 된다며 혜민이 술까지 챙겨 들었다. 술이라면 제일 좋아라 덤벼들어야 할 혜영이 얌전하자 모두가 궁금한 얼굴로 그녀를 쳐다보았다.

“나 내일 빨리 일어나야 돼. 약속 있어. 그리고 술 끊었어.”

“개가 똥을 끊지.”

“누나가 술을 끊어?”

이런 힐난 섞인 가족 틈에서 정상적으로 자라왔다는 것에 스스로 꽤나 큰 자부심을 느끼는 혜영이었다. 하지만 이번에 술 때문에 생긴 이 골치 아픈 일들을 없애기 위해선 그 골칫덩어리를 당분간 멀리하는 게 상책이었다.

그녀는 술을 꽤 좋아하는 편에 속했다. 아니, 좋아한다기보다는 사랑한다는 것이 맞았다. 그럼에도 불구하고 술을 끊는다는 것은 이번 일이 꽤나 큰 충격으로 와 닿았기 때문이었다.

거기다 자신의 술버릇이 어떻게든 집으로 들어와 자는 것이었는데 이번엔 외간 남자와 도저히 제정신엔 말할 수 없는 일을 저질렀으니 어떻게 술을 안 끊을 수가 있겠는가? 덕분에 술 약속은 전부 다 제쳐서 왕따가 되기 일보 직전이었다.

“약속? 무슨 약속?”

“아, 그냥 약속.”

“누구랑? 영진 군? 정말이야?”

“너 오빠랑 데이트해?”

이 모녀는 어찌나 입도 싸고 가벼운지, 거기다 오지랖도 넓어서 남의 일에 끼어드는 것을 무척이나 좋아했다. 혜영은 대충 고개를 끄덕이며 수저를 놓았다. 밥맛도 뚝 떨어졌기 때문이었다.

혜영은 딱히 남자에게 관심이 많은 것도 아니었지만 없는 것도 아니었다. 그냥 보통 평범한 수준이었는데 오히려 주위에서 연애하는 것을 보고 정이 뚝 끊겼다고나 할까? 좀 그런 타입이었다.

우선 연애를 하게 되면 피곤한 게 눈에 보였다. 옷도 신경 써야 하고, 몸매에도 신경을 써야 하며 심지어 화장, 피부에도 신경을 써야 했다. 게다가 주위에는 흔히 말해 왜 이렇게 많은 오지라퍼들이 있는지 두 사람이 연애를 시작하면 과정에서부터 시작해 결말까지 모든 시나리오를 짠다고 해야 할까? 그런 주위의 시선에 피해를 보는 사람들도 많았고, 심지어 깨지는 경우도 있었다.

거기다 자신의 시간을 무척이나 많이 할애해야 한다는 것. 도대체 왜 매일 전화를 해야 하며, 만나야 하는지 그녀는 이해를 할 수가 없었다. 그냥 며칠에 한번 만나고, 전화하고 그러면 안 되는 것인가?

왜 사랑이 식었다는 둥, 넌 연애의 기본자세부터가 안 되었다는 둥, 무뚝뚝하다는 둥의 이야기를 들어야 하는 것인지 이해도 하지 못했다. 남들은 그녀가 귀차니즘의 대가라서 연애를 하지 않는다고 했지만 그녀는 그런 연애방식을 이해 못하는 것뿐이었다. 언젠가 화선이 이런 말도 한번 한 적이 있었다.

"아직 눈꺼풀이 확 안 뒤집혀서 그래. 뒤집혀 봐. 보고 있어도 보고 싶고, 그냥 구속하고 싶어지게 될걸?"

그 말에 혜영은 그렇게 답했었다. 그건 집착이라고. 어쩌면 혜영은 남들보다 더 로맨틱한 구석이 있을지도 몰랐다. 열정이 있어서 뜨겁게 불타오르다 식는 그런 연애 말고 천천히 물 흐르듯 서로를 존중하고 아껴주는 그런 식의 사랑을 꿈꾸는 거라고나 할까?

혹자는 보통 사람들이 천천히 연애를 하지 않느냐, 라고 말을 했지만 혜영은 아니라고 생각했다. 주위의 대부분의 사람들이 처음엔 그렇게나 열렬히 좋아했다 금세 권태를 느끼는 사람들이 많았기 때문이었다.

그렇게 그녀는 밤새 내내 그 연애에 대한 고찰로 고민하다 잠이 들었다. 일찍 잠이 들어서인지 빨리 깨어난 혜영은 정확히 8시가 되기 10분 전에 모든 준비를 마쳤다. 딱히 도시락을 만들 생각은 없었지만 새벽 6시에 눈을 뜨니 할 일도 없고 해서 도시락을 만들게 된 것이었다. 귀찮아서 요리를 하지 않았던 것뿐이지 그녀도 꽤 맛있게 한다는 평을 듣고 있었다.

모든 준비를 마치고 나서 밖으로 나오자 이젠 눈에 익숙하다 못해 꼭 자신의 차 같은 영진의 차가 서 있었다.

"그거 뭐야?"

8시가 되지 않았는데도 영진 역시 벌써 집 앞에 도착해 있었다. 혜영이 들고 있던 가방을 가져가 차에 실으며 영진이 물었다.

"짐도 많네. 그냥 가까운 데 가는 건데. 점심은 어떻게 할까? 가볍게 도시락이나 사서 가는 게 어때? 먹을 곳도 마땅치 않을 것 같은데."

"저거 도시락이에요."

"설마……. 아니지?"

"설마 맞아요. 그냥 눈이 일찍 떠져서 몇 가지 좀 만들어봤어
요."

혜영은 어깨를 으쓱하며 조수석으로 올라탔다. 영진은 의외라
는 듯 웃으며 운전석에 올라탔다. 설마 혜영이 도시락까지 준비할
거라곤 생각도 못한 모양이었다.

"지갑 비싼 거 아니었어?"

"네? 아, 뭐. 제 입장에선 비쌌죠."

"괜히 나 때문에 무리한 거 아닌가?"

순간 혜영은 숨을 훅 들이켰다. 눈치도 귀신같이 빨랐다. 아무
래도 눈치를 챈 모양이었다. 대체 어디서 눈치를 챈 걸까? 설마 어
제 선물이 든 가방을 들고 안절부절못하고 있을 때?

"어떻게 눈치채셨어요?"

"대충? 그냥, 아버지 드릴 선물을 샀으면 바로 집으로 갔겠지,
학교를 오지 않고."

"그래서 한 한 달은 점심 안 사먹고 수돗물 마시려구요."

"그럼 연구실로 와. 밥 정도는 사줄 의향 충분하니까."

이럴 때의 영진은 순수한 소년 같다고나 해야 할까? 서른이 넘
었음에도 불구하고 그가 웃을 때면 무척이나 해맑아서 마치 10대
소년 같았다. 눈웃음을 치고 고른 치아를 드러내며 웃는 모습은

꽤 봐줄 만하다면서 혜영은 속으로 점수를 매겼다.

"지갑…… 마음에 들었어요?"

"응. 그전에 쓰던 지갑이 쓴 지 10년이 넘어서 쓸까, 말까 고민을 많이 했었거든. 덕분에 걱정거리 하나 줄었지."

"10년 넘게 썼으면 많이 안 늘어났나? 수선해도 쓰기 불편할 텐데."

"어머니가 사주셨던 거야."

혜영은 그의 말에 입을 다물고 말았다. 그냥 가볍게 지갑으로 사자, 라고 생각했던 것인데 어쩌면 그의 마음에 상처를 주었을지도 모른다고 생각했다. 슬그머니 영진의 옆모습을 바라보았지만 그는 그다지 신경 쓰고 있는 표정이 아니었다.

바닷가에 도착해서 두 사람은 곧바로 낚싯대를 꺼내 들었다. 여자임에도 불구하고 아무렇지도 않게 지렁이를 끼우는 모습을 보고 영진은 꽤 놀란 듯했다.

"왜요? 이런 거 아무것도 아닌데. 아빠 따라다녀서 이런 건 잘해요."

"그렇군. 안 도와줘도 되겠어."

"아, 그건 아니고. 제가 고기는 잘 못 빼거든요. 그건 도와줘야 돼요."

딱히 고기를 무서워하는 건 아닌데 이상하게 그녀가 잡은 물고기를 빼려고 하면 낚싯바늘이 더 깊이 들어가거나 끊기는 일이 많았다. 실은 등지느러미에 찔릴까 봐 제대로 고기를 잡지 못하는 탓도 컸다.

"잘 잡는데?"

"엄마가 그러는데 저한텐 고기가 잘 몰려든대요. 뭐, 역시 미인의 힘이랄까?"

그렇게 말해놓고 혜영이 박장대소를 했다. 그냥 웃자고 한 이야기였는데 영진의 반응은 미지근했다. 괜히 무안해져서 웃음도 쏙 들어갔다.

"저 공주병 이런 거 아니고 그냥 웃자고 한 이야긴데……."

"아냐, 충분히 예쁘다고 내가 말하지 않았었나?"

그녀는 누가 예쁘다고 말해주면 얼굴이 붉어지고 이상하게 창피해서 그런 말을 듣는 걸 별로 좋아하지 않았었다. 객관적으로든 주관적으로든 그냥 어디 가서 욕먹지 않을 정도라고 생각했었다. 실제로 그녀에게 예쁘다고 말해주는 사람도 별로 없었고.

물론 고슴도치 눈에는 제 자식이 예쁜 법이니 그녀의 부모님들 빼고는 그런 말을 들어본 기억이 거의 없었다. 혜민은 꾸미지 않아서 그런다고 늘 구박하기 일쑤였다.

"왜 그렇게 쑥스러워해?"

"저도 그냥 제가 예쁘진 않고 보통인 건 다 알거든요? 왜 괜히 사람을 놀려요."

"진심이야. 주관적이든 객관적이든 예뻐."

역시나 또다시 얼굴이 붉어지는 것을 느꼈다. 너무나 진지한 얼굴로 말을 해서 진짜인지 아닌지 헷갈렸다.

"아름답지 않을 뿐이지."

영진이 그렇게 말하며 픽 웃었다. 역시 이번에도 또 놀림에 당한 것이다. 혜영은 언젠가 복수해 주겠다고 다짐하며 이를 빠득 갈았다.

고기도 잡히지 않고 두 사람 사이의 대화도 끊겼다. 원래 낚시를 할 땐 말이 없는 것이 정석이었는데 이상하게 영진과 둘만 있으려니 불편해진 혜영이 괜히 헛기침을 했다.

"프랑스 생활은 즐거웠어요?"

"아니."

설마 바로 1초의 망설임도 없이 아니라는 대답이 나올 거라곤 상상도 하지 못했다. 또 괜한 것을 들쑤신 건 아닌지 괜히 심장박동수가 빨라지는 것 같았다.

"말도 하나도 안 통하지, 영어로 해봤자 그 사람들은 알아들으면서도 프랑스어로 대답하고. 친구가 있길 하나, 집에 사람이 있길 하나. 처음엔 향수병으로 꽤 고생했었어."

처음이었다. 영진을 다시 만나고 그가 이렇게 편하게 자신의 속마음을 이야기하는 것은. 더더군다나 영진이 향수병이라니. 그건 왠지 그다지 믿음이 가지 않았다.

"진짜야. 그땐 미술도 더 이상 하고 싶지 않았고 한국에, 내가 살던 집으로 돌아오고 싶었어."

"한국이 좋았어요?"

"당연하지. 내 정체성이 있는 나라인데. 그리고 보고 싶은 사람
도 있었고."

영진의 눈빛이 아련해지자 혜영은 일순 긴장했다. 그 보고 싶은
사람이라는 건 누구일까? 혹, 저번에 말했던 그 괴롭힌 사람?

"옆집에 내가 좋아했던 사람이 살았거든."

혜영은 순간 얼굴로 열이 확 오르고 심장이 마구잡이로 뛰는 것
을 느꼈다. 아니, 뒷골이 확 당긴다고 해야 하나? 그러니까 이건
창피한 것, 그리고 쑥스러운 것과 비슷한 느낌이었다.

혜영은 자신도 모르게 두 번째 손가락으로 스스로를 가리켰다.
그와 동시에 영진의 아련한 눈빛이 사라졌고 혜영은 뭔가 잘못 짚
었다고 생각해서 재빨리 손을 원상복귀시켰다. 얼굴이 더 붉어졌
다.

"너 설마 공주병?"

혜영은 영진이 보지 않는 쪽으로 고개를 돌리며 인상을 확 찌푸
렸다. 자기도 모르게 나온 얼굴 팔린 행동에 정말이지 쥐구멍이라
도 있으면 숨고 싶었다. 하지만 이미 일은 벌어진 뒤였다.

"뭐, 착각할 수도 있는 거죠."

"얼굴에 열이나 식히고 말하지?"

이래서 영진이 싫다는 거다. 은근히 사람 약 올리는 거나 잘하

고. 이건 10년 전이나 지금이나 별 변화가 없었다.

"난 어머니하고 나이 차이가 꽤 많이 나잖아. 실제로 우리 아버지가 어머니보다 8살이나 연하셨으니까. 너희 어머니를 지금 생각해 보면 참 좋아했던 것 같아."

혜영의 눈이 단박에 커졌다. 설마 그 목소리 크고 아줌마 근성 제대로인 윤 여사를 좋아했다는 말인가? 혜영은 당연히 혜민 정도나 되는 것으로 생각했었다. 너무 기가 막혀 말도 잘 나오지 않는 걸 알았던지 영진은 알아서 정리를 해주었다.

"그땐 사춘기였고, 집엔 거의 나 혼자 있었으니까 챙겨주는 사람이 좋았던 거지. 뭐, 엄밀히 말하자면 내 이상형 정도였다고나 할까?"

처음엔 장난으로 여겼었는데 영진은 꽤 진지하게 말을 이어가고 있었다. 혜영도 계속 찌가 움직이는 것을 보았지만 섣불리 몸을 움직이지 않고 계속 영진의 말을 들어주었다. 꼭 이런 식, 그러니까 소년 같은 말투와 행동을 할 때마다 속기도 하면서 그녀는 여전히 그의 말을 잘 들어주었다.

나이가 어린 아버지 곁에 있는 여자들 이야기라든지, 때문에 부모님 금실이 좋지 않았다는 것. 학교 다닐 때 공부를 그리 좋아하지 않았다라든지, 정말 어쩔 땐 진심으로 그림이 지겨워질 때도 있었다는 것도. 프랑스로 갔을 때 초창기에는 향수병으로 꽤 고생을 했었다는 것도 말해주었다.

“아무래도 어머닌 유명한 배우이다 보니 바쁘셨고, 제대로 시간을 같이 보낼 수도 없었지. 여전히 자신이 건재하다는 걸 알리고 싶으셨는지 내가 말문이 트였을 때쯤부터는 다시 일을 많이 하시기 시작하셨고. 그래도 어머닌 날 많이 사랑해 주셨지. 정말…… 많이…….”

그의 목소리엔 많은 그리움이 그대로 묻어나고 있었다. 혜영은 저도 모르게 생각에 빠졌다. 만약 윤 여사가 이 세상에 없다면? 생각만으로도 무엇인가가 울컥 치밀어 올랐다. 상상만으로도 이렇게 마음이 아픈데 영진은 어떻게 버텨낸 것일까.

“우연히 노트르담 광장에서 만났을 땐 꽤 놀랐었어.”

갑작스레 화제가 바뀌었다. 차라리 이 대화가 더 낫겠단 생각이 들었다. 그러고 보니 프랑스로 여행을 갔을 때 정말 우연히도 영진을 만났었다. 덕분에 화선과 함께 제대로 된 프랑스 풀코스 요리도 먹었었다. 분명 그때 그가 주소와 전화번호를 적어주며 연락하라고 했었는데 그가 주었던 엽서는 어디선가 잃어버렸다.

미술 공부가 하고 싶어져서 그에게 연락을 하려고 했었는데 결국 도움을 받지 못했다. 그런데 정말 우연히도 학교에서 만나게 된 것이었다. 사실 그렇게 친한 사이도 아니었거니와 물론 윤 여사나 혜민은 달랐지만 그와 사제지간으로 엮인다는 것은 꽤 자존심이 상하기도 하고 그리 유쾌하지만은 않았다. 그래서 학기 초엔 그를 꽤 피해 다녔었다.

"3년이나 돈을 모았다면서 왜 그리 짧게 머무른 거야?"

"학생이 무슨 돈이 있어요. 특별히 아르바이트를 한 것도 아니고 용돈 쪼개고 쪼개서 여행 간 거였는데."

"연락은 왜 안 했어?"

"엽서를 잃어버렸어요."

"하혜영답다."

물론 그녀는 건망증도 상당히 심했고 무언가에 집중하고 있을 땐 주위에서 무슨 상황이 일어나는지 전혀 알지도 못했다. 아마 그때도 열심히 먹고 있는 중에 그가 엽서를 건네주었는데 대충 주머니에 넣어뒀다 잃어버린 게 틀림없었다. 그래서 혜영은 웬만하면 돈도 주머니에 넣지 않으려고 노력했다. 그녀가 주머니에 넣으면서 잃어버린 돈이 족히 몇십만 원은 넘고도 남을 것이 틀림없었다.

"배고픈데 밥 좀 먹죠?"

영진이 고개를 끄덕이며 낚싯대를 건져 냈다. 혜영이 도시락을 준비할 동안 그는 그녀의 낚싯대를 건져 내고 대충 정리를 했다. 미리 싸온 도시락이어서 준비하는 시간도 오래 걸리지 않았기에 혜영은 펼쳐 놓고 그가 앉길 기다렸다. 영진은 혜영이 준비한 도시락을 보고 꽤 놀란 모양이었다.

"생각보다 음식 솜씨가 괜찮은 것 같군."

"왜요? 대충 찬밥에 있는 반찬 싸올 줄 알았어요?"

"그것도 나쁘진 않지만. 사실 가정식 밥을 먹어본 것도 너희 집에 갔을 때 꽤 오랜만이었거든."

"다음에 반찬 좀 싸다 줄게요."

혜영은 요리를 곧잘 했다. 워낙 하는 것을 귀찮아해서 그렇지 윤 여사를 닮아서 요리는 꽤 잘하는 편이었다. 집에 있는 재료로 볶음밥을 만들어 한입에 먹기 좋게 만들었을 뿐이었다. 나머지는 가벼운 채소샐러드와 계절과일뿐인데도 불구하고 영진은 꽤 맛있게 먹고 있었다.

"국도 좀 마시면서 먹어요."

"국도 끓였어?"

"그냥 간단한 계란국인데요, 뭘. 보온병에 뜨끈하게 담아와서 비리진 않을 거예요. 아마도?"

영진이 계속 의외라는 얼굴로 혜영을 바라보았다. 하긴 그녀도 누구를 위해서 도시락을 싸본 일은 거의 없었다. 처음 사귀었던 남자친구가 사법시험을 보러 가기 전에 한번 쌌던 적은 있지만 그때도 귀찮아서 대충 김치볶음밥으로 때웠다.

"그렇게 안 쳐다보셔도 저하고 별로 안 어울리는 조합인 거 잘 압니다."

"종종 부탁해."

그가 웃으며 볶음밥을 입으로 집어넣었다. 정말 저렇게 해맑게 웃을 때면 왠지 모르게 속고 있는 듯한 느낌이 드는 것을 지울 수가 없었다. 대체 어떻게 서른이 넘은 나이에 저런 순수한 웃음이 나오는 건지 이제는 신기하기까지 했다.

"만약 학교에 우리 사이가 알려지면 어쩌실 거예요? 학칙상 교수와 학생은 안 되는 거 아닌가?"

"교수엔 별 미련이 없어. 실은 시간강사 정도만 하려고 했었는데 신 교수님이 부탁하셔서 여차여차해서 하고 있는 거지. 왠지 난 가르치는 것보단 나 혼자 작업하는 게 맞는 것 같거든."

혜영은 말도 안 된다고 생각했다. 그는 꽤 이름난 교수였다. 미술계에선 천재로 주목받고 있었고 인기 교수였기 때문에 강의 시간표를 짤 때면 학생들 사이에서 피 튀기는 전쟁이 벌어졌다.

처음엔 가르쳐 봤자 얼마나 잘 가르치겠어, 생각했지만 그가 실력이 있다는 것을 바로 인정할 수밖에 없었다. 외모와는 다르게 그는 알기 쉽게, 또 가볍게 그러면서도 진중하게 수업에 임했다.

"내 주위엔 그렇게 입이 가벼운 사람도 없고, 민정현 군도 함부로 발설할 사람도 아니고. 별로 들킬 위험은 없다고 보는데."

혜영은 고개를 끄덕였다. 어쨌거나 그는 배울 점이 많은 사람이었고 데이트도 그렇게 나쁜 것도 아니었다. 아니, 오히려 데이트를 처음해 보는 사람처럼 풋풋하기도 했고 새삼 영진이 다시 보이기도 했다.

❖

영진은 꽤 바쁘게 책상을 정리하기 시작했다. 그동안 읽지 못한 책들이 많아 한꺼번에 읽다 보니 이틀 내내 교수실에서 밤을 보내게 되었다. 오전 강의도 없었고 오늘은 교수 모임도 취소되었으니 집에 가서 씻고 나오면 될 것 같았다.

그때 노크하는 소리가 들렸고 영진은 들어오라고 말하면서 계속 책들을 정리했다. 책꽂이에 책을 넣으면서 슬쩍 고개를 돌리던 영진이 상대방을 확인하고서야 하던 일을 멈추었다.

"달갑지 않은 손님이 오셨군. 커피는 블랙?"

"네."

영진은 정현을 꽤 좋아했다. 재능도 있고 본인이 열심히 하려는 의지도 보여서 쭉 지켜보고 있었다. 이런 식으로 혜영과 엮이지 않았으면 졸업하고 나서도 좋은 관계를 유지할 수 있을 거라고 생각했다. 어쨌거나 그날 술을 많이 먹은 건 스스로 잘못한 일이었고 이미 상황은 이렇게 되었으니 바뀔 수도 없었다. 영진은 커피 두 잔을 가져와 탁자에 내려두고 자리에 앉았다.

"이탈리아산이야. 맛이 꽤 괜찮아."

"혜영이 말로는 예전, 옆집에 살 때 교수님을 꽤 많이 좋아했었다고 하던데요."

정현의 말에 영진이 잠시 멈칫했다. 정현은 처음부터 영진이 별로 마음에 들지 않았다. 나이 차이도 겨우 4살인데 불구하고 그는 교수였다. 거기다 세계적으로 인정받는 작가. 어쩌면 자격지심 비슷하다고 해야 할까? 아니, 정확히는 열등감이었을지도 모른다. 모순적으로 한편으로는 존경하고 좋아하는 마음도 있었다.

"그 녀석, 거짓말을 했나 보군. 내 기억엔 날 꽤 싫어했는데."

"네?"

"아마 내 기억이 맞다면."

영진은 정현이 충분히 진심이라는 것을 인지하고 있는 듯했다. 그렇지 않다면 이런 이야길 불리한 상대에게 직접 꺼낼 이유가 없었을 테니까. 정현은 잠시 어이가 없어 웃고 말았다. 이런 식으로까지 영진이 솔직하게 나올 거라곤 생각을 못 한 탓도 있었다. 그리고 혜영의 그 어눌했던 말투가 생각난 것이었다. 혜영은 거짓말을 할 때면 괜히 목소리가 커지고 상대방을 뚫어지게 쳐다보곤 했었다.

"그냥 그렇다고 대답했으면 편하셨을 텐데요."

"알아. 난 자네들보다 조금 더 오래 살아서 영악하거든."

"그런데요?"

"민정현 군의 진심이 느껴져서라고 대답하면 되는 걸까? 정정당당하게 부딪쳐야겠다 싶어져서."

"불리하실 텐데요."

"알아."

왠지 그렇게 말하는 영진의 얼굴이 거짓말 같게도 씁쓸해 보였다. 정현은 말없이 커피를 마셨다. 식어서 그런지 씁쓸한 맛이 한 층 더 강했다. 저도 모르게 인상을 찌푸렸는지 영진이 살짝 웃었다.

"로스팅이 좀 강하게 된 거야. 실은 에스프레소용 원두지. 좀 쓴 걸 좋아해."

"제 길을 포기했습니다. 그래서 요즘 경영공부를 하고 있었어요. 할아버지 건강도 많이 안 좋으셔서 학원을 이어야 할 것 같습니다."

"그 이야기도 들었지."

"페어플레이를 하자는 말씀이신가요? 좋습니다."

"하혜영을 사랑한다고 했었지."

"교수님은요?"

영진은 잠시, 아주 잠시 말이 없었다. 그저 식어버린 커피잔만 우두커니 바라보고 있었다. 정현은 저도 모르게 두 주먹을 있는 힘껏 쥐었다.

"아직은…… 아닐 거야."

애매한 답이었다. 정현은 말없이 영진을 노려보았다. 아무리 혜영이 영진을 좋아한다고 해도 설사 그것이 진실이어도 그는 좋아하지도 않는 여자와 사귈 만큼 뻔뻔하지는 못할 것 같았다. 그럼 둘 사이에 무엇인가가 있다는 말인데 정현으로선 지금 그 사실을 알 길이 없었다.

"왜 자꾸 저에게 유리한 상황을 설명해 주시는 겁니까?"

"글쎄. 왜일까? 두려워서?"

정현은 순간 머리가 복잡했다. 왜 자꾸 영진이 이런 말을 하는지가 이해가 가지 않았기 때문이었다. 이런 말을 하면 할수록 스스로가 불리해질 것은 당연한 일이 아니던가?

"실은 내 감정이 무서워서일지도 모르지. 누군가에게 진실해지는 것도, 마음을 주는 것도 무섭거든, 난."

"그럼 자꾸 혜영이한테 낚시질하지 마십시오."

정현의 미간엔 잔뜩 주름이 생겨 있었다. 영진은 정현의 말을 듣고 살짝 웃으며 커피를 한꺼번에 들이켰다. 그의 웃음에 정현이 자리에서 벌떡 일어났다.

"정정당당하게 부딪치자고 한 건 민정현 군인 걸로 아는데."

"네. 그러니까 혜영이 함부로 낚지 말라는 말입니다."

"그건 싫은데."

정현은 할 수만 있으면 앞에 있는 남자를 한 대 치고 싶다고 생각했다. 지금 사람을 들었다 놨다 하는 건지 아니면 갖고 노는 건지 알 수가 없었다. 아니, 생각을 도무지 읽을 수가 없어서 답답한 것이었다.

"난 보일 수 있는 패는 다 꺼냈어."

"네. 그러시겠죠."

"조금 전에 내가 정정당당하고 싶다고 말한 걸로 기억하는데."

“기억하고 있습니다. 하지만 혜영이를 좋아하는 것도 사랑하는 것도 아니시라면서요.”

영진이 자리에서 일어났다. 187㎝인 정현보다 영진은 살짝 더 작았다. 그럼에도 불구하고 더 커 보이는 건 역시 주눅 들 만한 위치에 있어서인가? 아니면 한영진이라는 남자가 잘나서 그런 것인지 알 수가 없었다. 깔끔한 그레이 톤의 슈트를 입은 채 넥타이를 살짝 푼 그는 마치 모델 같았다.

책상 앞으로 걸어간 영진은 자신의 잔에 커피를 따르고 돌아섰다. 그의 뒤에서 역광이 비쳐와 정현은 살짝 눈을 찌푸렸다.

“하혜영이 슬슬 눈에 들어오기 시작했거든.”

| 8 |

순간 정현은 등골이 오싹해졌다. 저 남자는 처음부터 진심이 아니었다는 건가? 아니면, 진심을 깨닫지 못하고 있다는 건가? 정현은 멍하니 영진을 주시했다. 하지만 여전히 영진의 표정에서는 아무것도 읽을 수가 없었다. 아니, 마치 고해성사라도 한 듯 편안해 보이기까지 해 보이는 표정에 정현은 할 말을 잃고 말았다.

두 사람 사이에선 아무 말도 없었다. 하지만 그 어느 누구도 이 흐름을 끊고 싶어하지 않는 것 같았다. 하지만 이내 들려오는 노크 소리에 두 사람의 시간이 끝나고 말았다.

"네. 들어오세요."

"어? 두 사람이 같이 있네?"

혜영은 두 손으로 힘겹게 들고 있던 가방을 탁자 위에 내려놓았다. 왠지 모르게 심각해 보이는 두 사람의 모습에 일순 긴장했지만 평소와 똑같이 웃으며 정현의 어깨를 툭 쳤다.

"야, 민정현. 너 왜 폼 잡고 있냐? 그래 봤자 개폼인데."

"그거 정리하고 나와. 이야기 좀 해."

평소의 정현의 반응이 이게 아니었다. 분명 같이 때리면서 맞장구를 쳐줘야 했다. 정현이 교수실에서 빠져나가자 혜영은 고개를 돌려 영진을 보았다. 그는 아무 말 없이 커피메이커를 바라보고 있었다. 내리고 있던 커피가 다 나왔는지 커피를 따르고 설탕까지 타서 그녀의 앞으로 가져왔다.

"아, 잘 마실게요."

"그건 뭐야?"

"반찬이요. 별로 한 건 없는데. 감자조림하고 볶음, 연근조림, 오징어채 볶음. 이건 내가 만든 거고 장조림은 집에 있는 거 가져왔어요. 요리는 좀 할 줄 알아요? 엄마가 잡채는 불어서 안 볶았대요. 볶아 먹어야 돼요."

"실천력 빠르네. 고마워, 잘 먹을게."

그러고 보니 영진도 평소와 다르게 느껴졌다. 말투 같은 건 평소와 비슷한데 얼굴 표정이 조금 모호하다고 할까?

혜영은 갑자기 머리 위에서 느껴지는 온기에 재빨리 고개를 들어 올렸다. 하지만 그가 머리를 꽉 누르고 있어서 계속 그의 구두만 보고 있을 수밖에 없었다.

"너 이러다가 내가 진짜로 좋아하면 어쩌려고 이렇게 잘해줘?"

"네? 아, 교수님. 이것 좀 놓고 이야기하세요."

"말했잖아. 나 독점력 강하다고. 너 연애도, 결혼도 싫은 거 다 알아. 그런데 자꾸 내 눈에 들어오면 어쩌려고 그러냐."

혜영은 뭔가 이상하다고 생각했다. 또 그 증상이 나타났다. 심장이 서걱거리는 느낌. 어떻게 해서든 머리 위에 있는 영진의 손을 치우고 그의 얼굴을 보고 싶었지만 힘이 어찌나 센지 쉽지 않았다.

"독신주의자라면서요."

"그건 또 어떻게 알았어."

"잡지에 있는 교수님 인터뷰 보면 다 알 수 있거든요? 왜 자꾸 머리를 누르세요. 얼굴 좀 보지?"

"안 돼."

단호한 말투는 아니었다. 다분히 웃음기를 머물고 있는 말투였다. 평소엔 눈 마주치는 것도 싫어했는데 오늘따라 이상하게도 그의 얼굴이 보고 싶었다.

"얼굴 좀 보자구요."

"얼굴 보여주면 뭘 해줄 건데?"

"해주긴 뭘 해줘요. 교수가 지금 학생한테 뭘 뜯어먹으려고 그래요. 가뜩이나 가난한 고학생을."

드디어 머리에서 느껴지는 압박감에서 해방됐다. 혜영은 재빨리 고개를 들어 올려 영진을 바라보았다. 그의 미소는 여전했다. 그가 웃는 모습은 예전과 하나도 다르지 않았다. 그때보다 키가 조금 더 크고 머리카락이 조금 더 길다는 것 정도?

"박사님한테 돈 받아 다니면서 고학생은 무슨."

"어? 어떻게 아셨어요? 참, 교수님. 만날 좀 그렇게 웃으세요. 찬바람 휙휙 부대끼며 다니지 마시고."

"나 잘 웃는 사람이야. 오늘 저녁 시간 있어?"

혜영은 가볍게 고개를 끄덕였다. 어차피 어제 모든 과제들은 정리한 참이니 오늘은 일찍 집에 가면 목욕탕에나 가야겠다고 생각했지만 굳이 가지 않아도 상관없었다.

"그럼 6시 20분까지 후문 쪽 편의점 앞에서 기다려. 나가봐."

"커피 마시고 갈게요."

"종이컵에 타준 이유를 모르겠어? 가지고 나가. 기다리는 사람도 생각해야지."

이제야 기억이 났다. 정현이 할 이야기가 있다고 좀 보자고 했던 것을. 혜영은 재빨리 고개를 숙이고 교수실에서 빠져나왔다.

정현은 건너편 자료실 벽에 기대어 서 있었다. 혜영은 반쯤 식은 커피를 마시며 이 맛이야를 외쳤다. 그런 혜영의 모습을 보던 정현은 어이가 없던지 픽 웃고 말았다.

"기분 나쁘게 왜 사람을 보고 웃어?"

"애 같아서."

"나이 들어가는데 정신이라도 젊게 살아야지."

"하긴, 밝은 게 하혜영 장점이지."

두 사람은 빈 강의실로 들어가 자리를 잡고 앉았다. 아니, 정확히 자리를 잡고 앉은 건 혜영뿐이었다. 정현은 그녀의 앞에 서서 계속 그녀를 쳐다보고 있었다. 왠지 민망해진 혜영은 괜히 눈을 돌리며 기지개를 켰다. 그럼에도 불구하고 정현은 고개를 돌리지 않고 있었다. 이쯤이면 충분히 눈치를 준 것 같은데도 말이다. 할 수 없이 혜영은 흠흠거리며 얼굴을 쓸어내렸다.

"내 얼굴에 뭐라도 묻었냐? 얼굴에 구멍 나겠다. 그만 좀 쳐다보지?"

"나도 내가 신기해서 그런다. 딱히 예쁜 얼굴도 아니고, 그렇다고 안 예쁜 얼굴도 아니고. 어쩌다 내가 이런 애를. 나도 미쳤지."

"너 지금 누구 염장 지르냐? 그래도 교수님은 주관적이든 객관적이든 예쁘다고 해주시더만."

그렇게 말하면서도 혜영은 왠지 양심이 찔려오는 것을 느꼈다. 하지만 또다시 말이 없어진 정현 때문에 또 어색한 시간을 흘려보내야만 했다. 대체 할 말이 있다고 해놓고 왜 이렇게 말이 없는지도 궁금했다. 어쩔 수 없이 빨리 수업시간이 되길 기다려야 할 판이었다.

"한 교수. 너 좋아하는 거 아니래."

설마 그걸 영진이 말했단 말인가? 혜영의 얼굴이 순간 굳었다. 이렇게 되면 정현을 떨어뜨리는 일이 상당히 귀찮게 돌아갈 것이다. 영진은 분명히 기간을 한 달 준다고 했었고 만약 정현을 떨어뜨리지 못한다면? 영진의 성격이라면 그날 있었던 일을 말할지도 몰랐다.

"아, 아, 알아."

"너 정말 한 교수가 좋아서 사귀는 거야, 아니면 한 교수 말대로 피치 못할 사정이 있어서 사귀는 거야? 듣기론 옛날부터 좋아했던 사이도 아니라는데. 오히려 네가 교수님을 많이 싫어했었다면서."

혜영은 머리를 긁었다. 대체 어쩌자고 영진이 그런 솔직한 발언을 한 것인지 이해가 되지 않았다. 언제는 떨어뜨려 준다면서.

괜히 모든 원망이 영진을 향해 돌아갔다. 또 이건 어떻게 빠져나가야 할지 앞이 막막해져 왔다. 도움을 주지는 못할망정 이런 식으로 사람을 난처하게 만들다니. 아무래도 이따 만나게 되면 따져야겠다 생각했다.

"내가 싫은 거야, 아니면 연애라는 게 싫은 거야?"

이제껏 장난스러운 표정을 짓고 있던 혜영의 얼굴이 순식간에 굳어갔다. 솔직히 말해 정현이 싫은 것은 아니었다. 그냥 초등학교 때 상당히 괴롭혀 왔던 짝꿍이었고 지금은 자신이 좋다고 고백을 한 남자였다. 다만 연애상대로 전혀 생각을 안 해봤을 뿐이었다. 그리고 혜영은 연애라는 것을 딱 한 번 3년간 해보았지만 그게 좋은 것인지 느끼지를 못했다. 그래서 그 뒤로 굳이 남자친구를 만들려고 하지 않은 건지도 몰랐다.

그냥 혼자인 게 편했다. 밥을 먹는 것도, 쇼핑을 하는 것도, 영화를 보는 것 등등. 그래서 스스로가 독신이 확실하다고 생각했고 지금도 그 생각엔 별 변함이 없었다.

"네가 싫은 건 아니야. 다만……."

"다만?"

"연애라는 것 자체에 관심이 없을 뿐이야."

"그런데 한 교수와는 사귀어야 할 이유가 있고?"

혜영은 입을 다물었다. 그냥 눈 딱 감고 거짓말을 해? 그런 생각이 들었다. 하지만 또 진실을 말할 수는 없는 것 아닌가.

"교수님이…… 좋아지는 것 같아."

혜영은 왠지 똑바로 보고 말을 못할 것 같아 고개를 돌리고 말았다. 정현이 한숨을 내쉬는 것이 느껴졌다.

"잘해줄 자신 있어. 너만 바라볼 자신이 있어. 오래됐잖아. 난 좀 봐주면 안 돼?"

혜영은 자신이 이런 드라마에나 나오는 대사를 내뱉게 될 거라곤 상상도 한 적이 없었다. 하지만 이번엔 닭살스럽더라도 드라마 대사를 받아쳐야만 할 것 같았다.

"사람 마음이라는 게 그렇잖아? 마음대로 안 된다고 해야 할까? 설마 나도 교수님이 좋아질 거라곤 상상도 못했었지. 우리 엄마 좋다고 헤헤 웃던 사람을 내가 뭐가 좋……. 아니, 그게 아니라. 그러니까 나도 모르는 사이에 그 사람이 좋아지는 걸 어떡해.”

혜영은 계속 정현의 얼굴을 보지 못하고 있었다. 왠지 얼굴을 봤다가는 이대로 모든 연기를 들킬 것 같았기 때문이었다. 바로 앞에 있는 불끈 쥐고 있는 정현의 주먹만 보고 있었다.

그런데 이상했다. 이젠 주먹이 보이지 않았다. 이상한 느낌에 살짝 고개를 들었는데. 이런, 분명 잘못된 게 아니라면 방금 입술이 스치지 않았던가?

혜영이 상황을 정리하기도 전에 정현이 뒷목을 잡으며 키스를 해오기 시작했다. 전혀 예상치도 못했던 전개에 당황한 혜영은 정현의 혀가 입속으로 들어오는 것을 느끼고서야 지금 이게 키스라는 것을 인지했다. 재빨리 손을 뻗어 정현의 가슴을 밀었지만 그는 강하게 그녀를 껴안았다.

혀라도 확 깨물까 했지만 그랬다간 혀가 잘려 나갈지도 몰랐다. 그런데 뭔가, 이상했다. 입술이 아파오기 시작했다. 아물어가던 상처가 지금 이 키스로 인해 다시 찢어진 것이다. 입속에서 피비린내가 진동을 했다. 그것을 느낀 것인지 정현이 서둘러 떨어졌다.

상황이 너무나 어이가 없고 숨이 차올라 혜영은 몇 번이나 숨을 골라 쉬며 정현을 노려보았다. 그리고 재빨리 자리에서 일어나 정현의 정강이를 걷어찼다.

"너 내가 일어나 있었으면 진작 죽었어. 그거 알아? 너 지금 무슨 짓 한 줄 아냐고!"

"미안."

"미안한 걸 알면 안 했어야지."

혜영은 강의실에서 뛰쳐나왔다. 그리고 바로 앞에 있는 화장실로 들어가 거울을 봤다. 겨우 아물어가고 있다고 생각했는데 또다시 피범벅이 되어 있었다. 물을 틀어 피를 닦아내던 혜영은 손가락으로 입술을 쓸었다. 너무 급작스러운 키스였지만 원래 이런 게 키스였나, 생각하게 됐다.

끈적이지도 않았고 그렇다고 더럽다고 느껴진 것도 아니었다. 혜영은 미친 망상이라고 생각하며 머리를 몇 번이나 때렸다.

"미쳤지, 미쳤어. 너무 굶은 거야. 그래, 그래서 그래."

결국 혜영은 오후 수업도 듣는 둥 마는 둥 했다. 그래도 한 짓이 있는 걸 아는지 정현은 보이지 않았다.

강의 시간 중간중간 영진의 시선이 느껴졌지만 혜영은 모르는 척했다. 왠지 그래야 할 것 같았다. 영진이 사준 '후진데' 연고를 열심히 발라댔지만 연고는 금세 핏빛으로 물들었다. 왠지 거대한 분홍빛 껌을 달고 있는 느낌이었다.

"언니, 입술 괜찮아요?"

"응. 수영아. 몸은 어때? 괜찮아?"

"네. 괜한 걱정 끼쳐서 죄송해요."

“내가 뭘. 정현이가 그날 고생 많이 한 거 알지? 정현이한테 밥 사.”

“네.”

그래도 수영은 주말 사이 몸이 많이 좋아진 듯했다.

“거기 두 사람. 조용히 좀 하지?”

왠지 모르게 오늘 강의 분위기가 살벌했다. 그건 강의를 들어온 이후 영진이 단 한 번도 웃지 않았다는 것에서부터 시작되었다. 혜영과 수영은 여기저기 고개를 숙이며 미안하다는 표시를 했다.

왠지 지적당한 것이 기분이 나빠서 혜영은 괜히 영진을 노려보았다. 물론 강의 시간 중에 잡담을 한 게 잘못이긴 하지만 목소리도 거의 안 들렸을 텐데……. 영진과 눈이 마주치자 혜영은 괜히 머리를 긁적이며 필기하는 척 볼펜을 굴렸다.

쉬는 시간도 없이 타이트하게 진행되는 강의 시간이었음에도 불구하고 학생들은 한마디도 놓치지 않으려고 했다. 겨우 강의 시간이 끝나고 두 사람은 짐을 정리해 강의실을 빠져나왔다.

“오늘따라 교수님 되게 살벌하지 않았어요?”

“그러게. 눈빛으로 사람 찔러 죽이겠더라.”

“죄송해요. 제가 말 걸었는데 유독 언니만 노려보시구.”

“괜찮아. 미운 오리 취급받는 거 한두 번도 아니고. 도서관 가서 공부할 거지? 열심히 해. 난 약속 있어서 가봐야겠다.”

“네. 언니, 내일 점심은 꼭 제가 살게요.”

"그래. 내일 보자."

도서관 쪽으로 향하는 수영에게 인사를 하고 혜영은 돌아섰다. 하지만 이내 다시 뒤돌아야 했다. 이쪽으로 가야 후문이 가까운데 건물 바로 앞에 정현이 차에 기대어 서 있었다. 아까 일도 있고 해서 민망한 마음에 결국 돌아오는 수밖에 없었다.

거기다 오늘은 지지리 운도 없는 날인지 하필이면 세은과 부딪치고 말았다. 세은은 우습다는 듯 코웃음을 치며 혜영의 어깨를 치며 스쳐 지나갔다.

'그래. 오늘만 날이 아니다. 참자, 참아. 참는 자에게 복이 오나니.'

혜영은 참을 인 자를 손바닥에 써 내려가며 열심히 후문을 향해 걸었다. 저녁시간 대라서 그런지 다행히 거리엔 사람들이 많이 없었다. 열심히 좌우를 살피며 영진의 차에 올라탔다. 영진은 그녀가 벨트를 매기도 전에 재빨리 차를 출발시켰다. 역시나, 아직까지도 그의 운전 스타일이 마음에 들지 않았지만 차마 따질 수가 없었다.

"교수님, 어디 가시는 거예요?"

"입술은 또 왜 그래?"

"네?"

영진의 물음에 혜영은 꿀 먹은 벙어리가 되고 말았다. 하지만 이건 영진에게도 책임이 있었다. 대충 어물쩍 넘어가면 될 것을 왜 사실을 말해 결과가 이렇게 되게 만들었는지. 혜영은 영진의 얼굴을 보자마자 따지려고 준비하고 있었으나 심각한 표정의 그를 보고 차마 말을 입 밖으로 꺼낼 수가 없었다.

"이렇게 된 건 교수님도 책임이 있어요."

그 말을 듣자마자 영진이 갓길에 차를 세웠다. 그냥 차라리 운전하면서 말하는 게 편할 것 같았다. 이렇게 마주 보지 않고. 하지만 영진은 차를 움직일 생각이 없어 보였다.

"무슨 책임?"

"그냥 제 거짓말에 얼렁뚱땅 맞춰주시면 됐잖아요. 왜 괜히 정현이한테 진실을 말씀하셔서……."

"민정현 군이 정정당당히 승부를 걸어오잖아. 그래서 그랬어. 비겁한 놈 되긴 싫었거든. 하지만 조금 기분 나쁘군."

"네?"

"키스해서 입술 터진 거 아냐?"

순간 혜영은 잠시 숨을 쉬는 것을 잊고 말았다. 뭐랄까, 이건 꼭 바람을 피운 듯한 묘한 죄책감이 느껴져서 당황하고 만 것이었다. 아니, 우선은 사귀고 있는 사이에 다른 남자와 키스를 했으니 당연히 죄책감을 느껴야 하는 건가? 하지만 그건 그냥 당한 것이었다. 하고 싶어 한 것이 아닌.

"그, 그건."

"당황하는 거 보니 사실이군."

영진은 말없이 차를 출발시켰다. 혜영은 갑작스러운 피곤함이 몰려와 몇 번이나 얼굴을 쓸어내려야 했다. 영진과 함께 있으면 늘 긴장하게 되어서 그날 잠을 자면 꼭 악몽을 꾸거나 자고 일어나도 잔 것 같지 않은 피곤함에 시달려야 했다. 이 사람이 그냥 불편해서 그러는 건지, 그냥 피하고 싶은 것인지 스스로도 이해가 되지 않았다.

그냥 어쩔 수 없는 상황에 직면하게 되어서 사귀게 된 사이이다. 어차피 서로에 대해서 진지하게 생각하지도 않고 이러다 싫증이 나게 되면 영진도 알아서 떨어져 나갈 것이다. 그런데 또 그렇게 생각하니 왜 가슴 한구석이 이상하게 사포로 문지른 듯 아파지는 걸까? 설마, 아니, 진짜로 점점 그가 마음에 들어오고 있는 것인가? 혜영은 스스로 경악한 표정으로 영진의 옆모습을 훔쳐보고 있다는 것을 깨닫게 되었다.

말도 안 된다며 혼자 머리를 치고 시선을 앞으로 돌렸다. 말도 안 된다고 생각했다. 그냥, 불편해서 생기게 된 관심을 그냥 착각하고 있는 것이다, 라는 생각을 계속해서 머리에서 굴렸다. 그래, 단지 그런 것일 뿐이다.

그에게 관심이 생기려면 10여 년 전 그때 생겼어야 정상이었다. 그를 본 사람들은 누구나 그를 좋아했다. 윤 여사와 혜민. 그리고 우연히 혜영의 집에 놀러 와 그를 보았던 친구들. 실제로 화선은 혜영의 집에 놀러 와 처음 영진을 본 뒤로 그의 미모를 찬양하며 쫓아다녔었다. 거기다 실제로 팬클럽까지 만들어서 그 친구들과 함께 활동하기도 했다.

그의 생일날이면 케이크까지 직접 만들어다 바치고 발렌타인데이 같은 무슨 데이만 되면 그에 맞는 선물들을 공양하지 않았던가. 혜영은 그냥 쓸데없는 생각이라 치부하며 머리를 휙휙 저었다.

영진은 그 뒤로도 계속 말이 없었다. 은우가 설계했다는 그 건물에 들어설 때서야 그가 이곳에 데리고 온 이유를 알 수 있었다. 텅 빈 벽 4면을 벽화로 꾸미는 것 같았다. 한쪽 면은 꽤 적었지만 그가 현재 서서 유화 물감을 오일에 섞고 있는 벽 쪽은 무척이나 컸다.

다른 두 면은 이미 채워져 있는데 큰 창이 있는 곳은 마치 햇빛이 좋은 캘리포니아를 연상시켰다. 또 다른 한쪽은 눈이 와서 온 세상이 하얗게 덮여진 세상.

거기다 그는 별다른 스케치도 없이 즉흥적으로 붓을 가져다 대고 그렸다. 혜영은 영진의 그림을 무척이나 좋아했다. 꾸미지도 않은 그냥 솔직한 터치법이 묘하게 사람의 시선을 잡아끈다고 해야 하나? 말 그대로 영진은 그냥 천재였다.

그가 그리고 있는 그림은 꽃이었다. 아니, 자연의 모습이라고 해야 하는 걸까? 초록색으로 채워지는 배경은 보는 사람을 저도 모르게 미소 짓게 만들었다. 싱그러운 봄을 연상시키는 것 같았다. 그제야 혜영은 눈치를 챘다. 그는 현재 4면을 봄, 여름, 가을, 겨울로 만들고 있는 것이었다.

한참 동안이나 작업에 열중하던 그가 갑자기 몸을 돌려 그녀를 바라보았다. 완전히 눈이 풀려 그가 그리고 있는 벽에 정신을 놓고 있던 혜영은 그의 시선에 정신을 차리며 자리에서 벌떡 일어섰다.

"하혜영."

"네?"

"벽화는 처음인가?"

혜영은 고개를 저었다. 고등학교 시절에 친구 엄마가 하는 카페 벽에 그림을 그린 적이 있었다. 그림에 꽤 소질이 있는 그녀라 학원을 다니지 않아도 곧잘 그리곤 했었다. 고3 때에는 무슨 변덕인지 몰라도 무조건 토목과를 가야겠다고 생각한 것이 천추의 한이 될 거라곤 꿈에도 생각을 못했다. 그래도 그 과가 맞지 않은 건 아니었다. 정말 맞지 않았다면 졸업도 못했을 테니까.

그땐 토목과를 나와서 졸업을 하고 공무원이 되고 싶었었다. 그냥 결제 한 번에 몇천, 몇억이 왔다 갔다 하는 일을 하고 싶었다는 것을 부정하지는 못했다. 하지만 혜영은 깨닫게 되었다. 누군가의 밑에서 규칙적으로 생활하는 것을 절대 하지 못한다는 것을 말이다.

대학 4년 때 토목기사를 따고 졸업하자마자 본 공무원 시험에 합격해 7급 공무원으로 시청을 다녔지만 3개월 만에 그만두고 말았다. 그리고 그냥 건설회사에 들어갔을 때도 한 달 만에 그만두었다.

그때 윤 여사에게 맞은 등짝은 아직까지도 어머니의 손길을 피하게 만들 정도로 강력했다. 요즘 다 하고 싶어하는 공무원 시험에 떡하니 합격해서 윤 여사도 은근히 자랑스러워했었다.

하 박사가 의사라 은근 자식 중에 의사 한 명만 나오길 바랐던 윤 여사는 공부를 잘했던 혜민이 의대에 들어가길 원했었다. 하지만 혜민은 해부는 죽어도 못한다면서 약대에 지원을 했다. 지금은 유명 제약회사 연구원으로서 이 시대가 말하는 그런 골드미스가 되었다. 그럼에도 불구하고 시집을 가지 않아 윤 여사의 속을 무진장 애태우고 있었다.

학창시절 꽤 공부를 잘했던 혜영은 윤 여사가 의대를 원한다는 것을 알면서도 절대 고개를 내저었다. 혜영이야 부모님 말씀을 꽤 잘 듣는 편이었으나 하고 싶은 것은 무조건 하고 마는 사고뭉치의 소유자였으므로 윤 여사 역시 그녀가 어디를 가건 상관하지 않기로 했었다.

당연히 미대에 갈 줄 알았던 그녀는 무작정 이과 수능을 치고 토목과를 지원했다. 미대라도 나와서 선생을 하면 시집이라도 잘 보낼 줄 알았는데 남자들도 힘들어한다는 토목과라는 소리에 기함을 했었다.

거기다 창완은 또 어떠한가? 다들 다행히 하 박사의 머리를 닮은 탓인지 창완 역시 혜민과 마찬가지로 특목고 출신에 늘 1등을 유지했었다. 그래서 당연히 의대에 갈 줄 알았지만 자신은 이 나라의 땅과 자연이 좋다며 농과대학을 지원해 또 한 번 윤 여사의 속을 뒤집었었다. 하지만 창완은 이번에 비료의 새바람을 일으켰다는 연구결과를 발표해 꽤 짭짤한 수입을 올리고 있었다.

"무슨 생각을 그렇게 해. 벽화 처음이야?"

"네? 아뇨. 고등학교 때 친구 어머니가 운영하신 카페 벽면에 그림을 그린 적이 있어요. 지금은 카페가 없어져서 그 그림도 남아 있지 않지만."

"이쪽 면 그려봐."

"제가요? 하지만 이거 박은우 설계자 건물이잖아요. 거기다 교수님이 책임지고 벽화 그리는 곳인데 감히 제가요?"

실은 정말 고맙습니다, 땡큐를 외치고 싶었다. 하지만 이 건물은 우리나라 젊은 건축 설계자 중 최고라 불리는 은우의 작품이었고 여기 그려지는 벽화는 천재라 일컬어지는 영진이 그리고 있는 것이었다.

그러니 분명 여기에 그림을 그리게 되면 상당한 이력이 될 거라는 것은 그녀도 알 수 있었다. 그러나 이 엄청난 거물 사이에 그린 그림이 볼품이 없다면 두 사람의 명예에 흠이 갈 뿐 아니라 그녀도 고개를 들지 못할 것은 틀림없었다. 하지만 그는 가볍게 그녀의 생각을 읽은 모양이었다.

"걱정 마. 마음에 안 들면 곧바로 내가 다시 그릴 테니까."

"아…… 네. 그러시겠죠."

"봐서 알겠지만 그쪽은 가을이야. 한번 해봐."

얼떨결에 고개를 끄덕였지만 혜영은 벽 앞에 서서 계속 한숨만 내쉬고 있었다. 딱히 가을을 좋아하는 편도 아니었거니와 대체 뭘 그려야 할지 생각도 나지 않았다.

그냥 오일과 물감을 섞고 있는 혜영을 보던 영진이 들고 있던 붓을 내려놓고 그녀의 곁으로 다가왔다. 무슨 생각을 하는지 멍한 눈으로 벽만 보고 있는 혜영을 영진은 가만히 바라보았다.

벌써 이틀째 그녀는 벽엔 손 한 번도 대지 못하고 있었다. 앞으로 일주일 정도밖에 시간이 남지 않았는데 대체 무슨 생각인 건지 손도 대지 못하는 그녀를 보고 영진 역시 초조해진 건 마찬가지였다.

"그릴 자신 없어?"

"아뇨. 이제 생각이 났는데 그려도 될까요?"

"뭘 고민해? 맡긴 것도 나니까 책임도 내가 져."

영진은 별걱정 없다는 얼굴이었다. 그때부터 그녀는 열심히 움

직이기 시작했다. 마침 학교 개교기념일이라 쉴 수 있어 두 사람
은 이틀 내내 벽화에 매달렸다. 서로 쳐다보지도 않고 먹지도 않
고 그리다 그냥 벽에 누워 쪽잠을 자고 일어나 다시 그림을 그리
고 물을 마시고 하는 시간이 이어졌다.

영진이야 원래 한번 생각에 잠기고 작업을 하게 되면 삼 일 내
내 그림만 그린 적도 있었으니 이틀 정도야 쉽게 넘길 수 있었다.
하지만 혜영은 아닌 듯싶었다.

잠시 물을 먹기 위해 작업을 멈추었던 영진은 거기에 생각이 미
치자 재빨리 뒤를 돌아보았다. 혜영은 도구들 옆에 누워 새우잠을
자고 있었다. 바로 옆에 히터를 놓았지만 추울 수도 있겠단 생각
에 자신의 점퍼를 가지고 가 그녀에게 덮어주었다.

잠시 그녀를 물끄러미 보던 영진은 손을 뻗어 물감이 덕지덕지
묻어 있는 혜영의 얼굴을 보고 피식 웃고 말았다. 이렇게 일을 맡
겼다고 해도 어차피 자신의 작업은 거의 끝나가고 있는 중이었고
혜영의 그림이 마음에 들지 않으면 당장에라도 지워 버릴 생각이
었다. 하지만 생각보다 꽤 근성이 있는 모양인지 혜영은 이틀 내
내 벽 앞에서 떠나지 않고 있었다.

잠든 얼굴이 꼭 어린애 같아서 괜히 심술이 일어났지만 이젠 그
녀의 벽화를 봐야 할 차례였다. 몸을 일으켜 고개를 돌린 영진의
눈이 잠을 잊은 듯 크게 떠졌다. 검은색 정도는 아니지만 짙은 적
갈색의 벽면 한쪽에 커다랗게 자리 잡힌 적색의 상상화. 줄기도

그려 넣지 않고 그냥 꽃 한 송이만 있을 뿐인데도 쓸쓸한 가을의 기운이 완연하게 느껴졌다. 여름에 꽃잎이 말라죽고 가을에 쓸쓸하게 꽃만 피운다 해서 상사화라 붙여진 이름. 영진은 잠시 고개를 돌려 혜영을 바라보았다.

그 시선에 무엇을 느낀 것인지 혜영이 퉁퉁 부은 눈을 겨우 뜨고 있었다. 처음엔 꿈인 줄 알았다가 재빨리 자리에서 일어난 그녀는 자신의 몸을 덮고 있는 낯선 점퍼를 발견했다. 이건 영진이 입고 왔던 그 옷이었다. 혹시 침이라도 흘리지 않았나 해서 재빨리 입가를 훔친 혜영은 괜히 영진의 눈치를 살폈다.

"열심히 그린다고 했는데 교수님 마음에 안 드시면……."

"왜? 별로인가?"

"네? 아뇨. 물론 전 제가 그린 그림이 마음에 들지만 교수님은 아닐 수도 있을 것 같아서."

"그렇게 작가가 자신의 그림에 자신이 없으면 어떡해?"

그의 말이 마치 질책처럼 느껴져서 혜영은 고개를 숙이고 말았다. 괜히 목이 바싹바싹 말라 와서 옆에 있는 생수통을 들고 물을 벌컥벌컥 마셨다. 그리고 주위를 둘러보자 어느새 밤이 찾아왔는지 밖이 깜깜했다.

"새벽 2시야."

"아, 늦었네요."

그런데 뭔가 이상했다. 왜 점점 영진이 가까워진다는 느낌이 들지? 혼자만의 착각인가 싶었는데 그건 아닌 모양이었다. 정신을 차리고 보니 바로 앞에 영진의 얼굴이 있었다. 물론 그가 잘생겼다는 건 알고 있었지만 바로 이렇게 앞에서 보니 숨이 막힐 것 같았다. 그리고 생각했다.

어떻게 저 나이에 이런 피부를 유지할 수 있는 것일까? 하지만 그런 생각을 하는 것도 여기까지였다. 그의 붉은 입술이 그녀를 덮는 순간 아무것도 생각할 수가 없었다.

가볍게 그녀의 뒷목을 붙잡고 따뜻하게 입을 맞추어오는 이 사람의 키스는 따뜻했다. 혜영은 저도 모르게 입을 살짝 벌렸다. 동시에 그녀의 혀를 낚아챈 그의 혀는 사정없이 자신의 영역을 표시하듯 거칠게 움직였다.

그냥 가볍게 시작된 키스가 점점 격렬해질 때쯤 혜영은 가까스로 정신을 차리기 위해 허리춤에 올라와 있던 그의 손을 붙잡았다. 그리고 그와 동시에 그의 키스가 멈추었다. 종이 한 장 들어올 틈도 없이 붙어 있던 두 사람의 몸이 서서히 멀어졌다.

혜영은 지금 왠지 모르게 얼굴이 불타고 있을 것 같아서 고개를 들 수조차 없었다. 심장이 정신을 차릴 수 없게 뛰고 있었다.

겨우 용기를 내서 영진을 쳐다보았는데 그는 방금 전 아무 일도 없었다는 얼굴로 히터를 끄고 주위를 정리하고 있었다. 괜히 민망해진 혜영은 점퍼를 옆에 내려두고 도구들을 정리하기 시작했다.

왠지 민망하고 부끄러워서 계속 그를 보지 못했는데 영진은 신경도 쓰지 않고 있었다. 그녀에게 타라는 말도 하지 않고 그가 먼저 운전석에 올라탔다. 혜영은 왠지 힘이 빠지는 것 같아 조수석으로 미끄러지듯 올라탔다.

그는 아무 말 없이 차를 출발시켰다. 새벽이라 그런지 도로에는 거의 차가 보이지 않았다. 그럼에도 불구하고 그는 평소와는 다르게 한산한 도로에서 안전속도를 지켜가며 천천히 운전을 하고 있었다.

이상하게 목이 따끔따끔하고 컬컬한 게 아무래도 감기가 올 것 같았다. 집에 가자마자 뜨거운 물에 몸을 좀 담그고 자야겠다는 생각이 절로 들었다. 온몸이 무겁고 뻣뻣했다. 이건 틀림없는 감기 전초 증상이었다. 거기다 몸살까지 겹친 듯했다. 역시 나이 들어선 잠자리를 바꾸면 안 됐다. 혜영은 팔다리를 쭉 펴며 저도 모르게 신음 소리를 냈다.

"아이고, 삭신이야."

"열 좀 있더라. 약 먹고 자."

그녀에게서 열이 난다는 건 또 어떻게 안 것일까? 혜영은 반문하는 듯한 표정으로 그를 쳐다보았다.

"얼굴 만져 보니까 열나더라."

"네?"

"네 얼굴 지금 가관도 아니야."

영진의 말에 혜영은 옆에 보이는 백미러에 자신의 얼굴을 비춰

보았다. 왜 꼭 작업을 하다 보면 물감 묻은 손으로 얼굴을 만지는지 이해를 할 수가 없었다. 거기다 이제 피부도 노화가 시작되는 기미가 보여 신경을 써줘야 하는데 이 물감은 또 뭐란 말인가?

괜히 민망해진 혜영은 얼굴만 문질렀다. 그러다 생각 하나가 스쳐 지나갔다. 그럼 이 얼굴을 해가지고 그와 키스를 했단 말인가? 왜 똑같이 그림을 그렸는데 누구 얼굴은 말끔하고 누구 얼굴은 이런 지저분한 도화지가 되었단 말인가. 혜영은 괜히 머리만 헝클며 빨리 차가 집 앞에 도착하기를 원했다.

그러다 문뜩 궁금해졌다. 영진은 왜 자신에게 키스를 했을까? 그 키스 단어 하나에 그녀의 가슴이 쿵쾅거렸다. 물론 사귀는 사이니까 키스는 할 수 있지만 영진과는 그런 단순한 사귐이 아니었다.

"다 왔어. 들어가서 쉬어. 감기약 먹는 거 잊지 말고."

혜영은 차에서 내렸지만 문을 닫지 않았다. 영진이 빨리 문을 닫으라는 눈빛으로 자신을 처다보고 있었지만 이대로 물러날 수는 없었다.

"교수님, 저 싫어하는 거 아니세요?"

갑자기 웬 뚱딴지같은 말이냐는 표정으로 영진이 혜영을 처다보았다.

"전에도 말한 적 있는 것 같은데. 그런 말 한 적 없어."

"그런데…… 왜 저한테 키스하셨어요?"

두 눈 딱 감고 물었다. 하지만 그는 아무 말이 없었다. 그녀 스스로도 이렇게 용기 있는 사람이라고 생각해 본 적이 없었다. 하지만 궁금해 참을 수가 없었다. 혜영이 용기를 내서 두 눈을 천천히 떴을 때 어이없다는 표정으로 그가 그녀를 보고 있었다.

"추워. 문 닫아."

"네? 네."

혜영은 결국 대답도 듣지 못하고 차 문을 닫고 말았다. 어쩌면 이 남자 자신을 갖고 노는 게 아닐까, 하는 생각까지 들었다. 천천히 돌아서려고 하는데 징 하는 소리와 함께 창문이 열렸다.

"나 좋아하지도 않는 여자한테 키스할 만큼 비위 좋은 거 아니야."

| 9 |

그 말만 남겨두고 그는 바람처럼 사라졌다. 잠시 멍하니 서 있던 혜영은 자신도 모르게 웃고 말았다. 그러고 보니 영진은 감정 표현에 꽤 인색한 사람이었다. 아직 직접적으로 '좋아한다.' 라는 말을 들은 건 아니었지만 왠지 그의 행동이 그런 듯해서 혜영은 넓은 마음으로 이해해 주기로 마음먹었다.

픽 웃으며 집으로 들어온 혜영은 제일 먼저 속옷을 챙겨 들고 욕실로 향했다. 그리고 거울을 보자마자 새벽 3시라는 것도 잊고 소리를 지를 뻔했다. 얼굴은 성한 곳이 거의 없었다. 대체 물감 묻은 손으로 얼굴을 얼마나 만졌던 것인지 정말 이 얼굴을 보고서도 키스한 영진이 대단하다 싶었다.

정말 총각이었던 게 사실일까, 싶을 정도로 그는 키스를 잘했다. 이걸 대체 어떻게 받아들어야 하나 생각하다 혜영은 그냥 고개를 휘휘 내저었다. 실제로 무슨 총각막이라는 게 있는 것도 아니고 총각이라는 것을 어떻게 증명시킨단 말인가? 본인이 정말 그렇다면 그런 것이지.

더군다나 영진이 거짓말을 할 사람으로는 전혀 보이지 않았다. 좀 직선적이고 공격적이라 그렇지 그는 꽤 착실한 사람이었으니까.

3시 30분이니 대충 다섯 시간 정도 자고 학교를 가면 얼추 시간이 맞을 듯싶었다. 새벽 중에 울리는 벨소리가 아니라면. 평소 이 시간에 전화가 온다면 안 받을 것이 뻔한 혜영이었지만 이왕 깨어 있고 해서 전화번호를 확인했다.

"오, 친구. 이 새벽에 무슨 일이신가? 또 스토리가 막히시나?"

[죽고 싶어.]

친구인 경하의 기본 레퍼토리였다. 만화가인 그녀는 스토리가 막힐 때면 밤이고 낮이고 상관없이 혜영에게 전화를 했다. 처음엔 혜영도 받아주었지만 그 뒤론 받고 싶을 때만 받았다.

"소주 두 병 마시고 자."

[나 오후에 너희 학교 놀러 가도 돼?]

"갑자기 학교는 왜?"

[술 마시고 싶은데 마실 사람이 빌어먹게도 너밖에 없다.]

이럴 때 보면 친구인지 원수인지 불확실했다. 하긴, 혜영도 그다지 친구가 많은 편은 아니었다. 그동안 인맥관리를 한다고 했는데 워낙 게으른 성미인지 주위에 남은 친구라곤 화선과 경하가 다였다. 그래서 남은 인맥이라도 관리를 해야겠다 싶었다.

[야, 화선이랑 통화했는데 아주 난리도 그런 난리가 없더라. 영진 오빠 더 멋있어졌다면서? 안 그래도 멋있었는데 얼마나 더 멋있어진 걸까? 보고 싶어 죽겠는데 이 죽일 놈의 살! 영진이 오빠 잘 있지?]

역시나 영진은 만인의 연인이었다. 더군다나 아주 열성적으로 영진을 쫓아다니던 친구였다. 학교에 오고 싶다고 했지만 만화가로 살면서 살만 쪄 다이어트에 성공한 뒤 꼭 나타나겠다고 했었다. 물론 그 다이어트는 말만으로 계속 이어져 오고 있었지만.

"완전히 잘 있어서 탈이지. 말도 마라. 지금 내 상황을 말하면 2박 3일로도 안 끝나."

[왜? 무슨 일 있어?]

그동안 경하가 특집을 준비한다고 바빠서 만나지 못한 지 꽤 되었었다. 전화도 하지 못했고. 화선도 이래 가지고 자기 결혼식에 올 수는 있겠냐고 경하에게 잔소리를 무진장 해대고 있는 중이었다. 그래서 혜영은 대충 있었던 일들을 정리해서 말해주었다. 사실 전화도 고작 2시간 정도 갖고는 다 풀어낼 수 없었지만 그래도 혜영은 말을 압축하는 데 꽤 큰 능력을 지니고 있었다.

[부럽다. 정작 만화가는 난데 왜 네가 만화에서나 있을 법한 일을 벌였냐고!]

하긴, 학교에 다시 편입할 때까지만 해도 약간의 아주, 약간의 로맨스를 기대하긴 했었다. 그냥 한번 그렇게 생각하고 넘긴 것뿐인데 경하의 말대로 이런 만화 같은 일이 자신에게 벌어진 건 정말 기적과도 같은 일이었다.

"부럽냐? 난 죽겠다."

[말도 안 돼. 그 도도, 얼음 왕자. 나의 프린스 영진 오빠가 왜 하필 하촉새한테?]

"나도 처음엔 어이없었는데……. 어쨌든 나도 내 마음을 잘 모르겠다는 말이지."

[무서워서 그런 거지.]

그 말엔 혜영도 반박할 수가 없었다. 딱히 사랑에 대해서 상처를 당한 기억도 없었는데 그냥 싫었다. 늘 경하와 화선은 네가 상처받을까 봐 그런다, 자존심이 강해서 그런다, 라고 말을 해주었지만 혜영은 인정하지 않으려고 했다. 실은 스스로가 가장 겁도 많고 새로운 것에 대해서 막상 닥치면 준비가 되어 있지 않다는 것을 잘 알고 있었다.

결국 경하와 저녁에 만나기로 약속을 하고 전화를 끊었다. 창밖은 벌써 동이 터오고 있었지만 혜영은 침대에 누워 그대로 잠을 청했다.

　10시에 있는 수업은 30분이나 지각하고 말았고 수업 시간에도 내내 졸고 말았다. 다행히 부드럽고 융통성 있으신 신 교수님의 강의였으니 그나마 부드럽게 넘어갔지만 만약 영진이었다면 불호령이 떨어졌을지도 모를 일이었다.

　오후가 다 져가는 상황임에도 불구하고 혜영은 잠에서 깨어날 줄을 몰랐다. 몇 번이나 교수님들께 지적을 받고도 정신을 차리지 못했다. 그녀는 특히 이론에는 쥐약이었는데 오늘은 하필이면 모든 수업이 이론이었다. 그녀의 노트에 남은 것이라곤 그냥 끼적이고 만 낙서들이었다.

　"수영아, 나 노트 좀 빌려주라."

　"언니, 괜찮아요? 집에 가서 빨리 자야 하는 거 아닌가?"

　"밤이 되어가니 또 잠이 깨는 건 뭐야. 그리고 안 돼. 오늘 술 약속 있어."

　술을 끊자 약속을 했지만 경하의 청은 거절할 수가 없었다. 아니, 실은 매일 술 끊겠다고 말해놓고 끊지 못해 결국 영진과 사고를 치지 않았던가. 그래서 오늘은 정말 딱 한 병만 마시겠다고 다짐의 다짐을 했다.

　"혜영 언니, 한 교수님이 연구실로 좀 오시라는데요?"

　강의실 문에서 누군가가 그렇게 말하고 사라졌다. 혜영은 왠지 새벽에 있었던 키스 때문에 민망하기도 하고 쑥스러워서 얼굴을 붉혔다. 수영에게 노트를 받아 들고 강의실을 나섰을 때 바로 앞에 서 있는 정현 때문에 뒤로 재빨리 물러났다.

"깜짝이야. 애 떨어지는 줄 알았네."

"임신했냐?"

"얘가, 얘가, 처녀 혼삿길 막을 일 있나. 비켜."

"아무리 생각해 봐도 이해가 안 가."

다행히 강의실에 남아 있는 사람은 아무도 없었다. 혜영은 괜히 주위를 둘러보다 헛기침을 했다.

"무슨 이해?"

"네가 한 교수님을 좋아했으면 내가 사귀자고 했을 때 확실히 거절했어야지."

"아, 그거야."

그땐 전혀 이렇게 될 줄 몰랐다, 라고 어떻게 말할 수 있단 말인가. 혜영은 몇 번이나 한숨을 내쉬며 머리를 쓸어 올렸다.

"거기다 교수님은 네가 자기 싫어했다고 알고 계시던데."

"야, 원래 어린애들은 유치해서 좋아도 좋다고 말 못하는 거야. 그리고 그때야 내가 교수님을 좋아한다고 해봤자 뭐, 좋아질 거라고 생각이나 했겠어? 당연히 안 했지. 아니, 못했지. 그리고 어차피 너한테 새 여자친구가 생기거나 졸업하면 끝이라고 생각해서 그랬다. 왜?"

혜영은 스스로도 여우주연상감이라고 생각했다. 거기다 말이 나와서 말이지 왜 정현 정도 되는 남자가 자신을 좋아하는 것인지 이해가 되지 않았다. 정현이라면 이 대학교에서 제일 잘나간다는 킹카로 유명했다.

키 크고, 얼굴 잘생기고, 집안 좋고, 매너도 좋은 편이라고 했다. 그래서 단과에서 뿐만이 아니라 학교 전체에서 유명했다. 실제로 인기도 많았고. 미래까지 확실한 정현이 왜 별 볼일 없는 자신에게 관심을 가지는 것인지 이해가 가지 않았다.

혜영은 스스로가 생각해도 별생각 없이 사는 것 같았고 미래에 대해 크게 생각하고 있는 것도 없었다. 그냥 늘 지금 순간에만 최선을 다하면 된다고 생각했기 때문이었다.

"그리고 난 너 남자로 안 보여."

혜영은 스스로 그렇게 말해놓고 놀라서 눈을 동그랗게 떴다. 스스로 이렇게 못되고 악랄하다고 생각한 적이 없었다. 하지만 곧바로 굳는 정현의 얼굴을 보자 스스로가 나쁜 년이 된 것 같아 정현을 제치고 뛸 수밖에 없었다.

엘리베이터도 둘 다 내려가고 있었기 때문에 그녀는 결국 계단을 택했다. 왠지 이 상태로 한 세 달간은 정현을 보지 못할 것 같았다. 어린애들도 이렇게 말하진 않을 텐데 스스로가 유치하다고 생각했다. 하지만 희망조차 보이지 않게 만들어주는 게 정현을 위해서 좋은 일 같았다. 혜영은 힘없이 계단을 터벅터벅 올라갔다.

연구실 앞에 서서 심호흡을 한 다음 노크를 하고 문을 열었다. 혜영의 눈이 잠시 커졌다. 연구실엔 그다지 보고 싶지 않았던 민아가 먼저 와 있었다. 거기다 연구실로 오라고 해놓고선 어디로 간 것인지 영진이 보이지 않았다.

그래도 사람을 봤으면 인사하는 게 먼저라는 하 박사의 가르침에 혜영은 고개를 숙였다. 그런데 동시에 문이 뒤에서 열리며 그녀는 엉덩이에 문을 박고 그대로 앞으로 넘어졌다. 민아 앞에서 이게 무슨 추태인가 싶어 억울한 마음에 뒤를 돌아보았는데 거기엔 영진이 서 있었다. 그냥 비웃을 줄 알았던 영진은 의외로 허리를 숙여 멍하니 앉아 있는 혜영을 일으켜 세웠다.

"넘어졌으면 일어나야지 뭐 하고 있는 거야?"

"네? 아뇨. 그냥, 정신이 없어서."

그의 두 손이 젖어 있는 것을 보니 아무래도 잠깐 화장실을 다녀온 듯싶었다. 영진이 잡았던 허리춤이 축축하자 혜영은 자신이 수건 대용이 된 것이라고 확신했다. 영진은 책상 위에 있는 핸드크림을 바르며 민아를 보았다.

"맡겨두었던 자료."

"미셸이 고마워할 거야."

"별거 아냐. 언제 프랑스로 간다고 했지?"

"다음 주 토요일."

"그럼 그전에 밥이나 먹자."

"약혼녀 왔다고 너무 노골적으로 쫓아내는 거 아니야?"

영진이 픽 웃었다. 민아가 뒤로 돌아서자 혜영은 순간 긴장했다. 그렇게 작은 키도 아닌 혜영이었지만 힐을 신은 민아가 위에서 내려보는 건 당연한데도 왠지 묘한 긴장감이 느껴졌다.

웃고 있던 민아의 얼굴이 순식간에 굳는 것도 보았다. 와, 이건 무슨 영화에서나 보던 못된 여자의 두 얼굴을 보는 것 같아 혜영의 얼굴도 같이 굳고 말았다. 평소 예쁜 여자라면 닥치고 찬양이었던 혜영도 이쯤 되면 계속 미를 찬양할 수가 없었다. 저렇게 노골적으로 적의를 내뿜는 여자에겐 아무리 미녀에게 친절한 혜영이라도 더 이상은 호의적일 수는 없었다.

"혜영 씨도 다음에 봐요."

"네."

얼씨구, 거기다 살짝 어깨를 치고 가는 것까지. 혜영은 민아가 문을 닫고 나간 뒤로도 계속 그 자리에 민아가 있는 것처럼 노려보았다. 뭐, 영진을 좋아했다는 사실은 잘 알고 있지만 이런 식으로 노골적으로 나올 것도 없지 않은가? 거기다 영진은 여자에게 그다지 관심도 없어 보이는데.

"왜 이렇게 늦어?"

"아, 잠깐 이야기 좀 하느라고……."

"이야기?"

"뭘 그렇게 꼬치꼬치 캐물으세요? 저도 학부 생활을 하고 있는 사람인데 이야기 좀 할 수도 있는 거지."

영진은 괜히 헛기침을 하며 책상 서랍에서 종이봉투를 꺼내 앞으로 내밀었다. 혜영이 앞으로 걸어가 봉투를 들고 내용을 확인했다.

이내 혜영의 두 눈이 커졌다. 그러니까 이건 백만 원짜리 백화점 상품권이었다. 그것도 한 장이 아니라 세 장이나. 잠시 눈을 깜박이던 혜영이 대체 이걸 왜 보여주느냐, 자랑하느냐 하는 표정으로 영진을 보자 그가 웃었다.

"생일선물 받은 건데 별로 살 게 없어서. 살 거 있으면 사라고."

"교수님, 그렇게 부자예요?"

"몰랐어? 우리 집 돈 많아."

뭐, 세계 유명한 무대 연출가이신 그의 아버지가 한 건만 잡으면 수십억이 왔다 갔다 한다고 했으니 그의 말이 맞는 것 같았다. 더군다나 영진 역시도 유명한 화가였고. 그림을 많이 그리지 않는 그의 작품이 꽤 비싼 값으로 팔린다는 것도 알고 있었다. 영진은 자신의 작품이 팔리는 것을 그다지 좋아하지 않는 것 같았지만.

"생일선물이요? 언제가 생일인데요?"

"이번 주 토요일이었던가?"

그러고 보니 언젠가 한번 우연히 혜영의 집에서 영진의 생일파티를 한 적이 있었다. 대체 영진의 생일을 어떻게 알게 된 것인지 집에 아무도 없이 혼자 있을 그가 걱정이 되었다며 윤 여사가 직접 파티를 열어주었다.

그때 그냥 잡채와 간단한 튀김, 미역국과 케이크 하나를 둔 것뿐이었는데도 불구하고 그는 꽤 감격을 한 것 같았다. 그러고 보니 그때가 한참 하늘이 좋을 때의 가을이었다.

"추, 축하해요."

"고마워."

하긴, 나이 먹어가면서 생일이 다가오는 건 그다지 좋은 일은 아니었다. 한 살이라도 덜 먹고 싶은 것이 사람의 욕심이었으니까. 하지만 그는 정작 자신의 생일엔 별다른 관심도 없는 것 같았다.

"그런데 이거 제가 받아도 되는 거예요?"

"받아둬. 아버지가 보내신 건데. 늘 그런 식이지. 간단하잖아. 고민하지 않아도 되고. 어디 뒤져 보면 작년 것도 나올 텐데. 그것도 줄까?"

"그래도 아버지가 보내신 건데."

"아버진 내 생일이 언제인지도 모르실걸? 그렇게 생각할 필요 없어. 그거 비서가 보내는 거야."

순간 혜영은 이해가 되질 않았다. 보통 가족끼리라면 서로의 생일이 다가오면 진심으로 축하해 주었다. 적어도 혜영의 집은 그랬었다.

"그런 표정 지을 거 없어. 우리 집이 비정상적인 거니까."

"비정상적인 건 알아요?"

"백화점 상품권이 5년 동안 쓸 수 있던가? 이런, 이건 다른 백화점이군. 정 쓰기 힘들면 어머니라도 드려."

그가 또 다른 봉투도 건네주었다. 얼떨결에 백화점 상품권이 든 봉투를 두 장이나 받게 된 혜영은 고개를 끄덕였다. 그래도 왠지 무거워진 공기 때문에 혜영은 쉽게 입을 열기가 힘들었다.

"저기, 받고 싶은 거라든지……."

"없어."

그러고 보니 그는 요즘 애들 말로 So cool이었다. 물론 이렇게 엄청난 액수의 상품권을 받았는데 그냥 넘어갈 생각은 없었다. 뭔가 물건 말고 뾰족한 선물이 없나 싶은데 도무지 생각나는 것이라곤 아무것도 없었다. 평소 잔머리엔 최고라고 자부를 했었지만 요즘은 아닌 모양이었다.

"아, 반찬 맛있더라. 덕분에 잘 먹고 있어."

"금요일에 시간 괜찮으세요?"

"금요일? 내일인가? 왜?"

"괜찮으시면…… 제가 가서 밥해 드릴게요."

잠시 시선을 옆으로 돌리던 영진이 무슨 생각에서인지 고개를 가볍게 끄덕였다. 자리에서 일어난 영진은 재킷을 걸치며 자동차 키를 집어 들었다.

"밥 먹고 데려다 줄게."

"오늘 저 약속 있는데."

"무슨 약속?"

"친구 만나기로 했거든요. 이경하라고……."

"이경하? 미술학원 다니던 친구?"

영진 역시 경하를 잊을 순 없던 모양이었다. 하긴, 경하라면 화선, 혜영과 더불어 꽤나 독특한 캐릭터로 동네에서 이름을 날리던 친구였다. 너무 시끄럽다면서 영진은 경하를 만날 때마다 귀를 틀어막곤 했다. 그러고 보니 영진을 만나기 전까지는 그에 대한 기억이 별로 없었는데 이제는 하나하나씩 생각이 났다. 왜 기억 저 너머에 있던 사라졌던 추억들이 하나씩 되돌아오는 걸까?

혜영은 스스로 누군가를 좋아하게 되는 감정이 생기지 않을 거라고 자부했었다. 실은 그 좋아한다는 마음이 어떤 것인지도 잘 모르겠거니와 하려고 하는 노력조차 하지 않으려고 했기 때문이었다.

사랑이라는 건 그냥 상대를 보면 가슴이 떨리고, 얼굴이 붉어져야만 되는 것이라고 생각했었다. 하지만 아닐 수도 있겠구나, 싶었다. 그냥 이렇게 점점 편해지는 것도 좋아하게 되는 것에 가까워지는 감정이 아닐까, 생각됐다. 뭐, 아직은 좋아하는 것까지는 아닐지라도 괜찮아지고 있는 것이 사실이었으니까.

그때였다. 막 연구실 문을 열려고 하던 영진이 걸음을 멈춰 섰다. 덕분에 바로 뒤따라 걷던 혜영은 그의 등에 코를 박아야 했다.

"아, 왜요."

"외박할 수 있나?"

"내일이요? 왜요?"

"받고 싶은 게 생각났는데."

혜영은 잠시 생각했다. 이럴 때 또 가볍게 생각했다간 또 제 꾀에 넘어가는 수가 있었다. 혜영은 그냥 가볍게 고개를 끄덕였다. 하룻밤쯤 외박한다고 세상이 무너지는 것도 아니고. 물론 한 가지 예외는 있었다.

"몸으로 하는 거라면 선물 안 해요."

"하여간, 머리에 든 거라곤. 네가 생각하는 건 아니니 걱정 마."

역시나, 또 당했다고 생각했다. 분명 혜영이 머릿속으로 생각하고 있었던 것을 그는 바로 짐작한 모양이었다. 괜히 어색한 분위기에 혜영은 말없이 연구실에서 나와 엘리베이터 앞에 섰다. 괜한 말을 해서 얼굴이 화끈거리고 창피해지는 건 숨길 수가 없어 그냥 시선을 외면할 수밖에 없었다.

"누르지도 않고 뭐 하는 거야?"

역시나 많이 당황한 모양이었다. 아래로 내려가야 하는 데도 불구하고 먼저 엘리베이터 앞에 선 주제에 버튼도 누르지 않았다니. 혜영은 괜히 자신의 왼쪽 머리를 치며 아둔함을 탓했다.

바로 밑에 층에 있었던 것인지 순식간에 엘리베이터는 도착했고 어서 타라는 듯 문이 활짝 열렸다. 혜영은 올라타 통유리로 된 엘리베이터 밖 풍경만 응시했다. 뭐랄까, 영진과 함께 있으면 꼭 어린애가 되는 기분이었다. 왜, 어른들은 어린아이들의 얼굴만 봐도 금방 행동반경이라든가 하는 것들을 알 수 있지 않은가?

　　결국 혼자 자책하는 수밖에 없었다. 혜영은 스스로도 나이만 먹었지 속이 덜 찼다고 생각했다. 타고난 성향이 그런지 모르겠지만 조금 무신경하다고 해야 할까, 무디다고 해야 할까? 거기다 모든 일이 대충대충이었다. 스스로 그런 성향을 바꿔야 한다고 생각했지만 그건 쉽지가 않았다. 어차피 한 번 살다 가는 인생 둥글게 살면 얼마나 좋단 말인가? 모든 일에 아등바등하고 싶지 않았다.

　　“뭐 해? 안 내려?”

　　“교수님.”

　　“왜? 경하는 어디서 보기로 했어? 거기까지 태워다 줄게.”

　　“제가 애 같다고 생각 안 하세요?”

　　앞서 걷던 영진이 잠시 걸음을 멈추는 듯싶더니 혜영이 보폭에 맞추었다. 어차피 사람들도 없는 건물 안은 을씨년스러웠다. 영진의 대답을 기다렸지만 그는 차에 올라타도록 아무 말이 없었다. 차가 서서히 움직이기 시작하자 혜영은 아무 말 없이 벨트를 착용했다.

　　“왜 갑자기 그런 걸 물어?”

　　“아니, 뭐. 제가 여자같이는 느껴지시나 해서요. 저 애 같잖아요. 완전 덜 자란 애. 생각하는 것도 그렇고, 행동하는 것도 그렇고.”

　　“알긴 아는군.”

　　스스로 그렇게 말해놓고도 막상 이런 대답을 들으면 ‘이 사람이 정말!’ 이라는 반응이 툭 튀어나올 것 같았다. 하긴, 어찌 보면 그가 제대로 보고 있는지도 몰랐다.

"스트레스 쌓이지 않아? 그래도 주변 애들보다 나이는 많으니 어른인 척은 해야겠고. 아니면 나도 모르게 어른인 척 간섭하게 된다거나."

"잘 아시네요."

"충분히 여자로 보여. 그렇게 보지도 않고 너와 사귄다면 내가 변태거나 이상한 놈이지. 안 그런가?"

혜영은 또 심장이 서걱이는 느낌을 받아야 했다. 그는 늘 이런 식이다. 냉정했다가 괜히 사람 가슴 뛰는 말을 아무렇지도 않은 표정으로 해대고.

"진짜 교활해."

"알아."

진짜 무슨 뜻인지는 알았을까? 그는 가볍게 웃으며 고개를 끄덕였다. 혜영도 결국 영진을 따라 웃고 말았다. 이제 서서히 인정해야 할 듯싶었다. 이 막무가내에 어이가 없는 교수님을 서서히 좋아하게 되었다는 것을.

"전화 오는 거 아니야? 진동 소리 들리는데."

귀도 밝다 싶었다. 물론 그녀가 둔감해서 느끼지 못하는 것이었지만.

"지금 가고 있다."

[미안. 나 또 사고 터졌다.]

"또 왜?"

[하촉새, 난 왜 이렇게 되는 일이 없냐? 세상의 모든 머피의 법칙은 나로 통하나 봐. 기획작이 들어왔어. 그래, 그건 물론 좋은 일이지. 그런데 중요한 건 지금 당장 그려내래. 이 담당 기자가 날 정말 저세상으로 보내려고 환장했다고. 이러다 화선이 결혼식도 못 가게 생겼어!]

"그 담당 기자 정말 너 좋아하는 거 아니야?"

[너 미쳤지? 돌았지? 제정신 아니지? 어떻게 나하고 그 파이어 영감을 가져다 붙일 수 있어? 당장 끊어.]

물론 경하의 심정이 이해가 가기도 했다. 경하는 보기와 다르게 꽤 의리가 있는 편이라 아직도 자신을 발굴해 준 기자와 일을 하고 있었다. 단 한 번도 소속을 옮기지 않고.

출판 회사가 어려울 때나, 잘나갈 때나 늘 같이 있었다. 몇 번인가 혜영도 그 담당 기자를 본 적이 있었는데 흰 피부에 다크서클이 심해 별명이 뱀파이어였는데 그녀들 사이에선 파이어 영감이라 불리었다. 그나마 미중년이기 때문에 경하가 참고 있다고 했는데 하긴, 경하의 외모지상주의의 세계에서 살아남기 가장 좋은 외모를 가지고 있기도 했다.

"교수님, 저 그냥 대충 정류장에서 세워주세요. 약속 땡이에요."

"버스는 무슨. 내가 태워주는 게 당연하지. 가볍게 칵테일이나 한잔하고 가는 게 어때?"

혜영은 고개를 끄덕였다. 그다지 배도 고프지 않았고 달달한 칵테일을 마시면 기분도 산뜻해질 것 같기 때문이었다.

칵테일 바가 있는 가게는 그녀의 집에서 꽤 가까운 곳이었다. 거기다 영진이 자주 들르는 집인지 바 안에 있던 남자는 그가 즐겨 마시는 버번과 칵테일을 잘 모른다는 혜영을 위해 알아서 준비해 주는 센스도 마다하지 않았다.

"청사과가 들어가서 상큼할 거예요."

"우와, 고맙습니다. 색 정말 예쁘다."

남자의 말대로 투명한 초록빛의 칵테일은 상큼했고 맛있었다. 역시 보기 좋은 떡이 먹기에도 좋다더니. 한때 그녀도 작은 칵테일 바를 차리고 싶어했었다. 하지만 술장사를 했다간 팔지 않고 다 먹어서 망할 거라는 윤 여사의 말에 동조를 하며 그런 생각을 일제히 버렸다. 그녀는 술 종류를 가리지 않고 거의 좋아하는, 아니, 사랑하는 편이었다. 물론 따뜻한 정종을 빼고는.

칵테일을 마시며 주위를 둘러보는데 입구에서 하얀 얼굴을 가진 남자가 웃으며 걸어오고 있었다. 분명 어디선가 본 얼굴이었다. 배우였던가? 굉장히 잘생겨서 TV에서 한 번씩 봤던 얼굴인가 싶었는데 바로 혜영의 옆자리에 앉아 바에 몸을 기대었다.

"바쁘시네, 한영진 교수님 얼굴 보려면 여길 와야 하는 거야?"

"어서 와. 인사해."

"영진이 친구 신세륜이라고 합니다. 소문으로만 듣던 그 약혼녀시구나. 굉장히 어려 보이시는데, 이런 도둑놈을 봤나."

"하혜영입니다. 그런데 TV 같은 데 나오지 않으셨어요? 굉장히 낯이 익은데……. 이름도 그렇고 신세륜. 아, 그 피아니스트?"

이름도 독특했거니와 잘생긴 얼굴로 유명했던 피아니스트였다. 음악엔 워낙 젬병인지라 그가 정말 피아노의 신인지, 어쩐지는 몰랐지만 환생한 아마데우스라고 불리며 떠들썩했으니 예술가는 틀림없었다. 이런 유명인이 영진의 친구라니, 역시나 끼리끼리 노는 게 맞구나 싶었다.

"아직도 기억해 주시는 분이 계시네."

"당연하죠. 10년 만의 신의 귀환이라고 연일 보도를 해대는데. 우와, 저 사인 한 장만 해주세요."

세륜은 연예인에 버금가는 영향력을 가진 피아니스트였다. 혜영은 자신의 노트에 사인을 받고 이것을 혜민에게 보여주면 적어도 10만 원에는 팔 수 있을 것이 틀림없었다. 어릴 때 분명히 혜민의 방에 세륜의 브로마이드가 커다랗게 걸려 있었다.

"사인 팔 생각하지 말고. 전화받고 올게."

그냥 생각만 한 것뿐인데 그게 얼굴에 그대로 드러난 모양이었다. 가볍게 얼굴을 살짝 꼬집고 창가 쪽으로 걸어가는 영진을 괜히 흘겨보며 혜영은 칵테일을 홀짝였다. 그러다 웃고 있는 세륜과 눈이 마주쳐서 혜영도 웃고 말았다.

세륜은 영진과 친구임에도 불구하고 훨씬 어려 보였다. 유난히 하얗고 고운 선을 갖고 있어서 그런지 요즘 말로 하면 동안이었다. 오히려 자신보다 어려 보이는 것 같아서 왠지 모르게 자존심이 상했다.

"피부가 정말 좋으시네요."

"아버지 영향을 많이 받았죠."

"아, 부럽다. 타고난 게 역시 좋아야 돼요. 그죠?"

"하하, 혜영 씨도 좋은데요?"

괜한 칭찬에 혜영의 얼굴이 살짝 붉어졌다. 비록 입에 발린 말일지라도 여자라면 이런 칭찬을 누구나 좋아했다. 혜영 역시 이런 칭찬을 좋아하는 평범한 20대 여자였다. 혜영은 두 손을 올려 괜히 얼굴을 툭툭 쳤다.

"많이 좋아진 모습이네요."

"네?"

"영진이요. 처음 만났을 땐 굉장히 위험한 청소년이었거든요. 흔히 말하는 비행청소년은 아니고, 뭐라고 해야 하나……. 별로 삶에 미련이 없어 보이는 모습? 아, 약혼녀니까 이미 다 아시려나?"

"아뇨. 전 중학교 시절에 교수님을 보고 이번에 처음 본 거라서요. 아, 그리고 말씀 놓으세요. 제가 어리니까. 그런데 왜요? 예전엔 어땠는데요?"

그리고 보니 영진과의 거리는 12년이 텅 비어 있었다. 그동안 그에게 무슨 일이 생겼는지 또 어떻게 살았는지 알지도 못했고 물어볼 생각도 하지 못했다. 그냥 조금 전 연구실에서 했던 아버지에 대한 이야기를 할 때를 생각해 보니 영진은 꽤 냉소적인 말투였었다. 비정상적인 가정이라…….

"아주머니가 돌아가시고 나서 오빠가 바로 프랑스로 갔었거든요."

"그럼 말 놓을게."

역시나, 그의 친구답게 세륜도 쿨한 듯했다. 어떻게 말을 놓으라고 했지만 바로 놓을 수 있단 말인가? 조금 뻔뻔한 건지, 무신경한 건지 알 수 없었지만 그냥 그러려니 넘겼다. 어차피 그녀는 4살이나 어렸다.

"그 시절에 만났었어. 텅 빈 성당에서 피아노를 치고 있는데 어디선가 우는 소리가 들리는 거야. 설마 성당에 귀신이 있나, 싶어서 오싹했었는데."

순간 믿기지가 않았다. 영진이 울었다? 대체 어떻게? 어떤 모습으로? 그가 운다는 것은 아무리 생각해도 상상이 가질 않았다. 영진은 평소에도 별 표정 변화가 없던 사람이었다. 물론 그녀를 놀릴 때면 한쪽 눈썹이 살짝 올라간다는 것 정도? 그것 빼고는 거의 무표정일 때가 많았다.

거기다 귀신이라니. 이 남자, 참 안 어울리게 말한다 싶었다. 역시 영진의 친구들은 거의 이런 부류인 것인가? 아니, 저번에 보았던 은우는 굉장히 젠틀한 남자였다. 그것도 매우 정상적인.

"무서워서 나도 모르게 건반에서 손을 뗐지."

"겁이 많으세요?"

하긴, 눈이 동그랗고 커서 겁이 많을지도 모른다고 생각했다. 거기다 눈동자 색 또한 아주 연한 갈색이었다. 아니, 거의 황금색이라고 할 수 있을 정도?

"많진 않은데. 생각해 봐. 아주아주 큰 성당이야. 거기다 성당은 또 울리잖아. 거기서 웬 낮은 신음 소리가 들려. 어떨 것 같아?"

물론 그녀라도 무서워서 당장에 자리를 박차고 나왔을지도 몰랐다. 아니, 정체가 무엇인지 알게 되면 기절을 하지 않을까?

그녀는 대놓고 겁이 많았다. 무서운 영화 같은 건 볼 생각도 하지 않았으며 밤에 혼자 있을 땐 TV를 켜지 않았다. 특히 여름에. 그땐 어찌나 많은 납량 특집물들이 쏟아져 나오는지 TV 켜기가 무서울 정도였다.

"어머니를 잃은 것에 대한 아픔이었겠지."

세륜을 보고 있던 혜영은 그의 시선을 따라 천천히 고개를 돌렸다. 거기엔 여전히 통화를 하면서 고개를 끄덕이고 있는 영진이 보였다. 그때 아주머니가 어떻게 돌아가셨더라. 잘은 기억이 나지 않지만 분명 사고사였다.

"눈앞에서 차에 치이셨다더군."

혜영은 잠시 두 눈을 질끈 감았다. 만약 윤 여사가 바로 앞에서 차에 치인다면 제정신으로 살아갈 수 있을까? 손을 뻗을 순 있었을까? 왜 뻗지 못했을까, 그런 생각에 스스로를 자책하며 살아가지 않았을까? 아니, 어쩌면 살 수도 없었을지도 모른다. 그런데 영진은 그런 아픔을 어떻게 이겨낸 것일까? 그것도 먼 타국에서, 혼자 외롭게.

역시나, 여자는 모정에 약하다 싶었다. 이제껏 그냥 큰 어른으로만 보였던 그의 넓은 어깨가 이젠 쓸쓸해 보이기까지 했으니. 왠지 따뜻하게 안아주고 싶다는 생각이 들었지만 혜영은 차마 행동으로 행하지는 못했다. 그러기엔 보는 사람도 많았고 쑥스럽기도 했기 때문이었다.

"그때쯤이었지. 그림 때려치울 거라고 한영진이 망나니처럼 굴던 게. 게다가 미성년자 주제에 술을 어찌나 잘 마시는지. 내가 콩쿠르 나가서 탔던 상금 반이 다 쟤 술값으로 나갔었지? 아마?"

역시나 예술가들은 다들 독특하다고 하더니 세륜도 멀쩡할 정도로 잘생긴 얼굴에 비해 4차원 끼가 있는 것 같았다. 어떻게 그리 슬픈 이야기를 하다가 술값으로 노선이 빠질 수 있는 것일까?

"나머진 뭐, 혜영 씨도 잘 알겠지만……. 잘 다독여 줘요. 그냥 저대로 두기엔 아까운 친구잖아. 저 친구."

물론 그의 능력을 본다면 이렇게 학생들에게 얽매여 있는 시간이 아까울 수도 있었다. 하지만 그는 그게 좋다고 했다. 자신이 아는 지식만큼을 가르쳐 주고 또 그 사람들에게 자신도 배우고. 그런 영진의 모습이 혜영도 좋다고 생각했다.

"그때 들어간 술값 받아내려면 아직도 멀었는데."

"술값? 너 피아노 때려치우겠다고 할 때 든 술값이 더 나갔다."

"인마, 그걸 꼭 말해야 돼? 좋아. 친구 생일이니까 내가 특별히 한 곡 선물해 드리지. 이건 정하가 좋아하는 곡인데. 괜찮겠지?"

세륜이 웃으며 흰 셔츠 소매를 걷어 올렸다. 영진 역시 가볍게 고개를 끄덕이며 그의 피아노를 들을 준비를 했다. 세륜의 피아노는 맑고 투명했으며 아름다웠다. 피아노 음악이 무엇인지는 모르지만 혜영은 지금 듣고 있는 이 피아노 소리를 또 듣기는 어려울 거라고 생각했다.

"무슨 곡인지 알아요?"

"라벨이군. 물의 유희던가?"

"오, 이런 음악도 아시네?"

"그냥, 여기저기 귀동냥을 많이 해서 들어본 건 아는 편이지. 이건 기교가 많이 필요해서 어려운 곡일 거야, 아마."

"피아노 연주할 수 있어요?"

"날 뭘로 생각하는 거야? 당연히 못하지. 그냥 듣는 것만 좋아해."

왠지 그라면 뭐든 다 할 수 있을 거라고 생각했다. 그래서인지 그의 말에 같은 인간처럼 느껴졌다. 영진도 못하는 게 있다니. 왠지 재미있기도 하고 신기하기도 했다.

"다 마셨으면 일어나지. 늦으면 곤란하잖아."

"뭐가 곤란해요?"

"늦게 들여보내면 어머님이 걱정하실 테고. 난 장모님께 찍히긴 싫거든."

아직 결혼한 사이도 아닌데 웬 장모님? 하지만 그것도 싫진 않았다. 세륜에게 최고의 연주였다는 말을 건넨 혜영은 나중에 같이 식사라도 하자는 말에 고개를 끄덕였다. 영진에겐 좋은 친구들이 있어 보였다. 그리고 이 친구들이 영진이 힘든 시기에 같이 있어주었다고 생각하니 정말 예술가로서든 남자로서든 그를 잃지 않게 되어 고마웠다.

"왜 그렇게 실실 웃어?"

"난 웃지도 못하나?"

평소 큰길에서 집까지 걸어가면 그 거리가 멀다고 생각했지만 오늘은 아니었다. 영진과 함께 있어서 이렇게 즐거웠던 적이 있었던가? 이상하게 가슴이 저미면서도 좋다고 생각했다. 영진이 잠시 주위를 둘러보더니 살짝 고개를 숙여 그녀의 입에 입을 맞추었다.

"웃는 모습이 예뻐 보여서."

"나 원래 예쁜데. 그거 이제 알았나? 내일 강의 몇 시에 끝나요?"

"5시?"

"끝나고 같이 장보러 가지 않을래요? 어차피 교수님 집에 가려면 같이 가야 하고, 맛있는 거 해주려면 장도 봐야 하니까."

"나쁘진 않겠군."

10

집에 들어왔을 때 혜영은 심상치 않은 분위기를 감지했다. 거기다 거실에 앉아 있는 5명이 일제히 웃으면서 들어오고 있는 그녀를 쳐다보고 있었다. 혜영은 잠시 생각했다. 원래 이 집 가족은 5명이니 4명이 있어야 했다. 그런데 저기 어색한 표정을 짓고 무릎을 꿇고 앉아 있는 저 남자는 누구란 말인가? 어색하게 웃으며 혜영은 고개를 살짝 숙였다.

"제 동생이에요."

이제껏 주구장창 솔로라고 외쳤던 혜민의 연인이 밝혀지는 순간이었다. 1년이나 사귀었다면서 이제껏 비밀로 하고 있던 혜민이 대단하기도 했거니와 한편으로는 괘씸했다. 자매라기보다는 친구처럼 자라왔던 두 사람은 비밀이라곤 하나도 없었다.

혜영은 왠지 좋기도 하면서 마음 한구석이 삭 잘려 나가는 느낌이었다. 친구들이 결혼을 할 때보다 조금 더 기분이 이상하다는 것 정도?

집안 분위기는 화기애애했다. 하 박사와 윤 여사도 사위가 될 사람이 마음에 들었는지 연신 입가에서 미소를 지우지 않고 있었다.

혜영은 혜민을 살짝 훔쳐보았다. 32살의 공무원이라. 그렇게 골드미스를 자청하더니 그래도 사랑에 빠지긴 빠진 모양이었다. 역시나 된장녀라 쥐꼬리만 한 월급을 받는 공무원과는 절대 사귈 수 없다고 하더니 역시 콩깍지의 힘인가 싶었다.

혜영은 아직 누군가에게 한번도 형부라 불러보질 않아서 그 호칭이 어색했다. 거기다 왜 자꾸 윤 여사는 자꾸 형부라고 불러보라며 말도 안 되는 떼를 쓰고 있는가. 아, 혜영은 제발 이 상황이 얼른 끝나기만을 바라고 있었다.

차까지 다 마시고 느긋하게 자리에서 일어서자 벌써 시간은 10시를 향하고 있었다. 거기다 혜민은 배웅하러 나가놓고는 대체 또 무슨 할 말이 그렇게 많은 건지 30분 뒤에 집으로 들어오고 있었다.

"형부라고 한번 부르면 얼마나 좋아? 어차피 곧 형부라고 불러야 하는데."

“엄마, 그게 입에 붙어야 나오지. 바로 나오겠어? 언니 은근히 엉큼하다? 결혼 절대 안 한다면서.”

“그게 그렇게 됐네.”

살짝 얼굴을 붉히는 혜민을 보고 혜영도 웃고 말았다. 잠시 무엇인가를 생각하던 혜영은 가방에서 봉투 하나를 꺼내 혜민의 앞으로 내밀었다.

“이게 뭐야?”

“백화점 상품권인데 혼수 할 때 보태라고. 침대 하나는 될걸?”

“야, 너 설마 삼십만 원짜리 침대 사라는 건 아니지? 이것 봐. 십만 원짜리 세……. 어? 백만 원?”

“내가 언닐 위해 투자 좀 하는 거야.”

혜영은 봉투 하나는 또다시 남겨두었다. 꼭 무엇인가가 사고 싶어서가 아니라 지금 당장은 현금을 굴릴 방법이 없기 때문에 이거라도 잘 놔두었다가 부모님 생신 때라든지 친구 생일 선물을 살 때 이용할 생각이었다. 어찌나 이런 잔머리는 잘 돌아가는지 아무리 생각해 봐도 정말이지 스스로가 영특한 것 같았다.

“대체 어디가 그렇게 좋았던 거야?”

“웃는 거? 내가 지하철에서 치한을 만났는데 아무도 안 도와주는 거야. 그런데 성민 씨는 눈이 마주치자마자 범인을 바로 제압하는데 얼마나 멋있던지.”

정말 이게 만화라도 된다면 혜민의 눈에서 하트가 마구 쏟아져

나올 기세였다. 혜영은 웃으면서 고개를 끄덕였다.

"축하해."

"뭘, 그리고 시집도 내년에 가니까 앞으로 성민 씨 만나서 같이 밥도 먹고 술도 마시고 그러자. 참, 너도 영진이 오빠랑 함께 오면 되겠네."

혜영은 잠시 갈등을 했다. 영진은 성격이 퍽 나빠 보이진 않지만 그렇다고 좋지도 않았다. 그리고 낯선 사람들이 보기에 얼마나 차갑고 범접하지 못할 이상한 기운을 내뿜던가. 그래도 저렇게 눈을 반짝이는 혜민을 보며 차마 안 된다고 말할 수 없어 혜영은 고개를 끄덕이고 말았다.

오늘은 그를 위해 맛있는 저녁을 만들어주기로 했다. 굳이 같이 가서 장을 볼 필요는 없다고 했지만 내심 속으로 같이 장보기를 기대하고 있었다. 이런 건 모두 여자들의 로망이었으니까. 그리고 넌지시 혜민 커플과 약속을 잡아도 되느냐고 물었다.

"싫어."

역시나 그럴 줄 알았다는 듯 혜영은 고개를 돌리며 감자를 골라 봉투에 넣었다. 어차피 혜민이야 잘 아는 사이이고 하니 그냥 밥 한번 먹자고 하는 건데 뭐가 그리 비싸다고 튕기고 난리람. 물론 쉽게 알았다고 할 위인은 안 된다는 것을 알았지만 말이 끝나기 무섭게 그는 단호히 거부의 뜻을 비치고 있었다.

"교수님, 닭 좋아하시죠?"

"싫어하는 사람도 있나?"

"모르시는구나. 알러지 있는 사람도 있어요."

물론 그녀 주위에는 없었지만 언젠가 들었던 기억이 있었다. 닭볶음탕을 할 생각이었는데 막상 그러고 보니 그의 집에 양념들은 있는지 궁금해졌다. 그런데 묻기도 전에 영진은 고추장, 고춧가루, 간장 같은 것들을 집어넣고 있었다.

"집에 대체 있는 거 뭐예요? 설마 생수, 술 이런 거 아니죠?"

"빵도 있고, 계란도 있고. 네가 준 반찬들도 있고."

일단 의심이 갔지만 혜영은 그가 골라 담은 것들을 보고 아무것도 없다고 판단했다. 이럴 줄 알았으면 집에서 좀 가져오는 건데, 라는 생각을 뒤로할 순 없었다. 저번에 영진에게 반찬을 가져다줄 때 윤 여사가 몇 가지를 만들어주면서 한마디 했었다. 저런 것들이 시집가면 기둥뿌리 뽑아갈 거라고. 그까짓 것 뭐 얼마나 된다고 생색이냐며 혜영은 오히려 큰소리를 빵빵 쳤었다.

그때 인건비에 재료 값이 족히 10만 원은 넘을 거라고 말하던 윤 여사에게 주고 말겠다며 다짐했건만 아직도 주지 않고 있었다. 윤 여사는 걸핏하면 걸고넘어질 것이 분명했지만 혜영은 줄 생각이 눈곱만큼도 없었다.

"형부 되실 분도 교수님 보고 싶다고 그러기도 하고……."

"생각해 볼게."

갑자기 말을 바꾼 게 이상했지만 혜영은 좋다고 생각하면서 고개를 끄덕였다.

"형부 될 사람이라면 나중에 나하고도 동서지간이 될지도 모르는데."

그 말에 혜영이 픽 웃고 말았다. 그도 말하고서 어색했는지 괜히 헛기침을 하며 그녀의 머리를 부드럽게 쓰다듬었다.

최대한 간단하게 산다고는 했지만 그래도 뭐가 이렇게 많은지 커다란 봉지로 두 개로 나눠 담았지만 봉지가 터질 것 같았다. 거기다 신혼부부로 봤는지 자꾸 무엇인가를 권하는 판매직원 때문에 혜영은 몇 번이나 영진의 눈치를 봐야만 했다. 대체 뭐가 불만인지 영진은 마트에 들어설 때부터 계속 불만스러운 표정이었다. 거기다 그의 집으로 와서까지도 그는 그 표정을 풀지 않고 있었다.

혜영은 이대로 얼굴을 보고 있다간 왠지 모르게 그의 신경을 건드릴 것 같아 조용히 물건을 정리하자고 마음먹었다. 냉장고를 열기 위해 걸어가던 혜영의 시선이 거실에서 멈췄다. 조금 전엔 물건들 때문에 정신이 없어서 집을 보지 못했는데 이건 그의 성격답다고 해야 하는 건지, 아니면 삭막하다고 해야 하는 건지.

그 흔한 TV도 없었고 그저 커다란 모던 소파와 유리탁자만 자리 잡고 있었다. 집이 커서 그런지 휑한 느낌이었다. 거기다 그림을 그린다는 사람의 집에 그림이란 눈을 씻고 찾아봐도 없었다. 물론 서재 같은 곳에 있을지도 모른다고 생각했지만 역시나 너무하다고 생각했다.

영진은 옷을 갈아입으러 간 것인지 보이지 않았고 혜영은 정리보다 구경을 먼저 하기로 마음먹었다. 혼자 살기엔 굉장히 큰 집이었다. 욕실 문을 열었을 때 혜영은 입을 딱 벌렸다. 욕조는 사람 두 명이 들어가도 넉넉해 보였고 샤워 부스까지 따로 있었다. 거짓말하지 않고 욕실이 자신의 방만큼 컸다.

"들어가려면 들어가지 왜 앞에서 기웃거리고 있어?"

"네? 아, 그냥 구경하던 거였어요. 집도 엄청 휑하네. 누구랑 똑같이."

"무슨 말이야?"

그는 가벼운 폴로 티에 면바지를 걸쳐 입고 나왔다. 평소 슈트가 그에게 잘 어울린다고 생각했는데 이런 옷도 나쁘지 않다는 생각이 들었다. 조금 덜 날이 선 모습 같다고 해야 하나?

슈트를 입고 있는 그는 늘 강직해 보여서 틈이 없는 사람 같았다. 마치 가시를 가득 세운 채 다가오지 말라고 위협하는 고슴도치 같다고 할까? 아니면 눈에서 초고주파를 발산하는 시베리아 호랑이?

"우와, 진짜야. 냉장고에 물하고 계란, 내가 준 반찬밖에 없어."

혜영은 재빨리 왼쪽 편 문도 열었다. 대체 언제 넣어둔 건지 베이컨은 미라가 되어 깡깡 얼어 있었다. 그리고 있는 건 얼음뿐이었다.

"대체 집에서 뭘 먹고 살아요?"

"거의 먹지 않는 편이지."

"내가 싸준 반찬은 그래도 먹었네요?"

"세륜이와 은우가 왔었거든."

"집에 쌀은 있어요?"

그는 가볍게 고개를 끄덕였다. 그러고 보니 혼자 살면서 갖추고 있을 건 다 갖추고 있었다. 혜민이 꼭 사고 싶다고 했던 쌀 저장 냉장고와 음식 찌꺼기 건조기와 식기세척기. 거기다 냉장고도 최신식이었고 분명 이 커다란 냉장고 자리도 남아돌 테니 김치 냉장고까지는 필요 없다고 생각했지만 그것조차도 갖추고 있었다.

"와인 좋아해요?"

"그다지."

"역시 돈 많은 사람은 달라. 와인 냉장고까지 있고. 우와, 이거 비싼 거 아닌가?"

혜영은 어디선가 봤던 와인 병 하나를 꺼내 들었다.

"한잔할까?"

혜영은 재빨리 고개를 끄덕이며 물건들을 정리하고 음식 준비를 하기 시작했다. 닭을 깨끗하게 씻고 야채를 썬 다음 양념을 만

들어 같이 주물러 주었다. 감자와 고구마를 썰어 넣고 가스레인지를 켰다. 이것 역시도 최신식인지 삼발이가 있지 않고 그 강화유리인가 뭔가로 되어 있다는 청소하기도 간편한 것이었다.

“진짜 얘네들이 불쌍하다. 뭐, 주인이 얼마나 써줘야 말이지.”

1시간여쯤 준비를 하자 거의 모든 준비가 끝났다. 영진은 식탁 위를 보고 조금 놀라워하는 눈치였다.

“일반 가정집의 생일 밥상이에요. 미역국이랑 좋아하는 반찬 같은 거. 교수님 갓김치 좋아했다면서요? 집에서 좀 가져왔어요.”

영진이 자주 집에 왔을 때 윤 여사는 그가 갓김치를 좋아한다면서 늘 밥상 위에 올려놓았던 것을 기억했다. 갓김치는 윤 여사가 잘 만드는 것이기도 했고 어차피 집에 둬봤자 여기저기 사람들에게 퍼줄 것은 틀림없었다. 그래서 양심상 1kg 정도를 가져온 것뿐이었다.

“급하게 장을 봐서 케이크를 못 샀네.”

“됐어. 어차피 먹을 것도 아닌데.”

“그래도 촛불 끄는 맛은 있는데. 내일 사드릴게요. 생일 선물도 못 샀어요.”

“지갑으로 받은 셈 치지. 그리고⋯⋯.”

“저한테 받고 싶다는 게 뭐예요?”

“그렇게 거창한 건 아니야.”

물론 그녀에게서 거창한 것을 받으려면 적어도 10년은 기다려야 할 거라고 생각했다. 혜영은 대체 영진이 뭘 바라는지 몰라 계속 머리를 굴렸지만 뾰족이 생각나는 것은 없었다.

"돌 굴러가는 소리 들린다."

"궁금하잖아요."

"가벼운 거야. 그렇게 긴장하지 않아도 돼."

물론 상황이 이렇다 보니 혜영은 살짝 긴장하고 있는 것도 사실이었다. 말로는 몸으로 하는 건 사절이라고 했지만 정말 그럴지도 모른다고 생각했다. 그런데 가벼운 거라니, 대체 영진이 원하는 게 무엇인지 감조차도 잡을 수가 없었다. 설마 그냥 밥 먹고, 가볍게 와인을 한잔하고 싶은 게 다일까?

"음식 잘하네."

"제가 안 해서 그렇지 원래 잘하거든요?"

"좋은 아내가 되겠는데?"

"음식 하나에 무슨 좋은 아내? 설마 교수님 정말 저하고 결혼하고 싶으세요?"

그냥 지나가는 농담 식으로 툭 던진 말이었다. 영진은 말없이 턱을 괴고 혜영을 보았다. 왠지 그의 시선에 살짝 부끄러움을 느낀 혜영은 어찌할 바를 몰라 하며 밥만 입에 집어넣었다.

"안 잡아먹어. 반찬도 먹어라. 목 막히겠다."

영진은 직접 컵에 물을 따라 혜영의 앞으로 건네주었다. 혜영은 그냥 고개를 끄덕이며 물을 받아먹었다. 이래서 긴장이 되는 것이다. 조금 편안해졌다고 생각했지만 어쩌다 한 번씩 그의 생각을 읽지 못하게 될 때면. 물론 99%는 그의 생각을 읽지 못했지만 그래도 요즘 꽤 가까워졌다고 생각했었는데 착각이었는지도 모를 일이었다.

빈 그릇을 식기세척기에 집어넣고 기계를 작동시키는 일은 영진의 몫이었다. 와인을 마시기 위해 혜영은 과일과 치즈를 잘라 접시에 넣고 거실로 가지고 갔다.

"그런데 이거 비싼 거 아니에요? 이렇게 마셔도 되나?"

"마시라고 있는 술인데 그냥 버리는 것보단 낫지."

고운 빛깔의 와인을 보자 혜영은 군침이 도는 것을 느꼈다. 평소 과일주를 그다지 좋아하지 않았지만 이 브랜드가 워낙 고가이고 하다 보니 호기심과 맛이 궁금해지는 건 어쩔 수 없었다.

"맛있는데?"

약간의 씁쓸함과 단맛이 혜영의 입에 딱 맞았다. 하지만 과일주에 빨리 취한다는 것을 혜영도 잘 알고 있었으므로 딱 세 잔에서 멈춰야만 했다. 그러면서도 계속 병에서 눈을 떼지 못하고 있었다.

"마시고 싶으면 더 마셔."

"안 돼요. 취하니까."

"취한 거 한두 번 보나."

"그러다 제가 또 교수님 덮치면 어쩌려고 그러세요?"

"그건 안 돼. 내가 원하는 선물을 못 받으니까."

"도대체 받고 싶은 선물이 뭐냐구요!"

"하긴, 몸이 필요할 수도 있겠군."

사실 신경을 안 쓰는 척해도 그녀는 오늘 속옷을 세트로 맞춰 입고 왔었다. 그가 바란 선물은 물론 몸이 필요한 것이었다. 그것도 손만. 그냥 손을 잡고 같이 잠을 자주었으면 한다는 것. 그게 그가 바라고 있던 선물이었다.

"그냥, 그냥 옆에 있어줘."

결국 그 말에 그녀는 울고 말았다. 그 말 한마디에 그의 깊은 외로움이 느껴지는 것 같아서.

혜영은 침대에 누워서 엎드려 자고 있는 영진의 얼굴을 한참이나 바라보고 있었다. 미술에 대한 이야기도 하고, 이런저런 옛이야기도 하다 잠자리에 든 것은 새벽 1시쯤이었지만 그녀는 어스름하게 동이 터오를 때까지 한잠도 못 자고 그를 보고 있었다.

혜영은 잠시 멍했다. 생각해 보니 그는 그녀의 옆집에서 한 2년 가까이 살았었는데 어머니는 두세 번 정도 본 적이 있었지만 아버지는 본 적이 없었다. 그 큰 집에 설마 혼자인 날이 많을까, 해서 물어본 기억이 있었다. 그때 그는 그렇게 말했었다.

"30일 중 28일은 혼자 있는 격이지."

혜영은 보통의 가정집이라면 자신들과 비슷할 것이라고 생각했다. 늘 가족이 함께 부대끼고 싸워가면서 정을 쌓는 거라고. 하지만 영진에겐 전혀 아닌 모양이었다.

그냥 누군가의 존재만으로 안심을 하고 이렇게 아이 같은 얼굴로 잠을 잘 수 있다니. 혜영은 잡은 손에 조금 더 힘을 주었다.

그는 밤새 숨소리조차도 내지 않고 깊은 잠에 빠져 있었다. 짙은 눈썹에 길고 풍성한 속눈썹, 높게 솟은 콧대와 선이 고운 턱 선과 붉은 입술. 눈을 뜨고 있으면 한없이 강해 보이는 남자였다. 그런데 지금은 마치 누군가에게 의지하듯 마주 잡은 손을 놓지 않고 있는 것을 보니 마냥 아이처럼 보여 혜영은 저도 모르게 눈물이 흐르는 것을 느꼈다. 그는 30년이 넘도록 늘 혼자 보내야만 했던 것이다.

이렇게 보고 있으면 영진은 그의 어머니와 많이 닮아 있었다. 영진의 어머니라면 당대 최고의 배우라고 꼽히는 진서영이었다. 그의 어머니를 혜영도 잘 알고 있었다. 아니, 대한민국 사람이라면 누구든 알고 있을 것은 틀림없었다.

스캔들을 몰고 다녔고 늘 이혼을 할 것이라고 TV에서 떠들어댔었지만 그녀가 사망을 할 때까지 가정의 불화설은 없었다. 거기다 배우보다 더 잘생긴 무대 연출 감독 한우진은 화려한 비주얼로도 유명했었다.

두 번의 유산 끝에 얻은 아들인 영진은 세간의 화제가 되었지만 두 사람은 그의 미디어 노출은 절대 허락지 않았다. 하지만 어릴 때부터 미술대회의 상이란 상은 모두 휩쓸고 다닌 영진은 자연스레 수면 위로 떠올랐고 그가 옆집에 이사 왔을 때에도 인기가 많았던 것으로 기억했다. 늘 그녀의 옆집 앞은 혜영과 비슷한 또래의 여학생들로 북적였었다.

겉보기에만 화려해 보였을 뿐 그는 내내 외로웠던 것이 틀림없었다. 혜영은 자꾸만 흘러내리는 눈물을 자유로운 손으로 닦아내었다. 그녀는 스스로 무덤덤하다고 생각했지만 실은 꽤 감수성이 풍부했다.

조금만 슬픈 이야기만 들어도 잘 울고, 별 웃기지 않은 이야기에도 잘 웃었다. 특히 그녀는 동물을 좋아했는데 그것 때문에 한때 사육사의 길로도 가볼까 심각하게 고민한 적도 있었다. 그때가 아마 중학교 때쯤이었던 것 같은데 우연히 영진과 그 말을 하게 되었다 그의 말에 그 꿈을 접었다.

"좋아하는 것과 그 좋아하는 것을 대하면서 일이라는 것을 하게 되면 어떨 것 같아? 넌 그저 좋은 점만을 보고 있는 거 아닌가?"

어릴 때였지만 그 말에 혜영은 수긍할 수 있었다. 그저 예쁜 점만 보고 좋아하다 막상 일을 하게 되면 지겨워지지 않을까? 좋아했던 동물을 싫어하게 될 수 있지도 않을까? 그 뒤로 그녀는 그냥 동물을 보는 것만 좋아했다.

중학교 시절 키우던 알래스카 말라뮤트인 숙희도 하 박사가 친구의 집에서 데리고 온 깃이었는데 처음엔 무척이나 예뻐하다가 몇 번인가 배설물을 치우고 목욕을 시키다 보니 지쳐 나가떨어져서 나중에 숙희의 뒤처리는 거의 윤 여사의 차지가 되고 말았었다.

혜영은 저도 모르게 손을 뻗어 그의 이마에 흘러내린 머리카락을 살짝 쓸어 올렸다. 샤워를 하고 아무것도 바르지 않았는지 부들부들한 느낌이 무척이나 좋았다. 그는 굵고 부드러운 직모를 가지고 있었다.

간지러웠는지 한쪽 눈을 살짝 찡그리는 모습을 보고 혜영이 픽 웃었다. 왠지 엄청나게 큰 강아지를 만지고 있는 느낌이었다. 아니면 다 큰 호랑이? 그래, 그는 동물로 치자면 호랑이와 비슷했다.

어스름한 어둠이 걷히고 아침이 찾아왔다. 밝은 햇살 아래 드러나는 그의 흰 얼굴이 완연히 드러나자 혜영은 다시 한 번 그가 옛시절의 모습처럼 보이는 것을 느꼈다. 이렇게 경계심을 풀고 있는 얼굴을 보면 그는 여전히 단정한 교복을 입고 지통을 들고 다니던 소년처럼 보였다.

천천히 그의 눈꺼풀이 들렸다. 햇빛 아래 비치는 그의 눈동자는 금색에 가까운 밝은 갈색빛의 눈동자였다. 이렇게 보니 왠지 외국인, 아니, 혼혈인처럼 보여서 혜영은 말없이 한참 동안이나 그의 얼굴을 바라보고 있었다. 초점을 맞추기 위해서인지 그는 몇 번이나 눈을 깜빡이고 있었다.

"생일 축하해요."

혜영의 목소리는 청아했다. 본래 조금 높은음인 그녀의 목소리는 잘 가라앉지도 않고 갈라지지도 않았다. 영진이 킥 소리를 내며 웃었다.

"눈을 뜨자마자 그 소리를 듣는 것도, 괜찮군."

"좋은 꿈 꿨어요?"

"아니."

이런, 좋은 꿈을 꾸길 바라며 밤새 자지도 않고 지켜봐 주었건만 꿈을 꾸지 않다니. 혜영은 팔에 힘을 주며 잡힌 손을 빼려고 했다. 하지만 막 자고 일어난 사람이 왜 이리 힘이 좋은 건지 꿈쩍도 하지 않았다.

"처음인 것 같아. 이렇게 편히 자본 건."

그의 얼굴이 유난히 맑아 보이는 건 아마도 피곤이 정말로 가셔서 그런 것일까? 아님 단지 조명 때문에 그런 것일까, 혜영은 상당히 고민을 해야 했다.

"몰랐는데 교수님 피부 정말 좋네요. 주름 하나도 없이. 무슨 남자가 이렇게 하얀 거야?"

"몰라서 물어?"

"뭐가요? 혹시 관리실 다녀요?"

"한때 배우 진서영 할머니가 러시아인이라고 떠들썩했을 텐데.

뭐, 어머니가 돌아가신 뒤였으니 그다지 이슈가 되지 않았으려나?"

그녀가 잊고 있는 것뿐이었다. 아무리 연예인에 관심이 없던 그녀였더라도 한때 그 사건은 꽤 크게 터졌었다. 어차피 단일민족이란 말은 예전에 사라진 지 오래였다.

혜영은 여전히 단일민족이라는 말을 버리지 못하고 이민을 인정하지 않는 현 우리나라의 문제에 대해서 깊이 생각해 본 적이 있었다. 2년 전쯤 화선의 작은아버지 결혼식에 참석하게 되었는데 작은어머니가 될 사람이 베트남 사람이었다.

그냥 요즘 흔히 있는 국제결혼이었는데 그때 꽤 신랑 쪽 사람들이 소란스러웠다. 왜 저런 잘난 신랑이 타국의 그것도 동남아 여성과 결혼을 하냐는 것이었다.

실제로 화선의 작은아버지는 30대의 능력 있는 벤처기업 CEO로 국내는 물론 국외에서도 상당한 입지를 지니고 있는 분이셨다. 우연히 베트남으로 시찰 나가셨을 때 신부가 될 사람을 만나게 되었다고 했는데 2년여를 쫓아다닌 끝에야 사귀게 되었다고 했었다.

비단 동남아 사람뿐만이 아니었다. 백인이든 흑인이든 아시아인이든 대한민국 국적을 가지고 있지 않으면 사람들은 늘 색안경을 쓰고 험담을 하곤 했었다. 물론 진서영은 뛰어난 여배우였으며 최고의 미모를 지니고 있는 사람이었다. 좋은 말만 있는 건 아니었다. 여론은 늘 그렇듯 찬반이 나뉘었기 때문이다.

"고조할아버지의 부인이 러시아인이었다는 거 사실이었어요?"

"뭐 그렇지. 어머니의 할머니가 러시아 분이셨어. 할아버지께서 그 당시 러시아로 유학을 가셨을 때 만났다고 들었는데."

"그때도 국제결혼이 가능했나?"

"아마 꽤 유명한 귀족집안이었을 거야. 조선 양반가에 시집 올 정도였으면. 그리고 지금보다 오히려 말이 더 없다고 들었는데. 심지어 일제강점기 때에는 황족들이 일본 왕족과 결혼을 했으니……. 물론 아닌 사람들도 있겠지만."

혜영은 고개를 끄덕였다. 그의 말이 틀린 건 없었다. 실제로 우리나란 외세의 침략을 많이 받았고 그 와중에 많은 피도 섞였을 것이다. 그걸 뒷받침해 줄 만한 건 몽고반점 정도랄까?

"교수님은 태어났을 때 몽고반점 없었어요?"

영진은 잠시 생각을 하는 듯했다.

"기억이 잘 안 나는데. 사진을 보면 알겠지."

그가 잠시 자리에서 일어나 책장에서 앨범 하나를 꺼내왔다. 그래도 그는 꽤 사랑을 받고 자란 듯했다. 태어났을 때부터 차례대로 성장과정이 하나하나 정성스럽게 붙어 있었다. 그 밑엔 날짜와 오늘은 영진이 처음으로 옹알이를 한 날, 이라는 식으로 써져 있었다.

"어머니 글씨인가 봐요?"

"아버지 글씨인 걸로 아는데."

"그래요?"

"어머닌 날 낳으시고도 계속 바쁘셨거든."

혜영은 고개를 끄덕였다. 진서영이라는 여배우는 작품만 좋으면 망가지는 것도 상관하지 않고 출연을 했었다고 했다. 그래서 일 년에 세 편을 찍을 때도 있었고 아예 찍지 않을 때도 있었다.

"어? 몽고반점이 없네."

아마도 그가 목욕을 하고 닦고 있는 사진인 듯했다. 뒷모습이 다 보이는 데도 불구하고 그는 몽고반점이 없었다.

"왠지 멀어지는 느낌인데?"

"너희 집도 피 섞인 건 마찬가지일걸?"

"그거야 그렇겠지만……. 왠지 몽고반점이란 건 우리나라 사람의 상징이라고 생각돼서."

"이봐, 몽고반점은 동아시아뿐 아니라 동인도, 아프리카계 사람들한테도 있는 거야. 백인에게 드물 뿐이지."

"그랬군."

혜영은 건성으로 고개를 끄덕이며 앨범을 넘겼다. 그는 정말로 많은 사랑을 받고 자랐음에 틀림없었다. 앨범 하나가 그의 1년 성장으로 가득 채워져 있었다.

"어렸을 때도 예뻤네요. 기분 나쁘게."

"뭐가 또 기분 나쁜데?"

"보통 어릴 땐 다 원숭이 같지 않나?"

그도 동의한다는 듯 고개를 끄덕였다.

"동창 녀석이 딸을 낳았다기에 한번 갔었는데 깜짝 놀랐어. 신생아실에 가서 봤는데 애들이 하나같이 빨갛고 쭈글쭈글해서 정말 원숭이 같았거든."

혜영도 웃으며 고개를 끄덕였다. 친구 중에서도 결혼한 친구들이 몇 있었고 당연히 애가 있는 친구들도 있었다. 하나같이 처음에 보면 다들 쭈글쭈글하고 빨갛게 부어 있어서 원숭이 같다고 말했다가 늘 등을 손바닥에게 내어주어야만 했다. 그도 오랜만에 앨범을 보는지 신기한 눈으로 사진을 주시하고 있었다.

"앨범 오랜만에 보나 봐요?"

"그런 편이지. 한 10살 이후론 안 본 것 같거든."

"집에 늘 혼자 있었으면 심심했겠다."

"그래서 그림만 그렸어."

왠지 그다운 대답인 것 같았다. 그냥 뭐랄까, 평범하지는 않다고 해야 하는 걸까?

"처음엔 그릴 데가 없어서 방 한쪽 면에 그리기 시작했는데 그게 한 3살 때쯤? 그 뒤에 아버지가 스케치북을 사주시더군. 목탄, 파스텔 같은 것도 그때 처음 손에 쥐어본 것 같아. 하긴 그때 미국에서 살았었는데 집을 산 것도 아니고 임대한 거였으니 꽤 곤란했었겠지."

보통 어릴 때 벽에 그림을 그리는 건 누구나 하는 것이었다. 그

녀의 언니와 동생도 그랬었다. 종이를 주고 스케치북을 줘도 마찬
가지였다. 늘 벽이나 바닥은 크레파스로 엉망이 되었고 늘 치우는
건 윤 여사의 몫이었다.

"벽에 뭘 그렸었어요?"

"나무, 풀, 돌 이런 거?"

"그때부터 자연을 좋아했나 보죠?"

"아마도?"

그는 어느새 몸을 비스듬히 눕히고 팔을 괸 채 그녀를 바라보고
있었다. 그리고 오른손으로는 그녀의 머리카락을 계속 말았다, 놨
다 장난을 치고 있었다.

"교수님 머리카락이나 만지세요. 제건 개털이거든요."

"응. 강아지 만지는 느낌이야."

그녀는 가재미눈을 하고 그를 노려보았지만 영진은 끄떡도 하
지 않고 계속 혜영의 머리카락을 가지고 놀고 있었다.

"그럼 가족이 모이는 건 꽤 힘들었겠네요?"

"세 명 모두 모여본 적이 다섯 번도 안 되는 것 같은데?"

"왜요?"

"몰랐나? 부모님 사이가 좋은 편은 아니어서. 아버지에겐 원래
사랑하던 여자가 있었고. 그건 어머니도 마찬가지인 것 같고. 내
가 생겨서 결혼을 하게 된 거거든."

"아닌데. 분명히 두 번의 유산 끝에 교수님이 생겼다고……."

"그런 가십거리는 믿을 게 못 돼. 그리고 우리 아버지 나이가 몇이었는데 두 번이나 유산을 했다는 건지."

정확한 것을 알지도 못하고 그의 아픔을 건든 것 같았다. 그래서 그가 이런 평범한 생일 선물을 원한 것일까? 이제야 이해가 되는 느낌이었다.

"그럼 어렸을 때 누가 키워줬어요? 설마 유모?"

"외할머니가 키워주셨어."

"프랑스에서?"

"음, 외할머니의 어머니가 러시아 분이라고 했잖아. 귀족이었으니 영어, 프랑스어에도 능통하셨지. 덕분에 외할머니도 별문제가 없었어. 나도 한글을 배우고 난 뒤 바로 러시아어를 배웠거든."

그가 프랑스어를 잘하는 건 프랑스에서 유학을 했기 때문이라고 여겼었다. 그런 집안 사정이 있는 건 생각도 하지 못했다. 역시 사람은 그래서 자라는 환경이 중요하다고 하는 걸까? 물론 부럽기도 했지만 평범한 가정에서 자라지 못한 그가 오늘따라 조금은 불쌍해 보였다.

"외롭지 않았어요?"

"뭐, 한국에 들어오기 전까진 늘 외할머니와 함께였거든. 할머니가 돌아가시고 한국으로 들어왔지. 그때 너희 옆집으로 이사 갔었잖아."

"국적이 그럼 어디예요? 프랑스? 미국?"

영진이 가볍게 고개를 끄덕였다. 어쩐지 군대에 가지 않는다고 생각했다. 무슨 비리라도 쓴 거 아닌가 생각했었는데 그건 아닌 모양이었다. 이것저것 궁금한 것투성이였지만 혜영은 입을 벌리지도 못하고 그저 앨범만 뒤적이고 있었다.

"묻고 싶은 거 있으면 물어봐. 괜찮으니까."

"아니, 별로 들쑤시고 싶지 않을 것 같아서. 궁금해도 참을래요."

영진은 무엇인가에 빠진 얼굴 같았다. 예전엔 잘 몰랐는데 그는 무엇인가를 생각할 때면 미세하게 한쪽 눈썹이 위로 치켜 올라갔다. 왠지 몰랐던 그의 버릇을 알게 되어서 혜영은 크게 웃고 말았다.

"왜 웃어?"

"교수님 딴생각할 때 왼쪽 눈썹만 팍 올라가요."

혜영이 팔을 뻗어 그의 왼쪽 눈썹을 꾹 눌렀다. 덕분에 그녀의 티 왼쪽이 주르륵 내려가 어깨가 확 드러나고 말았다. 하지만 혜영은 그걸 눈치도 못 채고 있었다. 영진은 오른팔을 뻗어 옷을 잡아 살짝 위로 올려주었다. 그제야 혜영이 옷깃을 쥐며 마치 변태를 바라보는 눈으로 그를 보았다.

"봤죠?"

"볼 것도 없던데. 뭘 그리 생색을 내."

"흠흠, 어젠 소고기 넣은 미역국 했었으니까 오늘은 새우를 넣고 해……."

"집에 콘돔이 없는데."

혜영이 입을 떡 벌리고 영진을 바라봤다. 어떻게 저 인간은 저런 말을 얼굴색 하나 변하지 않고 할 수 있는 걸까? 혜영은 순식간에 얼굴로 열이 오르는 것을 느꼈다.

"안고 싶어."

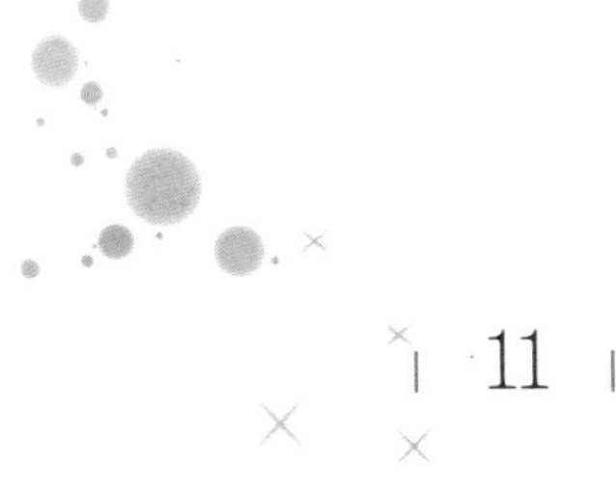

| 11 |

순간적으로 혜영은 멍한 얼굴로 영진을 바라보았다. 아니, 머리
로는 이해를 하고 있음에도 불구하고 이 양반이 지금 뭐라고 말하
는 거야, 라는 경악스러운 눈빛을 띠고 있었다. 그런 혜영의 모습
에 영진은 그녀의 드러낸 어깨를 살짝 긁어내렸다. 혜영은 재빨리
자리에서 일어나 앉아 옷을 잡아 빈틈이 없게 만들었다.

"교수님 저 좋아하지도 않으시잖아요."

"좋아한다고 생각하는데."

혜영은 대체 이 남자의 생각을 어떻게 따라가야 할지 앞이 막막
해졌다. 아니, 하기 힘들어하는 이야기까지 해주었으니 완전 남이
라고 생각하는 것 같지는 않았다. 그렇다고 해서 정말 좋아해 주

고 있는 것인지도 명확치가 않았다.

"겁나서 그래? 나하고 하는 게 처음도 아니잖아."

"그래도, 그건 기억도 잘 안 나고……. 또……."

"알았어. 다음엔 준비해서 신청하지."

조금 아쉽다는 얼굴을 한 영진이 자리에서 일어나 창가로 걸어 갔다. 혜영은 지금 놀라서 심장이 바닥으로 뚝 떨어졌다 다시 제 자리로 올라온 기분이었다. 심장이 제멋대로 뛰어대고 있어서 그 소리가 귓가에 생생히 들리고 있었다.

"씻고 나가지. 오늘 건물 완공식이 있다고 했거든."

영진이 먼저 들어가 씻는 동안 혜영은 미역국을 끓였다. 원래 아침 같은 건 잘 먹지 않는다고 했지만 오늘 하루는 왠지 끓여놓 아야 할 것 같았다. 어젯밤 미역국을 먹었지만 그래도 생일날 먹 진 않더라도 미역국이 끓여져 있는 게 좋을 것 같았기 때문이었 다.

윤 여사는 가족 중 누군가의 생일이 되면 늘 정수와 함께 초를 켰었다. 그 정도까지는 못하더라도 이 정도쯤은 해주어야겠다 생 각했다.

영진이 씻고 나오자 혜영은 욕실로 들어가 가볍게 얼굴을 닦아 내고 이를 닦았다. 고무줄을 이용해 머리를 단정하게 묶고 세수를 하고 나오자 영진은 옷을 입고 소파에 앉아 신문을 보고 있었다.

"오늘은 정장 차림이 아니네요?"

“일이 있는 것도 아니잖아.”

“나가요.”

혜영은 잠시 고민을 하다 엘리베이터에서 그에게 팔짱을 꼈다. 거부반응을 보일 줄 알았는데 의외로 가만히 정면만 주시하고 있는 영진이 신기해서 웃고 말았다. 그러면서도 왠지 한집에서 같이 자고 나가는 게 꼭 부부가 된 것 같은 생각에 스스로가 어색해져서 팔짱을 풀고 말았다.

“왜?”

“뭐가요?”

“왜 팔을 풀어?”

“혹시라도 아는 사람 보면 곤란해지잖아요.”

“나 학교 잘려도 돼.”

이럴 때의 그는 진담을 하는 것인지 농담을 하는 것인지 헷갈렸다. 그 자리에 올라가고 싶어 애를 쓰는 사람들이 얼마나 많은데 이런 농담을 하는 걸까, 왠지 그가 경솔해 보이기까지 했다.

혜영은 차에 올라타서도 아무 말 하지 않았다. 잠시 혜영을 보고 있던 영진은 고개를 돌리며 차를 출발시켰다.

“학생과 교수가 그렇고 그런 사이라면 어차피 둘 중 하나는 그만둬야 해.”

“알아요. 하지만 교수님이 그렇게 아무렇지도 않게 그만둔다고 하는 그 자리……”

"넌 배워야 할 학생이야. 그리고 난 그 꿈을 이루었으면 좋겠다고 생각해. 물론 학생들을 가르치는 일도 재미있고 보람도 느끼지만 네게 피해가 가는 것보단 그편이 나아."

대체 배려심이 많은 건지 단순한 건지 헷갈렸다.

"만약 알려지더라도 제가 그만두면 돼요. 분명 교수님께 배우고 싶어하는 학생들은 많고 저는 다른 학교로 가서 배우면 되니까요. 저 때문에 다른 사람들에게 피해를 줄 순 없어요."

"난 이기적이라서 다른 사람들까진 신경 못 써. 내가 신경 쓰는 건 내 여자가 피해를 받느냐, 받지 않느냐야."

내 여자라는 말에 순간 가슴이 뭉클해졌다.

"그러니까 처음부터 안 사귀었으면 됐잖아요!"

"그걸 지금 말이라고 해!"

아주 오래전부터 영진을 안 이래로 그가 화를 낸다거나 큰소리를 내는 것을 본 적이 없었다. 갓길에 바로 차를 세우고 신경질을 내며 핸들을 내리치는 영진을 보고 놀란 혜영은 잠시 할 말을 잃고 말았다. 그가 이렇게까지 화를 낼 거라고는 생각지도 못했을뿐더러 평소의 그답게 그냥 쉽게 넘어갈 거라고 생각했다.

"아니, 저도 순결이라는 건 중요한 거라고 생각하지만 교수님은 굳이 제가 아니더라도 상관이 없지 않나요? 좋아하지도 않는 여자와 그저 첫정 때문에 사귄다는 건……."

"널 좋아하지 않는다고 누가 그래? 첫정? 그래 까짓것 그냥 어차피 경험할 거 했다 생각하면 그만이야. 하지만 이렇게까지 내가 널 신경을 쓰고 있는 것 자체가 뭐라고 생각하나? 내가 그렇게 무 감각한 인간인 것 같아? 충분히, 분에 넘칠 만큼 네게 신경 쓰고 있는 것 자체도 난 짜증나.”

이걸 대체 어떻게 해석해야 할까, 혜영은 순간 혼란스러웠다. 신경이 쓰인다면 그냥 쓰이는 것이지 대체 뭐가 분에 넘친다는 걸 까? 설마 자신이 이런 여자를 신경 쓰게 될 거라고는 생각도 하지 않은 모양이었다.

“교수님은 늘 너무 담담하시니까, 그리고 성격을 드러내는 성 격도 아니시고.”

“그래서?”

“제가 교수님의 생각을 잘 못 읽었다는 소리죠.”

“감정표현이 인색하다는 건 인정하지. 하지만 난 내가 싫어하 는 사람과 같이 밤을 지새우고, 밥을 먹고 할 정도로 성격 좋은 위 인은 못 돼.”

“그러니까 처음부터 확실하게 말씀해 주시면 좋잖아요.”

“좋아해, 하혜영. 진심이야.”

물론 이런 식으로 직접적으로 말할 것이라곤 상상도 하지 못했 다. 하지만 그는 더 이상 말을 섞고 싶지 않은 것인지, 아니면 부 끄러워서 그러는 것인지 말없이 바로 차를 출발시켰다.

혜영은 몇 번이나 숨을 크게 내쉬어야 했다. 뭔가 억지로 고백을 받아낸 것 같아서 마음이 편하지는 않았다. 하지만 그는 별 신경도 쓰지 않는 듯했다.

"아무것도 안 사가도 돼요?"

"어차피 여기저기서 들어올 텐데 뭘. 그리고 그런 거 신경 쓰는 친구도 아니야."

하다못해 화분 바구니 하나는 들고 와야 되는 게 아닌가 생각했지만 영진은 필요 없는 듯했다.

"모르겠나? 내 벽화 자체가 선물이야. 돈도 안 받고 해준 거라고."

그럼 그렇지, 혜영은 고개를 흔들 수밖에 없었다. 그는 당당하고 곧고 아름다운 사람이었다. 몇 번인가 진서영의 영화를 본 적이 있었다. 서영의 외모는 아직까지 회자되고 있을 정도로 아름다웠다. 그런 사람의 아들이었으니 닮는 것도 당연하다고 생각했다.

막 계단을 오르고 있을 때 누군가가 뛰어와 반갑게 영진을 맞이했다. 영진 역시 반가운 얼굴을 숨기지 않고 있었다. 표정이 거의 없는 사람인데 웃고 있는 것을 보면 꽤 친했던 사이인 건 틀림없었다. 거기다 영진이 먼저 팔을 뻗어 안다니. 왠지 또 심장 한쪽이 묵직해졌다.

키가 크고 늘씬한 체형의 미인임은 누구나 봐도 알 수 있을 정도였다. 잠시 뒤쪽에 서 있던 혜영을 발견한 건 그 여자였다.

"영진이 너랑 같이 왔니? 그 말로만 듣던 약혼녀? 반가워요. 최

세진이라고 해요."

"하혜영입니다."

얼떨결에 고개를 숙이며 세진의 손을 잡았다. 딱히 차려입지도 않고 화장도 제대로 하지 않았는 데도 불구하고 세진은 타고난 미인다웠다. 흰 피부에 살짝 드러난 주근깨는 아무런 흠이 되지 않았다.

"너희 학교 학생이라며? 이 도둑놈 봐라."

세진은 너무나 자연스럽게 팔꿈치로 영진의 배를 아프지 않게 내려치며 말했다. 영진은 너무 자연스럽게 세진의 장난을 받아주고 있었다. 친한 친구라면 아무렇지도 않게 할 수 있는 장난이겠지만 상대가 영진이다 보니 혜영은 머릿속이 조금 복잡해지고 있었다. 왠지 방금 전 받았던 고백도 다 거짓인 것만 같았다.

평소 같았으면 맛있는 뷔페 음식들을 보며 정신없이 먹었을 테지만 혜영은 지금 식욕이 돋지도 않았다. 낮은 창틀에 걸터앉아 멍하니 앉아 있는데 누군가가 혜영의 앞으로 와인 잔을 내밀고 있었다. 혜영이 고개를 들었을 때 세진은 빙긋 웃으며 잔을 손에 쥐어주고 옆자리에 앉았다.

"이 와인은 제가 프랑스에서 공수해 온 거예요. 꽤 맛있을걸요? 실은 과일주를 잘 못 마시긴 하지만 프랑스에서 오면서 와인 한 병 안 가지고 오는 건 예의가 아닌 것 같아서. 마셔봐요."

처음 보는 사람에게 이렇게 살갑게 대하는 것을 보고 혜영은 의외심을 느꼈다. 혜영도 스스로 꽤 외향적인 성격이라고 생각했다. 물론 내성적인 면이 있긴 했지만 그건 어린 시절 별로 도움이 되지 않는다는 걸 깨달은 뒤로 그런 면을 보이지 않고 있었다. 처음 만난 사람들 앞에선 여전히 어색하긴 하지만.

"실은 영진이 여자친구를 처음 봐서 신기한 것도 조금, 아주 조금 있어요."

"네?"

"정확히 말하자면 영진이의 연인?"

영진의 성격에 누군가를 사귄다는 것에 신중함을 가했을 거라고는 생각했다. 그러고 보니 은우와 세륜도 신기한 반응을 보인 것이 기억이 났다.

"민아가 꽤 상심이 큰가 보던데. 알고 있죠?"

혜영은 고개를 끄덕였다. 어렴풋이 민아의 영진에 대한 감정에 대해 눈치를 채고 있었지만 그냥 모른 척했었다. 어차피 영진에게 그 여자와 친하게 지내지 말아라 할 수 있는 입장도 아니었거니와 그렇게 해서는 안 된다고 생각했다.

"좀 오래됐거든요. 어차피 영진이는 한번 아닌 건 아닌 성격인지라 민아 마음을 받아주지 않을 거라는 건 알고 있었고. 아, 전 무대 디자인 공부하고 있어요. 저 녀석 아버지 밑에서."

세진이 턱으로 영진을 가리켰다. 영진은 부모님에 대해 그다지 좋은 기억을 갖고 있지 않은 것 같았다. 친구가 아버지의 밑에서 배우고 있다는 것에 대해 어떻게 생각하는 걸까?

"한 감독님은 생각이 굉장히 트여 있는 분이라서 배우는 데 많은 도움을 받고 존경심도 갖고 있어요. 녀석에겐 그다지 좋은 아버진 아닌 것 같지만. 호랑이도 제 말 하면 온다더니 저기 오시네."

세진이 먼저 자리에서 일어났지만 혜영은 일어나지 않았다. 아니, 일어나지 못했다. 혼자 입구에서 들어서고 있는 것뿐인데도 빛이 나고 있었다. 선글라스를 벗었을 때 혜영은 저도 모르게 숨이 막혔다.

이제껏 영진이 그의 어머니인 서영을 많이 닮았다고 생각하고 있었다. 하지만 한눈에 보기에도 부자(父子)지간이라는 것을 부정할 수 없을 정도로 닮아 있었다. 막 고개를 돌리던 영진은 혜영을 바라보았지만 그녀가 보고 있는 곳은 다른 곳이었다.

"한영진."

영진의 고개가 단번에 돌아갔다. 설마 한 감독이 들어오면서 바로 영진의 이름을 부를 것이라곤 상상도 못했던 혜영은 자리에서 벌떡 일어났다. 영진의 이마는 힘이 가득 들어갔는지 미간에 주름이 잡혀 있었다.

"한우진?"

어떻게 아버지의 이름을 함부로 부를 수 있을까 생각하다 그가 어렸을 때 외국에서 자란 것이 기억이 났다. 한 감독은 순식간에 영진의 앞으로 걸어가 섰다. 비슷한 키에 거의 흡사한 얼굴을 가지고 있는 두 사람이 마주 서자 순간 장내가 찬물을 끼얹은 것처럼 조용해졌다. 두 사람의 생김새는 누가 보더라도 비슷했다. 그저 한쪽이 세월을 조금 더 맞은 느낌과 아닌 느낌이었다.

"이 녀석, 아직까지 그 버릇은 못 고쳤구나? 아버지라고 불러야 하는 거다. 이름이 아니라."

"여긴 무슨 일이세요?"

"이번에 한국에서 공연이 있는데 거기 감독으로 왔다. 여긴 세진이에게 초대받아서 왔고. 참 이쪽은……."

그러고 보니 이제껏 정신을 차리지 못했는데 한 감독의 옆에는 젊고 아름다운 여자가 서 있었다. 영진은 한 감독이 소개를 하기도 전에 몸을 돌려 혜영의 앞으로 걸어왔다. 그리고 혜영이 들고 있는 잔을 빼앗아 창틀에 놓아두고 손목을 잡았다. 아주 잠시였지만 혜영은 이 상황에서 무엇을 어떻게 해야 할지 난감해졌다.

아직 은우와 세륜에게 인사도 하지 못했고 더군다나 그의 아버지에게도 인사를 드리지 못했다. 아무리 사이가 좋지 않은 부자간이라도 인사는 해야 할 것 같았다. 하지만 영진은 인사를 시키고 싶은 마음이 전혀 없는 듯했다.

"한영진."

아직도 조용한 이 실내에서 한 감독의 목소리는 유난히 크게 들렸다. 그렇게 크게 소리를 낸 것도 아니었지만 역시 실내라서 그런지 아니면 그 사람의 영향력 때문인지는 모르겠지만 목소리가 울리고 있는 기분이었다. 잠시 자리에서 멈춰 선 영진이 한 번 한 숨을 내쉬며 뒤로 돌아섰다.

"네 번째인지, 다섯 번째인지는 모르겠지만 애인도 아니고 자 꾸 바뀌는 부인은 제게 소개시키지 않으셔도 됩니다."

혜영은 경악했다. 물론 결혼은 자신의 자유이고 의지이기는 하 나 어떻게 네다섯 번이 가능하단 말인가? 그것도 설마 상대가 바 뀔 때마다 자식에게 소개시켜 왔다는 것인가? 그냥 연인도 아니고 부인을?

영진이 잡고 있는 손에 힘이 들어가고 있었지만 혜영은 아픔을 느끼지도 못하고 있었다. 그냥 그의 발언에 놀라서 계속 한 감독 만 뚫어지게 보고 있었다. 그때 한 감독이 웃으며 고개를 돌렸고 혜영과 눈이 마주쳤다. 혜영은 저도 모르게 고개를 숙여 인사를 했고 한 감독은 살짝 고개를 숙였다.

"어디서 많이 본 얼굴인데……."

"관심 갖지 마십시오."

"아들 녀석이 만나고 있는 사람에게 관심도 갖지 말란 말이냐?"

"아들이요? 우리가 언제는 가족이긴 했습니까?"

이렇게 상대방에 대해 적의를 드러내는 영진은 처음이었다. 그 것도 다름 아닌 자신의 아버지에게. 혜영은 잠시 고민을 하다 팔 에 힘을 주어 영진의 손에서 벗어나려고 애를 썼다. 그 힘을 느낀 것인지 영진이 손에 힘을 놓았고 혜영은 한 감독의 앞으로 걸어가

정중히 인사를 했다.

"안녕하세요, 하혜영이라고 합니다."

"익숙한 얼굴이다 했더니 하 박사님 자녀분이 아니신가?"

아주 잠시 혜영은 당황했다. 한 감독이 자신의 아버지를 알고 있을 거라곤 생각을 하지 못했었다. 물론 아버지와 많이 닮았다는 소리를 듣기는 했지만 다른 사람들이 한눈에 알아볼 수 있을 정도로 생김새가 똑같은 건 아니었다.

"됐어, 하혜영. 인사할 만큼 중요한 사람 아니야."

"몇 번인가 본 적이 있지. 영진이와 놀이터에서 우유를 마시고 있지 않았나?"

12년도 넘은 기억이었다. 그리고 한 감독이 말하자 생각났는데 그때 기말고사를 굉장히 망치고 나서 집에 들어가지도 않고 놀이터에 앉아 있긴 했었다. 영진이 무엇인가를 주긴 했는데 그게 커피인지 우유인지 헷갈렸지만 한 감독이 콕 집어서 이야기를 하자 마치 어제 있었던 일처럼 하나하나 기억이 났다. 아니, 꼭 그때뿐만이 아닐 것이다. 그녀와 영진은 한 번씩 놀이터에 앉아 무엇인가를 마시곤 했으니까.

대단하다 싶었다. 그 오래된 걸 겪지도 않고 보기만 했을 뿐인데 어떻게 이렇게 기억을 하고 있는 것일까? 역시 그래도 아들에게 아예 감정이 없는 차가운 아버지는 아닐 거라는 생각이 들었다. 아니면 남들 앞에서 연기를 하는 것일까? 혜영은 저도 모르게 한 감독을 훑어보게 되었다.

"네. 그런 기억이 있네요."

"꽤 외롭게 자란 아이라서 나 아닌 다른 누군가에게 배려를 할 거라곤 생각을 못했었는데 그걸 보고 조금 생각이 달라졌었어. 아니, 사춘기 이전까지는 그래도 나에 대한 감정이 조금은 나았으려나?"

분명 얼굴은 똑같았지만 두 사람의 느낌은 판이하게 달라서 뭐라 딱히 규정짓기가 어려웠다. 뭐랄까, 분명 미소는 짓고 있지만 가면이라는 느낌이 강했다. 입은 웃고 있지만 눈은 서늘한 느낌?

늘 무표정이긴 했지만 영진은 감정표현에 솔직한 편이었다. 싫은 건 싫다, 좋은 건 좋다가 분명했다. 하지만 한 감독은 무슨 생각을 하고 있는지 몰라 대하기가 어려웠다. 단 몇 분 만에 상대방을 이렇게 주눅 들게 만들 수 있는 것도 대단한 능력일 것이다. 영진이 마주 대하기 어려워했다는 느낌을 혜영은 이제야 받은 것이다.

"그만하죠. 별로 대화 섞고 싶지 않은데."

"네가 날 싫어하는 것 정도는 이해한다. 하지만 오해는 바로 풀어야지. 난 네 어머니 빼고는 결혼을 해본 적이 없다."

"전 1년 이상 가는 동거는 사실혼 관계라고 생각하는 편이라서요."

"내겐 자식도 너 하나다."

갑갑하다는 듯 영진이 한숨을 내쉬었다. 그때 막 출입구에서 들어서던 은우와 세륜이 반가운 얼굴을 하고 있었으나 한 감독을 보고 바로 얼굴이 굳었다. 혜영도 말없이 팔을 뻗어 영진의 손을 잡았다. 영진의 손가락 끝이 차가웠다. 이건 분명 그가 긴장을 하고 있다는 증거였다.

"이제 와 아버지 행세라도 하고 싶으신 겁니까?"

"그래도 한국어 공부는 꽤 착실하게 한 모양이구나. 한자어엔 꽤 약하더니."

영진은 그대로 몸을 돌렸고 덕분에 그의 손을 잡고 있던 혜영 역시 끌려갈 수밖에 없었다. 하지만 뒤에서 들려오는 한 감독의 말에 영진의 걸음이 멈췄다.

"난 너 때문에 서영이를 잃었다."

혜영의 눈이 커졌다. 그의 눈앞에서 사고를 당했다고는 했지만 영진 때문이라는 말을 정확히 이해하지 못했기 때문이었다.

"그건 사고였습니다! 영진이 잘못이 아니었다는 거 잘 아시잖아요. 대체 아버지란 사람이 어떻게 그런 말을 할 수 있습니까!"

세륜이 앞으로 나가려는 것을 은우가 막아섰다. 은우가 바로 앞 영진의 옆으로 걸어와 어깨를 몇 번인가 두드렸다.

"한 감독님은 왜 하나뿐인 아들이라고 하시면서 그렇게 상처를 주시려고 하는 겁니까? 그건 사고였고 어머님은 최선의 방법을 선택하신 겁니다. 아무래도 오늘 완공식은 여기서 마무리를 지어야겠군요.”

차분한 음성으로 주변을 정리하라는 은우의 목소리가 들리자 모두가 분주하게 움직이기 시작했다. 세진은 당황한 표정으로 어쩔 줄 몰라 하고 있었다. 세륜이 걱정스러운 얼굴로 영진을 보고 있었지만 그는 계속 시선을 한곳에만 두고 있었다. 그가 잡고 있는 손에 점점 힘이 가해지는 것을 느꼈지만 혜영은 차마 움직일 생각을 못했다.

“저기, 영진아. 미안해. 아무래도 감독님과 함께 움직일 생각을 한 게 잘못인 것 같다.”

“최세진, 네 잘못 아니야. 저 인간은 날 계속 살인자로 몰고 갈 것이고 난……. 그냥 어느 한쪽이 죽을 때까지 죄인으로 살아야 하는 거지. 웃기지 않아? 이제 와 위선 떠는 거. 언제부터 진서영을 사랑했다는 거야? 서로 지겨울 존재였을 뿐이잖아. 나 같은 자식 따위 필요 없다고 했던 게 저 남자였던 것 같은데. 먼저 간다.”

이렇게까지 아버지와의 골이 깊을 줄은 몰랐기 때문에 혜영은 아무 말도 할 수가 없었다. 그는 차에 올라타서도 아무 말이 없었다. 그저 핸들만 꼭 쥔 채로 움직일 생각조차도 없는 것 같았다.

“전 혼자 갈게요. 들어가서 좀 쉬세요.”

“아냐. 데려다 줄게.”

“아니다. 그냥 택시 타고 가는 게 좋을 것 같아요. 내리세요.”

현재 영진은 왠지 모르게 정신이 없는 느낌이었다. 혜영이 직접 차에서 그를 내리게 만든 뒤 택시를 잡았다. 영진이 택시에 올라타고 문을 닫기 전 혜영이 허리를 숙였다.

"푹 쉬세요."

"그래."

"생일 축하해요."

그가 웃었다. 하지만 눈은 상처를 받았다. 이대로 그를 보내야 할 것인가 고민하는 순간 택시가 출발하고 말았다. 잠시 그 자리에 서서 고민하고 있던 혜영은 다시 뒤로 돌아 건물 안으로 들어갔다.

사람들은 이미 자리에서 떠난 뒤였고 가을의 벽화 앞에 한 감독이 우두커니 서 있었다. 혜영은 한 감독의 옆에 서서 영진이 그린 겨울의 벽화를 보고 섰다. 10분 정도가 흘렀을 때 한 감독의 입술이 열렸다.

"그 녀석이 그린 건가?"

"아뇨. 가을 벽화는 제가 그렸어요."

"솜씨가 있군."

혜영은 거기에 대해 아무 말도 하지 않았다. 오히려 영진이 그린 겨울 벽화만 보고 우두커니 서 있었다.

"전 이 겨울 벽화가 굉장히 마음에 들었었어요. 하얀 설원 위에 깊고 푸른 밤이 좋았거든요. 이 두 가지만으로도 교수님은 뼛속까지 시린 겨울을 만들어냈어요. 이거 왠지 아파 보이지 않나요?"

"녀석이라도 이런 가을을 그리고 싶었겠지."

대체 한 감독이 무엇을 말하고 싶은 것인지 혜영은 도무지 감을 잡을 수가 없었다. 그래서 잠자코 기다려 보려고 했지만 아무리 생각해도 이해가 가지 않아 몸을 틀어 한 감독의 옆모습을 쳐다보았다.

"오늘이 무슨 날인지나 아세요?"

"알아."

"건물 완공식 그딴 거 말……."

"그 정도쯤은 알고 있어."

"축하 정도는 해주었어도 됐어요. 그래도 태어난 날이잖아요."

한 감독이 서서히 고개를 돌려 혜영을 마주 보았다. 한쪽 입매만 올리며 웃고서 그는 창가로 걸어가 틀에 걸터앉았다. 손에 들고 있던 와인 병을 그대로 입으로 가져간 한 감독은 순식간에 반을 비워냈다.

"형이 있었어."

공부를 다시 해야 하는 건 아무래도 한 감독 같았다. 다짜고짜 형이 있었어, 라니. 이걸 대체 어떻게 이해를 해야 할지 심히 고민스러웠다.

"나보다 8살 정도 많았지. 서영이를 사랑했고 난 그냥 아무것도 아닌 삼자 입장이었으니까 아무 말도 하지 않았지. 어차피 형의 혼자 하는 사랑이기도 했고. 처음엔 그냥 작가 입장으로서 좋아하는 것인 줄 알았는데 진심이었던 거야. 그 당시의 난 그냥 학생이었는데 내가 무슨 별 볼일이 있었을 것 같아? 형은 스타 작가였고 서영이는 스타 배우였어. 두 사람이 잘돼도 굳이 이상할 것 없는 스토리였지.”

“형의 여자를…… 빼앗았다는 소린 거예요?”

“정확히는 아니지. 서영이는 형을 좋아하지 않았으니까.”

혜영은 말없이 한 감독의 말이 이어지길 기다렸다. 평소 그렇게 참을성 있는 성격은 못 된다 싶었는데 이상하게도 지금은 그게 조금도 지루하거나 하지 않았다.

“당시 내겐 연인도 있었고. 그 당시 내가 사랑했던 사람이었고 했으니 결혼도 은연중 생각했던 것 같아. 영화 촬영이 다 끝나고 파티가 있었는데 술김에 여잘 안게 됐어. 당시 내 연인인 줄로만 알았지. 그런데 그게 서영이었어. 서영인 나보다 8살이나 많았고 설마 처녀일 거란 생각도 못해봤기 때문에 내 아이를 낳을 것이라곤 생각도 못했어. 그 당시 우리 집은 꽤 엄격해서 형의 여잘 가로챘다는 이유로 난 집에서 쫓겨났고 내 연인에게도 버림받았지.”

우진의 말투는 제법 덤덤했다. 마치 남의 이야기를 하고 있는 것처럼. 그것도 아니면 그냥 영화 줄거리를 읊고 있는 사람처럼.

“결혼 생활? 그 집엘 못 들어가겠더군. 녀석은 내 얼굴만 봐도 울었고 서영이는 내가 오는 것도 별로 달가워하지 않았거든. 내겐 선택권도 없었지. 그녀의 어머닌 돈을 내밀면서 내게 유학을 강요하셨고 영진이가 태어나고 세 달도 되지 않아서 프랑스에서 미국으로 갈 수밖에 없었어. 처음엔 원망했지. 내 모든 인생을 망친 게 그녀인 것 같아서. 그래도 당시의 난 꽤 순진해서 법적으론 유부남이었으니 바람을 피우거나 하는 건 전혀 하지 않았어. 그런데 일하는 곳에서 꽤 두각을 나타냈던지 7년 만인가 8년 만인가 성공을 하고 돈도 꽤 모으게 돼서 프랑스로 갔는데 어디로 가야 할지를 모르겠더군. 수소문해서 녀석이 다니고 있다는 학원을 알게 됐지. 보는 순간 딱 알겠는 거야. 아, 나와 그녀의 아이구나.”

그가 다시 와인을 마셨다. 그리고 남아 있던 술을 완벽히 비워냈다. 술이 더 없는 것을 확인하자 한 감독은 자리에서 일어나 와인이 진열되어 있는 장식장에서 두 병이나 들고 와 그중 하나를 혜영의 앞으로 내밀었다. 혜영은 말없이 와인을 받아 들고 마셨다.

“설마 했지만 내 아이를 낳을 줄 몰랐었어, 처음엔. 그녀는 날 사랑하지도 않았고 아이에 대한 집착은 없을 거라고 생각했었거든. 태어났을 때 딱 한 번 봤었지만 내 아이일 거라곤 생각도 못했었거든. 자석같이 끌려가서 녀석 앞에 섰지. 이름을 물어봤어.”

“한영진.”

“그래. 그렇게 대답했어. 사실 난 프랑스에서 자라서 프랑소와나 미셸? 뭐, 이런 이름일 거라고 생각했었거든.”

혜영은 이걸 우스갯소리로 받아들이고 웃어주어야 할지 망설였지만 한 감독은 혼자 웃고 있었다.

"내 아이구나. 확고한 생각과 함께 내 이름을 알려주었지. 한우진.' 이라고. 그때 녀석의 불만스러운 얼굴을 봤어야 하는 건데. 나도 모르게 웃는데 그 웃음이 딱 멈췄지. 앞에 진서영이 서 있었거든. 영진이를 먼저 보내고 둘이서 차를 마시는데 그 자리가 그렇게 불편한 거야. 지금 생각해 보면 그때의 난 그냥 무조건 성공해서 어떻게 해서든 돌아오고 싶었던 것이었는데 그 당시엔 잘 몰랐었지. 서영이의 얼굴을 보자마자 할 말이 아무것도 생각이 안 나는데 그녀는 아무렇지도 않게 말을 하는 거야."

우진이 잠시 이야기를 멈추었다. 몇 번이나 한숨을 내쉬던 우진은 와인을 마시기 시작했다. 와인은 순식간에 절반이 줄어들었다.

"영진이를 1년에 한 번씩만 보았으면 좋겠다. 가령 녀석의 생일이라든지. 이제 한국에 들어가게 되면 한 번씩은 모임 같은 곳에 남편으로서 참석해야 한다. 물론 영진이는 프랑스에 두고 갈 거다. 가만 듣고 있는데 어떻게 여자가 이렇게 독한가. 내 아이를 낳은 여자가 맞나, 이런 생각이 드는 거야. 알겠다고 말하고선 그 자리를 그대로 박차고 나와서 한국으로 가는 비행기 표를 바로 끊었어. 욕만 미친 듯이 해대면서."

왠지 우진의 입에서 욕이 나온다는 게 그다지 상상이 가질 않았다. 하지만 우진은 말하는 중간중간에도 빌어먹을, 젠장 같은 욕설을 계속하고 있었다.

“정말로 2개월 뒤에 내가 살고 있는 집으로 들어오더군. 물론 영진이는 장모님과 함께 프랑스에 있다는 소리도 해주었지. 나름 대로 착실하게 남편 역할도 해주었어. 어차피 난 세계적으로 이름 이 나기 시작한 사람이었으니 그녀의 자존심엔 흠집을 내지 않을 수 있었지. 그 당시엔 불화설 같은 것도 잠잠해졌고.”

혜영은 와인을 한 모금 마셨다. 확 쓴맛에 저도 모르게 인상을 찌푸렸다. 그런 혜영을 보며 우진이 픽 웃곤 이야기를 이었다.

“그리고 한 2년 뒤인가? 내가 한국에서 처음으로 공연 연출을 맡았는데 파티에 형이 온 거야. 형과 서영이가 마주 서 있는데 그 제야 느꼈지. 정확히 10년 만에 알게 된 거야. 아, 젠장. 내가 저 여자를 정말 사랑하는구나. 절대 그럴 리가 없다고 믿었는데. 내 가 저 여자를…… 사랑하고 있었구나.”

그의 목소리는 한없이 낮은 저음이었으며 슬펐다. 혜영은 한 감 독을 따라 똑같이 와인을 절반이나 비워냈다.

“그런데 어떻게 질투를 해야 할지도 모르겠는 거야. 무작정 서 영이 손을 잡고 호텔방으로 올라왔지. 무조건 안아야겠다는 생각 뿐이었는데 거부하더군. 꽤 화가 났는데 아내로서 책임을 지라는 말에 스스로 옷을 벗었지.”

“사랑한다는 말은 하셨어요?”

“이봐, 난 그때 겨우 서른하나였어. 그것도 제대로 표현도 못해 본 사람에게 그런 말을 할 수 있었을 것 같아?”

"교수님은 서른하나에 저한테 진심으로 좋아한다고 말씀하셨거든요?"

"난…… 녀석보다 한참이나 어렸지. 내 욕심으로 며칠이나 그 방에 머물면서 그녀를 가졌는데 한번도 사랑한다는 말을 안 했어. 바보 멍청이였지, 내가. 두 달 뒤에 영국으로 떠나서 새로운 공연 준비를 하는데 한 달 뒤쯤인가? 진서영이 아이를 유산했다는 속보가 뜨더군. 시작이 잘못되었어도 난 잘못을 빌고 어떻게든 평범한 가정으로 돌리고 싶었어. 바로 한국으로 들어갔지. 어떻게 된 거냐고 물었더니 무리를 해서 유산했다는 말뿐이었지. 그 당시 찍고 있는 영화가 두 개에 드라마까지. 그래. 아이를 잃을 수밖에 없는 환경이었지. 그때 느꼈어. 아, 저 여자에게 난 그 정도밖에 되질 않는구나. 난 그냥…… 아니, 그냥 내가 무엇인지도 모르겠는 거야. 그런데 몸을 추스르자마자 아무렇지도 않게 촬영에 들어가더군. 다신 저 여잘 보지 않겠다고 그렇게 다짐하면서도 난 그녀의 모임에, 영진이의 생일엔 꼭 그 집엘 갔어. 미운데, 그럼에도 불구하고 사랑도 하고 있는 거지. 나도 내가 미친 줄 알았어. 그땐."

예술을 하는 사람들은 굉장히 독특한 사람들이 많았다. 한 감독은 마치 순수한 소년 같다고 해야 할까? 아직 완벽히 자라지 못한 성숙하지 못한 남자의 느낌이 많이 났다. 사람들 앞에서만 가면을 쓰고 어른인 척하는 그런 사람 같았다.

영진은 왜 한 감독이 가면을 쓰고 있는지조차 몰랐을까? 제대로 보려 하지 않았기 때문에? 아마도 그게 맞을 것 같았다.

"그렇게 시간이 흐르고 장모님이 돌아가신 뒤 영진이가 한국으로 왔지. 그때 분당에서 모든 것을 정리하고 그 집으로 이사를 간 거야. 그때의 나도 일에 점점 지치고 미움도 무뎌져서 다시 그녀에게 고백을 하려고 마음먹었지. 그런데 사고가 났어. 덤프트럭이 인도를 덮쳤다더군. 지금도 생각하면 대체 어떻게 생각해야 할지 모르겠는데 난 죽은 그녀도, 혼자 살아 있는 영진이도 보기가 싫었던 것 같아. 물론…… 둘 다 죽었으면 난 미쳤겠지. 그런데 그 여잔 끝까지 나 같은 건 생각도 하지 않은 거야. 영진이를 밀치고 대신 자기가 치였지. 나 같은 건 정말 생각도 하지 않았어."

"그때 감독님은 무슨…… 생각을 하신 건데요."

"아이는 또 가질 수도 있는데…… 라는 생각을 했지. 나와 그녀 사이에서의 아이는 또 가질 수 있지만 그녀는 이제 없다고. 알아. 이기적이라는 건. 하지만 남자는 원래 그래. 남자란 동물은 그런 생각밖에 못해. 그 여잔…… 죽을 때까지도 날 보지도, 사랑한다는 말도 그런 눈빛도 보내지 않은 여자야."

무서웠다. 그래, 언젠가 그런 말을 들은 적이 있었다. 여잔 아이를 낳을 때 둘 중 하나가 위험하면 자신의 목숨을 포기하지만 남자는 여자를 살리고 아이를 포기한다는 걸. 한 감독이 이해가 되면서도 또 한편으로는 무서웠다.

"그런데 영진이는 아무것도 보이지 않았다고 대답하더군. 그래. 살고 싶었겠지. 사람이란 자기 보호본능이라는 게 있어서 그렇다고 하더군. 하지만 서영이는…… 자신을 포기하고 영진이를 살렸지.”

혜영은 그저 우진의 옆에 앉아 자리를 지켰다. 그 어떤 말도, 행동도 위로가 되지 않을 거라는 것을 잘 알고 있었다.

“맞아. 난 아직까지도 녀석이 미우면서도 좋아.”

“교수님께 전해 드릴게요.”

“내가…… 미워한다는 소리는 하지 마.”

“그런데…… 이런 민감한 이야기를 왜 저한테 하시는 거예요?”

우진은 삼시 뒷목을 긁적이며 벽화를 향해 시선을 옮겼다. 그런 우진을 따라 혜영의 시선도 옮겨갔다.

“그림이 마음에 들어서?”

“네?”

“누구도 믿지 않을 것 같았던 녀석이 누군가의 손을 그렇게 꽉 잡고 있었다는 데에 충격을 받았을지도 모르지.”

아주 잠시였지만 우진의 눈동자가 흔들리는 것이 보였다. 모든 예술을 하는 사람들이 이렇게 독특한 성향을 지니고 있다고는 생각하지 않았다. 다만 우진은 조금 특별난 것뿐이었다. 상처받기 싫어하는 어린아이 같은 투정 같다고 해야 할까?

“사랑하던 사람의 피가 섞인 하나뿐인 아이인데……. 사랑해 줘야겠다는 생각은 한 번도 해보지 않으셨어요?”

물론 지금 이건 주제넘은 발언일지도 몰랐다. 사랑하는 사람을 잃는 것도, 아이를 낳아본 경험도 혜영은 없었기 때문이었다. 괜한 말을 한 건 아닌가 순간 후회했지만 이미 뱉은 말을 어쩌랴, 주워 담을 수도 없었다.

"나란 남자는 부성애가 없는 건지……. 그걸 인정하는 데 10년이 넘게 걸리더군. 처음엔 아무 생각도 할 수가 없어서……. 사실 너무 어린 나이에 아버지란 존재가 되었기도 했고 영진이가 태어나고 1년도 되지 않아서 떨어져야 했으니 그런 자각을 별로 하지도 못했지. 알아. 어차피 다 핑계고 스스로를 정당화시키려고 했다는 거. 그래서 아무에게도 말도 못하고 심지어…… 내 아들에게도 말을 못했어. 그래도 녀석이 태어났던 날은…… 정말 기쁘고 행복한 날이었어."

영진의 집에서 본 앨범이 기억났다. 거기엔 정성스러운 글씨로 그에 대한 것들이 쓰여 있었다. 그렇게 정성 들여 쓴 글을 우진은 기억할까?

"기억하세요?"

"뭘?"

"교수님 태어났을 때부터 1년간 쭉 사진을 찍고, 메모 같은 거 하셨었잖아요."

혜영의 말에 우진은 들고 있던 와인 병을 떨어뜨리고 말았다. 병이 깨지진 않았지만 둔탁한 소리를 내며 와인이 흐르고 있었다.

“그 글씨 하나하나에서도 느껴지던데. 아들과 아내에 대한 사랑이……. 둔한 두 부자께서는 전혀 모르셨나 봐요?”

혜영의 말에 우진의 눈에서 눈물이 툭 떨어졌다. 혜영은 우진의 울음이 멈출 때까지 그저 묵묵히 옆자리를 지켜주었다.

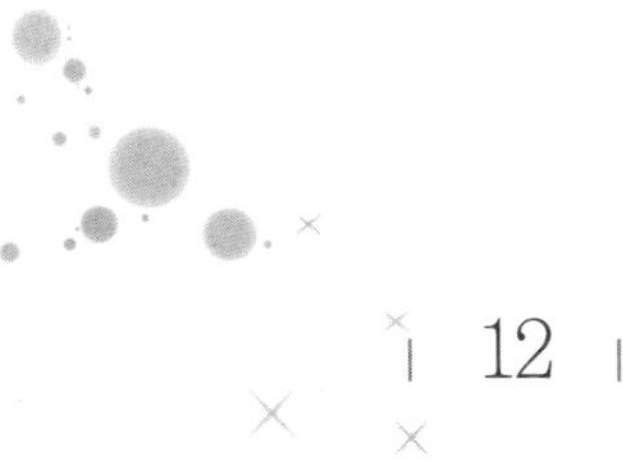

| 12 |

혜영은 잠시 영진의 집 현관 앞에서 우물쭈물거렸다. 초인종을 누를 건지, 말 건지 한참을 고민하다 겨우 버튼을 눌렀다. 한참을 기다렸는데도 불구하고 안에선 아무런 반응이 없었다. 전화라도 할까 고민을 하는데 기계음이 들리며 문이 열렸다.

예상외로 영진은 말끔한 모습을 하고 있었다. 집 안으로 들어선 혜영은 까만 봉지를 들어 보였다.

"맥주 괜찮죠?"

영진이 가볍게 고개를 끄덕였다. 식탁에 바로 맥주를 내려두고 과자 한 봉지를 꺼내 자리에 앉자 영진이 건너편에 앉았다. 자연스럽게 캔을 따서 혜영에게 건네주고 자신의 몫의 맥주를 가져가는 영진을 보며 한숨을 내쉬었다.

"갑자기 웬 한숨이야?"

"이럴 때 보면 영락없는 어른인데."

"무슨 뜻이야?"

"교수님이 생각하기에 감독님보다 더 철이 들었다고 생각하죠?"

순식간에 영진의 얼굴이 굳었지만 그는 곧바로 얼굴 근육을 풀었다.

"당연한 거 아니야?"

"제가 봤을 땐 둘 다 철없는데 교수님이 조금 덜 든 것 같아요."

"무슨 소리야?"

영진의 눈썹이 위로 치켜 올라갔다. 지금 한 감독과 비교를 당하고 있다는 것 자체부터 짜증이 슬슬 밀려오는 것 같았다. 하지만 혜영은 모른 척 맥주를 입으로 가지고 가 시원하게 들이켰다.

"나 같으면 그래도 아버지인데 대화는 해보려고 노력했을 것 같아요."

"그 인간은 대화할 가치도 없어."

"해보려고 한번이라도 생각은 해봤어요?"

물론 아닐 줄 알았다. 저렇게 맥주를 계속 들이켜는 것을 보면. 물론 혜영도 아직 배우는 입장이고 생각이 짧아서 나이를 먹고서도 그렇게 어른스러운 행동을 한 적이 없었다. 늘 어른인 척만 했지 진정 그랬던 적은 없었다. 그게 나이를 먹는다고 해서 나아질 일이 아니라는 것쯤은 알고 있었다.

보면 유난히 어른스러운 사람이 있고 그렇지 못한 사람이 있는데 그건 생각의 차이라는 것쯤은 그래도 짧지 않게 살아오면서 터득한 것이었다. 뒤돌아 생각이라는 것을 하게 되면 조금 더 저 사람의 입장에서 볼 걸 그랬나? 아니, 이 말을 덧붙였어야 했어, 라는 후회를 하곤 했다. 그래서 하 박사는 어렸을 때부터 늘 그랬었다.

"말을 내뱉기 전에 한 번 더 상황을 정리하고 해야 하는 것이란다. 말이라는 건 한 끝 차이로 언어가 되기도 하고 폭력이 되기도 하는 것이기 때문이지."

어렸을 땐 그 말을 온전히 이해하지 못했는데 이제는 조금씩 그 뜻을 알게 되었다. 역시 사람은 상처도 받고 성장을 해나가야 한다는 것도, 또 상처를 주면서도 미안해하고 배려라는 것을 배워야 한다는 것도.

"또 곧 외국 나가신다고 하던데…… 그래도 아버지와 마음을 터놓고 대화는 한번 해봐야 하지 않겠어요? 난 그래도 부모와 자식이라는 건 끊고 싶어도 끊을 수 없는 사이라고 믿고 있는데."

맥주를 마시던 영진이 잠시 동안 혜영을 쳐다보았다. 사실 혼자서 너무 떠들고 있다는 생각은 했지만 그렇게 눈썹을 치켜 올릴 정도로 기분 나쁜 것일까, 생각했다. 하긴 그러고 보면 아무것도 모르는 주제에 더군다나 어리면서 충고 비슷한 말들을 하긴 했다는 것을 인정했다.

"프랑스에서 살 때는 동거 부모 밑에서 자라는 친구들도 많고 편부모인 쪽도 많아서 별다른 생각은 안 해봤었는데……. 한국으로 와서 너희 집을 보면서 조금 쇼크로 다가오긴 했던 것 같아."

"우리 집이요?"

그녀의 집은 별다를 것이 없었다. 그냥 한집에서 다섯 명이 우르르 몰려 살면서 싸울 때도 있고 웃을 때도 있고 그냥 평범한 가정이었다.

"그때 나름 사춘기였는지 혼란이 왔지. 대체 어느 쪽이 정상적인가? 그런데 이 나라에선 내가 비정상적인 거야. 적응도 안 된 나를 옆집 아줌마는 그냥 데려다 밥을 먹이질 않나, 아들로 들어오라고 하고. 남하고 부딪치며 산다는 게 나에겐 안 되는 일인 줄 알았는데 막상 해보니까 좋고, 이게 사람이 사는 것이구나, 라고 생각하니까 또 우리 가족이 웃기기도 하고."

역시 그는 그냥 평범한 가정이 그리웠던 것이 틀림없었다. 그렇지 않았으면 그렇게 그녀가 싫은 티를 냈었는데도 불구하고 무시하면서 늘 집에 잔류해 있었다. 거기다 집에 아무도 없다면서 창완의 방까지 자신의 방처럼 쓰지 않았던가.

물론 창완도 형이 생겨 좋다면서 그를 받아들였었다. 이제 누나들의 완벽한 방패막이 될 수 있겠다면서 좋아했던 것이 기억났다.

"옛날에 날 왜 그렇게 싫어했어?"

"그땐 나도 나름 사춘기였어요. 어느 날 집에 갔는데 커다란 남자가 떡하니 내 자리를 차지하고 있다고 생각해 봐요. 뭐랄까, 내 자릴 뺏긴 느낌이랄까?"

"아, 그 식탁 의자가 네 자리였나 보지? 의외로 소심하군."

"저 원래 소심했거든요? 아닌 척한 것뿐이지. 그리고 우리 집 사람들이 다 교수님을 좋아하는 거야. 하긴, 우리 엄마랑 언니는 좀 얼굴 밝히는 게 있어서 그러겠다 했는데 창완이까지 날 배신할 줄은 몰랐죠. 내가 그놈이랑 어떻게 놀아줬는데."

사실 누나로서 못할 짓을 많이 하기도 했다. 태권도를 배웠다면서 창완이에게 써먹다가 쌍코피를 터트린 적도, 슈퍼맨 놀이 한다고 옥상에서 뛰어내리게 만들다 다리가 부러지기도 했었다.

화가 났을 법한데도 그럴 때마다 창완은 웃으면서 자긴 괜찮다고 오히려 혜영을 위로하곤 했었다. 확실히 누나들 등쌀에 못 이겨서 혼자서 철이 들고 어쩔 땐 오빠같이 느껴지기도 했었다.

"좀 그런 집에 동경 비슷한 그런 의식이 있어서. 생각해 보니까 내가 우유 많이 사줬었잖아."

"그렇죠. 저 우유 싫어했는데 꼬박꼬박 먹였잖아요."

"그때 넌 심각하게 작았어. 내가 사준 우유 덕분에 그래도 그 정도 큰 거 아닌가?"

"아니거든요? 그냥 유전적으로 우리 집이 좀 늦게 크는 것뿐이거든요?"

다행히 그는 오전보다 많이 진정이 된 것 같았다. 사실 한 감독과 이야기를 끝내고 오는 길에 여기로 와야 하는 것일까, 말 것인가 하는 고민은 하지 않았다. 그냥 발이 제멋대로 이쪽으로 향해 있었다.

다만 집 앞에서 들어가야 하나, 말아야 하나를 고민했던 건 대체 그를 어떤 얼굴로 봐야 할지 자신이 없어서였다. 하지만 그는 아무렇지도 않게 상처받은 얼굴을 숨기며 언제나 그렇듯 장난을 받아주고 있었다. 괜히 더 힘들어하는 그를 잡고 있는 게 아닐까 싶어 슬슬 눈치를 보던 혜영이 슬금슬금 자리에서 일어날 준비를 했다.

"왜 그렇게 움직여? 화장실 가고 싶어?"

"음, 아니, 그게……. 집에 가볼까 싶어서……."

"왜? 이제 겨우 다섯 신데."

"아니, 혼자 있고 싶으신데 괜히 제가 방해를 한 건 아닐까 해서요."

"왜 내가 혼자 있고 싶다고 생각하는 건데?"

혜영은 선뜻 대답을 하지 못했다. 대부분 그런 조금 껄끄러운 일이 있으면 혼자 생각하고 싶지 않나? 하지만 영진은 그녀가 도

대체 왜 벌써 가겠다는 건지를 이해 못하는 얼굴을 하고 있었다.

"저 같은 경우는 조금 우울한 일이 있거나 하면 주로 혼자 방에 박혀 있는 타입이라서 그러는 게 좋을 거라고 생각을……."

"옆에 있어줘."

오늘따라 영진의 많은 모습을 보는 것 같았다. 하지만 지금의 영진의 모습은 뭐라 할까, 어린아이가 보살핌을 받고 싶어하는 그런 것인가? 물론 그녀의 손목을 살짝 손으로 움켜쥔 것은 어린아이 같지가 않았지만.

"내가 옆에 있었으면 좋겠어요?"

"응."

"왜요?"

"같이 있고 싶어."

"그러니까 왜요?"

그녀는 끈질겼다. 평소 같으면 별말 없이 옆에 있어줄 텐데 이상하게도 그 이유가 영진에게서는 듣고 싶었다. 어쩌면 이런 모습을 평소에 볼 수 없어서 더 이유에 집착하는 것일지도 몰랐다.

"네가 필요하니까."

"그러니까 제가 왜 필요하냐구요."

이제까지 어린아이 같은 표정을 하고 있던 영진의 표정이 순식간에 바뀌었다. 묘하게 어른스러운 투로. 분명 샤워를 하고 난 탓인지 머리카락이 축 처져 소년같이 보였는데 살짝 턱을 들었다고 갑자기 평소의 교수처럼 보이는 건 뭐란 말인가?

“결국 내 심정을 알고 싶단 뜻이로군?”

혜영은 말없이 입을 삐죽거렸다. 엉거주춤 서 있는 포즈로 반쯤은 서 있던 혜영이 영진이 팔에 힘을 주자 다시 자리에 앉게 되었다. 영진은 새로운 맥주를 들어 다시 마시고 있었다. 벌써 세 캔째였다. 대체 언제까지 저렇게 맥주만 마실 건지 궁금해질 무렵 그가 천천히 입을 열었다.

“좋아하는 여자와 함께 있고 싶다는 것도 이유가 필요한가?”

“네?”

“좋아한다는 감정보다는 깊으니까…… 이건 사랑이라는 건가?”

갑작스러운 그의 고백에 혜영의 눈이 튀어나올 만큼 커졌다. 이 남자가 지금 자신의 입으로 무슨 말을 했는지 알기나 하는 걸까 싶어서 그를 뚫어져라 쳐다봤지만 유유자적한 모습이었다.

“그걸 어떻게 확신해요?”

“확신?”

“조금이라도 나 좋아한다는 거 표현해 준 적 있어요?”

혜영의 물음에 영진이 잠시 생각하는 듯 턱을 괴고 눈썹을 긁적였다. 괜히 목이 타는 느낌에 혜영은 앞에 있는 맥주를 벌컥벌컥 들이켰다. 이미 미지근해진 맥주는 시원함을 느끼게 만들어주진 못했다.

“표현은 못했는데 질투는 좀 했었던 것 같아.”

“질투요?”

“몰랐나? 엄청 질투했는데. 나 좀 독점력이랄까? 이런 게 많은 사람인 것 같아. 가능하면 그냥 시집와서 집에 있으라고 말하고 싶은데 그러기엔 재능이 아까운 것 같고. 저기, 괜찮으면 결혼하는 건 어때?”

뭐 이런 남자가 다 있나 싶었다. 언제 질투를 했다는 것일까? 그리고 어떻게 들어간 학교인데 시집와서 집에 그냥 있으라니. 이게 진짜 좋아하는 여자에게 하는 말이 맞나 싶었다.

“저기요, 교수님.”

“그래. 그 호칭도 별로 마음에 안 들어. 혜민이는 오빠라고 하잖아.”

하여튼 대한민국 남자들 오빠라는 호칭을 무척이나 좋아하는 듯싶었다. 그놈의 ‘오빠’라는 소리는 왜 이렇게 듣고 싶어하는 것인지.

“교수님, 연애하고 결혼은 다르거든요? 아니, 그것보다도 우린 아직 제대로 된 연애도 안 했는데 결혼이라는 게 말이 돼요?”

“결혼하고 연애하면 안 되는 건가?”

혜영은 아마 이마에 혈압을 나타내는 표가 있다면 이미 200이 넘었을 거라고 생각했다. 도대체 어떻게 이런 무신경한 남자가 마음에 들어왔는지 스스로도 이해가 되지 않았다.

"결혼하고 연애를 해요? 그게 말이 돼요?"

"안 되는 것 같긴 하지만……. 어쨌든 책임은 져야지. 넌 내 총각을 가져간 여자야. 난 옛날부터 내 처음을 아내에게 바치겠다고 생각했었고. 그냥 책임진다고 생각해."

"교수님!"

"오늘 한 번 더 호흡을 맞춰보는 건 어때?"

영진이 잠시 주머니를 뒤적이면서 바나나 모양이 그려진 네모난 케이스를 꺼내 들었다. 대체 이게 뭔가 싶어 혜영의 신경이 그곳으로 집중됐다. 그가 들고 있는 건 다름 아닌 콘돔이었다.

그때까지 능글맞은 표정을 짓고 있던 영진의 얼굴이 천천히 굳어졌다. 평소의 혜영이라면 분명 바로 어떤 반응이든 보여야 했다. 당황하는 표정을 짓던지, 미쳤냐고 한다든지. 그런데 그녀의 표정은 그 어느 때보다도 심각해 보였다.

"저는요, 교수님이 처음은 아니지만 남녀 관계라는 건 정말 신중해야 한다고 생각해요."

영진은 저도 모르게 자세를 똑바로 잡으며 앉으려 노력했다. 혜영이 정말이지 이런 식으로 나올 거라곤 생각도 하지 못한 모양이었다. 잠시 뜸을 들이고 있던 혜영은 물끄러미 영진을 쳐다보았다.

그런 그녀의 시선에 당황한 건 영진이었다. 그냥 가볍게 농담식으로 넘어가려고 했던 것인데 심각한 표정의 혜영을 보자 당황하고 만 것이었다. 그의 포커페이스가 완전히 무너지는 순간임에도 불구하고 혜영은 서글픈 표정을 짓고 있었다.

"네. 순결이 정말 중요하다고 생각해요. 순결이 중요하긴 하지만 사랑하는 사람과 관계도 얼마든지 맺을 수 있다고 생각해요. 교수님은 저에 대한 감정이 확실하세요? 좋아한다는 건 맞지만 아직 사랑은 아닐지도 모른다고 생각하시는 건 아니에요?"

혜영은 영진이 솔직히 말해주기를 바라고 있었다. 그는 잠시 시선을 피하면서 곤혹스러운 표정을 짓고 있었다.

"저는 27년을 살았지만 대체 뭐가 진짜 좋아하는 감정인지도 모르고 살았어요. 그런데 교수님을 만나면서 생각이 많이 바뀌었어요. 진짜 좋으면 심장이 저도 모르게 뛰고 그러는 게 감정인 줄 알았는데 아니었나 봐요. 그냥 보고만 있어도 좋아지고 생각하는 것만으로도 좋아져요. 처음엔 무작정 몰아붙이는 교수님이 싫었어요. 자신에 대해서는 하나도 알려주려고 하지도 않으면서 내 생활은 다 알려고 했잖아요. 그게 얼마나 불안한지 알아요? 제대로 표현도 해주지 않으면서 결혼하자고 말했을 때 내 마음이 어땠는지 알아요? 그런데 진짜 바보 멍청이는 저였어요."

영진은 아무런 말이 없었다. 혜영 역시 그 말을 끝으로 계속 침묵을 지켰다. 언젠간 영진이 자신에 대한 무슨 이야기든 해줄 것이라고 생각했다. 하지만 그는 끝까지 말해주지 않았고 엄청난 이야기들을 한 감독에 의해 듣게 되었다. 그가 어느새 좋아지고 있는데 또 한없이 미워지고 있었다.

"사람은요 다 좋을 순 없는 거예요. 하지만 좋지 않은 일이 있기에 좋은 일도 생길 수 있는 거예요. 70%만 좋으면 돼요. 나쁜 건 시간이 흐름에 따라 그냥 흘릴 수 있잖아요. 그런데 왜 교수님은 계속 나쁜 것만 안고 가려고 해요? 날 좋아한다는 말이 정말 진심이기는 해요?"

숙였던 고개가 다시 올라왔다. 혜영은 영진의 눈을 피하지 않았다. 그의 눈동자는 흔들리고 있었다.

"저는요. 어느샌가 나도 모르게 교수님이 좋아졌어요. 그리고 그 사랑이라는 걸 하고 있을지도 몰라요. 그런데 교수님은 나아질 생각도 발전할 생각도 없어 보여요. 제가 하는 행동들이 말들이 다 어린애 같아서 그래요? 그냥 무조건 10년 전 그 나이의 저로 보고 있는 거 아닌가요?"

끝까지 영진은 아무런 말이 없었다. 아무래도 오늘 영진에게 대답을 듣긴 틀린 것 같아 혜영은 자리에서 일어섰다.

"생일날인데…… 미안해요."

그 말을 끝으로 영진의 집에서 빠져나온 혜영은 터벅터벅 걷기 시작했다. 많은 생각들이 교차되고 있었다. 어쩌면 정말 여기서 영진과의 관계가 끝일 수도 있었다. 내일부터 다시 스승과 제자 사이로 돌아갈 수도 있다고 생각하니 가슴이 먹먹해졌다. 그러면서 또 한편으로는 원망스러운 마음이 생겼다.

"뭐야, 처음부터 정신없이 몰아세우더니 이제 모른 척하겠다는 거야? 그리고 내가 고백까지 했는데 쫓아오지도 않아? 흥, 됐다. 나도 됐다고!"

흥분해서 마음껏 지껄였는데 그 소리가 좀 큰 모양이었던지 주위를 걷던 사람들이 혜영을 쳐다보았다. 잠시 창피해진 혜영은 재빨리 이어폰을 귀에 꽂으며 음악을 듣는 척했다. 이런 고백을 하기까지 얼마나 힘들었는지 모른다.

남들은 그녀에게 참 속 편하다, 어떻게 그렇게 사냐, 라고 했지만 힘든 건 그녀도 마찬가지였다. 하지만 내색하지 않고 사는 게 사람 아니던가? 그냥 그랬던 것뿐인데 어느새 그녀는 아무 생각 없이 사는 여자로 전락하고 말았다.

그렇다고 해서 이렇게 영진을 놓고 나면 마음이 괜찮아질까? 그건 아니었다. 처음으로 좋아한다는 감정이 무엇인지 알게 되었는데 놓고 싶은 사람이 있겠는가? 혜영은 몇 번이나 얼굴을 쓸어내렸지만 생각나는 것이라곤 아무것도 없었다.

강의 시간은 조용했다. 연필의 서걱거리는 소리만 들리고 있었다. 영진의 집에서 나온 뒤로 연락도 없었거니와 오늘은 눈도 마주치려 들지 않았다. 정말 이대로 끝인가 싶어 울컥 눈물이 쏟아져 나올 것 같았다. 혜영은 스스로가 생각해도 이렇게 감성적인 사람은 아니었다고 생각했다. 하지만 그 '사랑'이라는 것이 사람을 변하게 만든다더니 그녀도 미처 피하지 못했다.

"어머? 언니, 울어요?"

수영의 말에 혜영은 그제야 얼굴에서 무엇인가가 흐르고 있다는 것을 느낄 수 있었다. 그 순간 영진과 눈이 마주쳤지만 당황해서 재빨리 고개를 숙이고 말았다. 조용하던 강의실이 웅성이기 시작했다. 그리고 그때부터 혜영의 눈에선 봇물 터지듯 눈물이 쏟아지기 시작했다. 마치 어린애처럼 엉엉거리며 울고 말았다.

"다들 그리고 있어."

영진이 다가와 혜영을 일으켜 세우려고 했다. 하지만 그녀는 발버둥을 치며 그에게서 벗어나려고 했다. 그러나 얼마 못 가 영진의 힘에 제압당하고 말았다. 그대로 강의실에서 빠져나온 영진은 혜영을 이끌고 교수실로 들어갔다.

혜영의 얼굴은 이미 눈물로 인해 엉망이 되어 있었다. 아이라인과 마스카라는 흘러내리고 있었는데 그것도 모르고 얼굴을 문질러 대니 도무지 봐줄 수 없을 만큼 엉망이었다.

영진은 물티슈를 꺼내와 혜영의 얼굴을 깨끗하게 닦아주었다. 울다 지쳤는지 혜영은 영진의 손길에 반항도 하지 않고 가만히 앉아만 있었다.

"뭐가 그렇게 서러웠던 거야?"

“아파요.”

“어디가?”

“마음이.”

얼마나 격하게 울었던 건지 딸꾹질까지 나오고 있었다. 영진은 미지근한 물을 가져와 직접 먹여주었다. 말 잘 듣는 어린아이처럼 그녀는 그가 하는 대로 내버려 두었다.

“생각할 게 좀 많았어. 사실 나…… 들어서 알겠지만 그다지 정상적인 가정에서 자란 게 아니라서 조금 남들과 다를 수도 있어. 하지만 널 좋아한다는 게 거짓말은 아니야.”

거짓말처럼 혜영의 딸꾹질이 멈췄다. 그저 멍한 얼굴로 영진을 쳐다보고 있었다. 그런 그녀의 시선을 영진은 살짝 피하며 얼굴을 쓸어내렸다. 혜영은 잘 알고 있었다. 그가 쑥스러울 때면 저런 행동을 한다는 것을.

“표현을 잘 못하는 것도 미안하게 생각한다. 하지만 아무 생각이 없는 건 아니야. 그냥…… 조금…….”

“부끄러운 거죠?”

영진이 살짝 고개를 끄덕였다. 혜영은 살짝 손을 뻗어 그의 손을 잡았다. 따뜻한 온기가 느껴지자 괜히 마음이 벅차올랐다.

“교…….”

“근데 너 얼굴은 좀 씻어야겠다.”

역시나 분위기 깨는 데는 일가견이 있다고 생각하면서 왼쪽에 있는 간이 싱크대 앞으로 걸어간 혜영은 붙어 있는 거울을 보고 소스라치게 놀라고 말았다. 이런 말도 안 되는 얼굴을 하고 분위기를 잡으려고 했다니⋯⋯. 괜히 민망해지고 있었다.

"솔직히 그 얼굴에 키스하기는 조금 무리가 있잖아?"

"그렇게 말씀 안 하셔도 이해하거든요?"

"그러니까 원망하지 말라고."

"안 합니다. 안 해요."

혜영은 영진이 건네주는 비누를 가지고 얼굴을 깨끗하게 씻어냈다. 아이라인과 마스카라가 엉망이 된 얼굴을 씻어내기엔 곤욕스러웠다. 10번은 넘게 얼굴을 닦아낸 다음에야 수건을 쓸 수 있었다.

다시 두 사람이 자리에 앉자 적막이 찾아왔다. 서로의 감정을 확인한 것까지는 좋은데 더 이상 무슨 말을 해야 할지 감을 잡을 수가 없었다. 이럴 때 남자가 무슨 말이라도 해주었으면 좋겠지만 그는 그저 그녀를 보고 있을 뿐 아무런 말도 하지 않고 있었다. 그렇지 않아도 민낯인지라 민망한데 이렇게 뚫어질 듯 쳐다보고 있으니 혜영으로서도 부담스러워지고 있었다.

"뭘 그렇게 쳐다보세요."

"아니. 그동안 뭘 발랐는지는 몰라도 주근깨 잘 가렸다 싶어서."

"됐거든요?"

"뭐, 흰 피부를 갖고 있는 사람의 전유물이지."

"교수님은 없잖아요."

"나중에 좋은 피부과 소개시켜 줄게."

혜영이 입을 삐죽거렸다. 다른 남자친구들은 여자친구의 민낯에도 예쁘다고 해준다는데……. 역시 기본적인 여자들의 상식에서 벗어난 남자인가 싶었다. 그래도 어쨌거나 지금은 그가 좋았다.

"그런데 교수님은 제 어디가 좋으세요?"

정말이지 이건 아무리 생각해도 낯간지러운 질문이었다. 혜영은 할 수만 있다면 이 질문을 다시 입속으로 집어넣고 싶었다. 그러면서도 은근히 그의 대답이 궁금해졌다. 뭐, 그렇다고 해도 일반적인 '다 좋아.' 라는 그런 반응을 기대하는 건 아니었다. 뭐가 되었든 조금이라도 좋은 대답을 기대하고 있었다.

"넌 내 어디가 좋은데?"

"네? 그건……."

난감했다. 그러고 보니 혜영은 왜 그가 정확히 좋아졌는지 기억이 나질 않았다. 그냥 같이 있다 보니 눈길이 갔고 그러다 보니 좋아진 것이었다.

"네가 생각하는 것과 똑같아. 밤에 같이 저녁 먹자. 그리고 이제 진정됐으면 강의실로 돌아가지?"

역시나 말로 무엇인가를 덕 보려고 했던 것이 욕심이었다는 것을 깨달았다. 혜영은 투덜거리며 교수실에서 빠져나와 강의실로 들어갔다. 왠지 눈치가 보여 최대한 조용히 다시 자리로 돌아가 앉았다.

"언니, 괜찮아요?"

"응. 괜찮아."

수영은 계속 걱정스러운 표정이었다. 혜영은 몇 번이나 괜찮다고 말하면서 연필을 잡고 숨을 내쉬었다. 그러다 다시 고개가 돌아갔다. 그러고 보니 수영이 많이 수척해진 느낌이었다.

"진짜 다이어트하는 거야?"

"네."

"진짜? 그래. 살 빼면 그 안경도 좀 벗고. 눈이 얼마나 예쁜데. 갑자기 웬 심경의 변화? 좋아하는 사람이라도 생긴 거야?"

아무 말도 하지 못하고 얼굴이 붉어진 것을 보니 아무래도 그런 모양이었다. 혜영은 마치 자신의 일처럼 즐거워했다. 하지만 그렇게 붙어 있었는데도 불구하고 수영이 누구를 좋아하는 것인지 감이 잡히지 않았다. 그나마 제일 붙어 있던 사람이……. 순간 혜영의 눈이 튀어나올 듯 커졌다.

"설마 민정현?"

목소리는 거의 들리지 않을 듯 작았지만 수영은 들을 수 있을 정도였다. 수영은 아니라는 듯 고개를 좌우로 흔들었다. 혜영은 다시 머리를 좌우로 갸웃거렸다. 그나마 괜찮은 남자라면 3학년으로 복학한 재화 정도?

"그럼 이재화?"

이것도 아닌 모양이었다. 비슷한 나이 또래에 괜찮은 남자들을 생각해 봤지만 도무지 답이 나오지 않았다. 궁금해하는 혜영이 재미있는 모양인지 수영은 웃고 있었다.

"목표까지 13kg 남았어요. 수영장에도 등록했어요. 아침엔 수영하고 저녁엔 헬스장 다녀요."

"운동량이 대단하겠다."

"그 정도는 해야죠."

"그럼 몇 킬로그램이 빠진 거야?"

"지금 5kg 빠졌어요."

"열심히 해. 목표 다 채우면 내가 예쁜 옷 하나 사줄게."

혜영이 히죽거렸다. 마치 자신의 일인 것 같아서 뿌듯했던 것이다. 수영의 마지막 말만 아니었더라면 혜영은 아마 오늘 최고의 날일지도 몰랐다.

"목표까지 빠지면 한 교수님께 말씀드릴 거예요."

이거야말로 난감함 중에서도 최고봉이라고 말할 수 있었다. 이 학교에 편입한 이래 제일 친하게 지내온 사람이었고 앞으로도 계속 함께하고 싶은 사람이었다. 그런 수영이 영진을 좋아하고 있었다니…….

"그냥 마음만 고백하는 거예요. 안 될 거라는 건 알지만. 교수하고 학생하고는 안 되잖아요.”

수영의 본판은 무척이나 예뻤다. 그래서 혜영도 늘 살 좀 빼라고 말을 했을 정도였다. 안 되다니. 본래 영진과 그런 식으로 엮이지 않았더라면 어떻게 되었을지 모를 상황이었다. 아무래도 이대로 넘어갈 수는 없었다.

“저기, 수영아. 내가 할 말이 있…….”

“하혜영 학생. 중간에 수업이 끊겼는데 또 잡담인가?”

“네? 죄송합니다.”

그냥 이럴 때 영진은 넘어가 주었으면 좋으련만 그녀의 속을 알 리는 없었다. 혜영은 답답한 듯 주먹으로 가슴을 내리쳤지만 시원해지지는 않았다.

정말 상상도 하지 못했다. 수영이 다른 사람도 아닌 영진을 좋아하고 있을 것이라는 것은. 혜영은 어떻게 해서든 빨리 수업이 끝나기만을 바라고 있었다. 기다렸던 수업이 끝나자 혜영은 재빨리 수영을 붙잡았다.

“수영아, 내가 할 말이 있는데 같이 차라도 좀 마실래?”

“네.”

우선 수영을 붙잡는 데는 성공이었다. 하지만 저 앞에서 정현이 두 사람을 향해 다가오고 있었다.

“수영아, 오늘 소모임 모임 있는 거 잊진 않았지?”

“맞다. 언니, 죄송해요. 커피는 제가 내일 살게요.”

그나저나 이놈의 민정현이 문제였다. 그깟 소모임 좀 빠지면 어떻다고 이렇게 일을 그르치는 것일까? 혹시 수영이 영진을 좋아하고 있다는 것을 알고 있는 것은 아닐까? 혜영이 의심의 눈초리로 정현을 노려보았다.

"뭘 그렇게 쳐다봐? 왜? 이제 좀 마음이 설레이나?"

"뭔 개소리야?"

"하혜영."

"왜?"

"내가 너무 어린애처럼 굴었다. 사과할게. 처음엔 마음 정리가 안 되어서 그랬던 거야. 곤란하게 만들고 싶진 않았어."

혜영이 고개를 숙였다. 역시나 그녀는 불편한 자리나 누군가의 사과를 받아들이는 데 자연스럽지 못했다.

"아니야. 나도 미안해. 내 생각만 해서."

"너 바보냐? 원래 사람은 자기 생각만 하는 거야. 역시 어릴 때 그대로네. 하나도 안 변했어."

"무슨 소리야?"

혜영이 이해하지 못하겠다는 얼굴로 정현을 쳐다보았다. 그는 창가 쪽으로 걸어가 밖을 보고 있었다. 혜영도 그 옆으로 걸어가 의자에 걸터앉았다. 점심시간이라서 그런지 많은 사람들이 교문이나 학생회관 쪽을 향하고 있었다.

"왜, 우리 반에 있던 희진이 기억나?"

기억력이 그다지 좋지 않은 혜영으로선 꽤 생각해야 할 이름일지도 몰랐다. 하지만 혜영은 단번에 알아들었다. 초등학교 시절 짝꿍이었던 친구였다. 뇌성마비로 몸이 약간 불편해서 혜영이 꽤 많은 도움을 주었던 친구였다.

"다들 희진이 놀렸었잖아. 좀 심하게 왕따를 시켰었지?"

그러고 보니 못된 동창 놈들이 몇몇 있었다. 아프고 싶어서 아픈 것도 아닌데 왜 이렇게 괴롭히느냐면서 그때도 혜영은 덤비곤 했었다. 물론 남자애들인지라 혜영을 때리진 않았지만 만약 정말 때리려고 마음을 먹었다면 혜영은 입원해야 할 정도였을 것이다.

"널 보면서 대단하다고 생각했어. 밥도 먹여주고, 흘린 것도 치워주고. 애들은 희진이에게 닿기도 싫어했는데 넌 아니었잖아. 노트 필기도 꼬박꼬박 해주고."

"그, 그, 그런 거야 내가 아니더라도 다 했을 거야."

"어쨌든 내가 아는 하혜영은 그런 애였던 거지. 미안. 정말 좋아했는데 많이 괴롭혔었어."

혜영도 그다지 모르는 건 아니었다. 원래 그 또래의 남자애들이란 좋아하면서도 괴롭히는 성향을 지니고 있었다. 그냥 좋으면 좋다 할 것이지 왜 그리 괴롭혀서 여자를 울린단 말인가? 어쨌거나 혜영도 꽤나 정현 때문에 고생을 했었다.

"나도 미안. 독한 말만 해대고. 나 생각만큼 착한 애도 아니야. 어차피 나이 먹을 만큼 먹어서 알겠지만 나도 나밖에 모르고 그런

애야.”

“알아. 너 언젠가 후회할 거다. 그때 한 교수 차버리고 민정현한
테 갈걸 하고.”

“뭐, 그럴지도 모르지.”

혜영이 입을 삐죽였다. 정현이 픽 웃으며 혜영의 머리를 쓰다듬
었다. 그 손길에 놀란 혜영이 두 눈을 크게 떴지만 정현은 그다지
놀란 기색도 아니었다.

“고맙다.”

“뭐?”

“그래도 괜찮은 추억 하나 만들어줘서. 이제 본격적으로 경영
공부하면 바빠질 거야.”

“미술…… 안 하는 거야?”

“취미로는 하겠지. 하지만 본업은 학교 경영이 될 거야.”

왠지 모르게 씁쓸해 보이는 정현의 얼굴을 보면서 혜영은 우울
해지고 말았다. 27살이 되어서 하고 싶은 일 하고 싶다며 학교를
왔는데 정현은 이 나이에 해야 할 일 때문에 하고 싶은 일을 포기
해야 한다.

왠지 그런 정현이 측은해 보였지만 더 이상 따뜻한 말도 해줄
수가 없었다. 역시나 사람은 자신의 일이 아니라면 어떤 좋은 말
을 해주었든 위로가 되지 못하고 그저 동정으로 간주될 수 있었
다.

“넌 잘할 거야.”

“당연하지. 가볼게. 모임 시간 다 됐다.”

정현이 강의실을 빠져나가는 뒷모습을 보며 혜영은 숨을 크게 내쉬었다. 단순해졌던 머리가 다시 복잡해지는 느낌이었다. 그렇게 그리고 싶어 했던 그림을 20살 때 포기해 놓고서 27살이 된 지금에서야 다시 시작하게 된 것은 욕심이 아니었을까? 부모님의 입장에서 보자면 얼마나 한심한 딸로 보일까? 이런저런 생각에 혜영은 한없이 자리에 머물러 있었다.

13

아무래도 세상은 좁은 법이니 밖에서 밥을 먹기보다는 영진의 집에서 먹기로 택했지만 단 한 통화의 전화로 인해 혜영은 현재 집으로 와 있는 상태였다.

윤 여사는 어디선가 소고기가 선물로 들어왔다며 영진을 초대했고 거기엔 형부가 될 민호까지 와 있었다. 이 많은 걸 언제 다 준비한 건지 혜영은 경악한 표정으로 윤 여사를 쳐다보았다.

이건 분명히 오늘 갑자기 준비한 것이 아니었다. 갈비찜, 불고기, 잡채. 그래 이 정도라면 이해할 수 있었지만 그 귀찮다고 늘 하기 싫어하던 산적까지 한 것을 보니 분명 날을 잡고 있었음이 분명했다. 거기다 곧 사위가 될 민호나 챙겨줄 것이지 그저 우리

한 교수 하며 영진만 챙기는 것을 보며 혜영은 혜민의 눈치를 봐
야 했다.

"왜 그렇게 못 먹어?"

거기다 이 남자 봐라? 평소엔 잘 챙기지도 않으면서 그녀의 밥
위로 잘 발라진 조기구이를 살만 떼서 올려놓았다.

"세상에, 우리 한 교수 자상하기도 하지."

"자기야, 나도 조기."

이 남자의 사회능력은 알아줘야 한다고 생각했다. 가만 생각해
보니 저번에 피자를 먹을 때도 그렇고 스테이크를 먹을 때도 먼저
잘라주고 건네주곤 했었다. 몸에 배인 매너인 것인가 아니면 점수
를 따기 위한 행동인 것인가?

혜영은 의미심장한 눈빛으로 영진을 흘겨보았지만 그는 그러거
나 말거나 윤 여사와 떠들고 있었다. 그러고 보니 예전에도 영진
은 놀러 와서 윤 여사와 유난히 잘 지내긴 했었다. 설마 그 첫사랑
이 진짜 윤 여사란 말인가?

혜영은 재빨리 고개를 돌려 반대편에 앉아 있는 윤 여사를 쳐다
보았다. 그냥 평범한 대한민국의 아줌마였다. 빠글한 파마머리하
며 두둥실 한 뱃살. 예전에도 별반 다를 것 없는 외모였는데 정말
저 아줌마가 첫사랑이란 말인가?

결국 혜영은 밥도 먹는 둥 마는 둥 하다가 밥상에서 물러나는
수밖에 없었다. 식탁을 치우고 차와 과일을 마셔도 혜영은 별말이

없었다. 그런 혜영을 이상하게 여긴 영진이 이만 일어나야겠다는 운을 뗐다. 결국 윤 여사의 등쌀에 밖으로 나온 혜영은 영진의 차 앞에 서서 우두커니 서 있었다.

“타.”

“네? 왜요?”

“우선 좀 타.”

영진의 말에 혜영이 보조석에 올라탔다. 영진은 시동을 걸고 히터를 켰다. 차 안이 따뜻해지자 혜영은 눈을 굴리며 영진을 쳐다보았다.

“출발 안 해요?”

“오늘 좀 이상하더라?”

“뭐가요?”

“먹는 거 좋아하는 하혜영이 잘 먹지도 않고. 내가 조기까지 발라줬는데 말이지.”

“지금 그거 생색내려고 여기 앉으라고 한 거예요?”

영진이 픽 웃자 혜영은 자세를 고쳐 앉으며 앞을 똑바로 주시했다.

“그냥 내가 욕심을 부리고 있는 게 아닌가 싶어서요.”

“무슨 욕심?”

“정현인 이제 미술 안 한대요. 경영 때문에 포기할 수밖에 없다고 하는데 난 내가 싫다고 다른 공부하고 나서 이제 와 다시 하겠다고 하는데 정말 이기적인 것 같은 생각이 드는 거예요.”

“그게 왜 이기적이야? 원래 사람은 자기가 하고 싶은 일을 하면서 살아야 돼. 민정현 학생도 경영이 정말 싫었다면 하지 않았을걸?”

영진의 말에도 일리는 있었다. 정현의 성격상 정말 맞지 않았다면 다 필요 없다면서 집에서 나왔을지도 몰랐다. 정현은 미술에 재능도 있고 실력도 뛰어났기 때문에 포기하지 않아 줬으면 싶었다. 그러고 보니 그 말을 한다는 것을 아깐 너무 당황해서 잊고 있었다.

“뭐야? 이제 와 민정현 학생이 신경 쓰이기라도 한 거야? 나 사랑한다며.”

“네?”

“그랬잖아. 나 사랑한다고.”

어떻게 이 남자는 이런 말을 얼굴색 하나 변하지 않고 말할 수 있는 것일까? 혜영은 어색한 마음에 괜히 헛기침을 하며 머리를 긁적였다.

“그나저나 정말 첫사랑이 우리 엄마였어요?”

“화제 돌리지 마.”

“사랑하는 것일지도 모른다고 했지 사랑한다고까진 말 안 한 것 같은데.”

“그럼 내가 너 좋아한다는 말도 무르지.”

"무르긴 뭘 물러? 유치하게 그럴 거예요?"

이 남자 정말 치사하고 유치하다고 생각했다. 하지만 혜영이 고개를 돌려 영진을 본 순간 잘못 생각했다는 것을 알게 되었다. 그는 지금 진심으로 걱정스러운 얼굴을 하고 있었다. 하긴 오늘 좀 넋이 빠져 있긴 했었다.

"교수님."

"왜?"

"만약에…… 어떤 학생이 좋아한다고 고백하면……."

"가차없이 잘라."

"네?"

"몇 번인가 받았었는데 당연한 거 아닌가? 내가 좋아하지도 않는데 그걸 받아줄 필요는 없지."

이 남자라면 정말 그러고도 남을 것이라고 생각됐다. 상상이 갔다. 차가운 얼굴을 하고서 내가 그 고백 받아줘야 하나? 라고 오히려 물을 것만 같았다. 거기다 몇 번인가 고백을 받아봤다니. 대체 누구에게 받아봤다는 것일까?

"그런 눈으로 보지 마. 그래도 나한텐 하혜영밖에 없으니까."

"뭐, 듣기 싫은 말은 아니네요."

"나 좀 유치하고 욕심 많고, 질투심도 심한데 괜찮아?"

"원래 사람 좋아하게 되면 그런 거예요. 그런 것도 몰라요?"

"넌 꼭 아는 것처럼 말한다?"

그녀도 정확히는 알지 못했지만 요즘 그런 감정들이 새록새록 드는 것은 사실이었다. 거기다 이 남자 왠지 미워할 수 없는 마성의 매력 같은 것이 있지 않은가? 그때였다. 영진이 혜영의 왼손을 가져가 만지작거리더니 네 번째 손가락에 반지를 끼워 넣었다.

잠시 멍한 표정으로 영진을 보던 혜영이 시선을 떨어뜨려 반지를 확인했다. 그냥 약간 두꺼운 링이었다. 무척 심플하고 깔끔해 보이는 디자인.

"내가 한번 디자인해 봤어. 화려한 것보단 이런 게 어울릴 것 같았는데 잘 어울린다. 다행이네."

"교수님."

"잘할게. 그러니까 그렇게 불안한 혹은 불편한 표정 짓지 마."

그는 어떻게 알았을까? 좋기도 하지만 불안하다는 것을. 혜영은 그냥 말없이 고개만 끄덕였다. 잠시 그의 얼굴이 가까이 다가오는가 싶더니 입술이 살짝 닿았다 떨어졌다. 그래도 청혼으로 이 정도면 나쁘진 않겠다 싶었다. 그런데 키스를 할 줄 알았는데 그냥 가볍게 뽀뽀만 하고 떨어지는 이 남자는 뭐란 말인가?

"뭐야, 그 잡아먹을 듯한 눈은?"

"내가 언제 잡아먹을 것 같았다고 그래요?"

"방금 그랬어."

"아, 뭐 당연히 청혼을 하니까……."

"너희 집 앞에서 키스하기엔 좀 그렇지 않아? 그리고 청혼을 언제 했다고 그래? 그냥 잘한다고 했는데.”

어떻게 이렇게 사람 허를 찌를 수 있을까? 그냥 대충 넘어가려고 해도 이 남자는 그게 안 됐다. 혜영은 됐다고 손사래를 치며 차에서 내렸다.

“조심히 가요.”

“웬만하면 반지는 끼고 다녀. 그래야 아, 저 여자 임자 있구나하고 안 건들 거 아니야.”

“안 그래도 건들 남자 없거든요?”

“하긴, 민정현 학생 눈이 잠시 낮아지긴 했었지. 추우니까 빨리들어가. 갈게.”

문을 닫자 천천히 출발하는 영진의 차를 보면서 혜영이 피식 웃고 말았다. 보기에도 티가 나는 질투를 저렇게 해대다니. 그냥 차갑고 틈이 없는 어른이라고 생각했었는데 이제 보니 어리광도 부릴 줄 아는 사람이었다. 그래도 이런 영진이 싫지 않은 건 역시나콩깍지가 제대로 씌어져서일지도 몰랐다.

혜영은 왠지 마음으로 하는 선물이 하고 싶어져서 서둘러 집으로 들어갔다. 방에 들어오자마자 책상 앞에 앉아 서랍장을 뒤졌다. 저번 학기 과단합회를 하면서 우연치 않게 영진과 찍힌 사진이 있었는데 그걸 보고 그림을 그려주고 싶었다. 두 번째 서랍장에서 사진은 발견되었다. 이때는 그냥 사진 찍는 게 싫어서 불만스러운 표정을 잔뜩 짓고 있는 게 보였다. 그런데 의외였다. 영진

은 살짝 미소까지 짓고 있었다. 분명 이때쯤엔 영진이 자신을 좋
아할 리가 없었을 텐데.

"그냥, 사진 찍으니까 좀 웃은 거겠지? 그래. 이런 반지까지 받
았는데. 받았으면 돌려주는 게 인지상정. 그냥 그리자."

혜영은 스케치북을 앞에 두고 차근차근 그려 나가기 시작했다.
그러고 보니 이런 초상화를 그리는 건 처음이었다. 윤 여사와 혜
민이 그렇게 그려달라고 난리를 쳤는데도 혜영은 딱 잘라 거절했
었다. 초상화 그리는 건 체질이 아니라면서. 역시 사랑을 하면 사
람이 달라진다고 하던가? 혜영은 스스로가 생각해도 꽤 웃겨서 소
리 내어 웃고 말았다.

그림을 그리다 보니 시간 가는 줄을 몰랐던 모양이다. 시계는
벌써 7시 30분을 가리키고 있었다. 이렇게까지 집중력이 좋진 않
았는데 아무래도 영진의 얼굴을 보다 보니 시간 가는 것도 모르고
그림을 그린 모양이었다. 사진을 보면 볼수록 영진이 잘생겼다는
것을 실감하게 되었다.

그런데 사람의 마음은 간사한 것인지 이런 남자가 날 좋아한다,
라고 생각하면 되는데 왜 이런 남자가 나 같은 여자를 좋아하는
것일까 하는 아주 작은 의구심이 생겼다. 그리고 혼자 별 망상은
다 한 것 같았다.

혜영은 샤워를 하고 나서 학교 가기 위한 모든 준비를 마쳤다.
살짝 잠이 왔지만 그래도 오늘은 수업이 딱 하나 있었기 때문에

그것만 마치고 바로 집으로 돌아와 잠을 자면 되겠다고 생각했다.

하지만 학교에 오자마자 혜영은 그럴 수 없다는 것을 알게 되었다. 사람들이 이상한 눈으로 그리고 어색하게 인사를 하면서 스쳐 지나가고 있었다. 무언가 잘못되었다는 느낌이 들었을 때 바로 앞에 정현이 서 있었다.

"이야기 좀 하자."

정현이 먼저 혜영의 손목을 잡고 끌고 가기 시작했다. 혜영은 영문도 모른 채 끌려가고 있었지만 그래도 정현에게 무언가 들을 게 있다고 생각했다. 빈 강의실로 들어서자마자 정현이 그녀를 놓으며 말했다.

"소문 다 났어."

"소문? 설마……."

"그래. 너랑 한 교수랑 그렇고 그런 사이라고. 좀 조심하지 그랬어."

이제껏 들킬 만한 일을 한 적이 있던가? 정현에게야 걸렸지만 그가 소문을 낼 스타일도 아니었다. 영진의 집에 갈 때도 나름대로 조심한다고 했었는데……. 대체 어디서 소문이 난 것인지 감을 잡을 수가 없었다.

"누가 너희 집에서 둘이 나오는 걸 봤나 봐. 아직 너와 내가 사귀는 사이라고 말해놨어. 그리고 한 교수는 너 어렸을 때 옆집 살던 사람이라서 아는 사이라고 말해놨어. 어쨌든 그건 사실이니까."

"정현아."

"우선 내 말대로 해. 너 이대로 학교 그만두고 싶어? 아니면 한 교수가 잘리는 거 보고 싶어? 걱정 마. 한 교수한테는 내가 이미 그렇게 하자고 말했으니까."

혜영은 손끝이 차가워지는 것을 느꼈다. 물론 그를 좋아하게 되면서 무언가 불안한 마음은 있었지만 설마 이렇게 빨리 알려질 거라곤 상상도 못한 일이었다.

"교수님 좀 봐야겠어."

"지금 가면 분란만 일어나. 그냥 무시해. 곧 방학이고 새학기 시작하면 잊혀질 거야."

"교수님은 그러겠다고 했어?"

"그럼 어쩔 건데? 네가 학교 그만둘 거야? 아니잖아. 교수님도 이 상태로 학교를 그만둘 수도 없고."

"그럼 나중은 어떻게 할 건데?"

물론 이 상황이 얼마나 심각한지는 혜영도 잘 알고 있었다. 그리고 정현을 더 이상 이용해서도 안 된다는 생각이 들었다.

"난 이번 학기가 마지막이야. 넌 아직 1년 남았어. 1년 정도는 나하고 사귀고 있다고 하면 쉽게 넘어갈 거야. 그리고 졸업하면 되는 거잖아."

"졸업하고 난 뒤는? 난 교수님과 결혼할 생각인데 그때 또다시 사람들 뒤통수치는 겪이잖아."

“그래서? 학교 관두겠다는 거야?”

그림이야 다른 학교에서 배우면 됐다. 하지만 영진에게 배우고 싶어하는 그 많은 학생들은 어쩔 것인가? 혼자 학교를 그만두면 끝날 일이었다. 그에게 배우고 싶어하는 학생들을 외면할 수는 없었다.

“내가 그만두면 쉬운 일이야.”

“하혜영!”

“나만 생각할 순 없어. 그리고 더 이상 네 도움 받을 수도 없어. 고맙지만 이번 일은 내가 알아서 할게.”

뒤에서 잡는 정현을 마다하고 혜영이 강의실을 빠져나와 복도를 걷기 시작했다. 평소 살갑게 대하던 애들도 마치 동물원 원숭이 보듯 보고 있다는 게 느껴지고 있었다. 차마 물어볼 수가 없어 그냥 보고 있는 것이겠지만 혜영은 차라리 그냥 물어봐 주었으면 했다. 그때 엘리베이터 앞에서 수영과 부딪쳤다.

“수영아, 미안해. 사실은 어제 말을 하려고 했…….”

“괜찮아요. 어차피 제 짝사랑이었잖아요. 언니가 사과할 필요는 없어요.”

물론 사과할 필요는 없었다. 하지만 친하다고 생각했고 좋아했던 수영이 이렇게까지 차갑게 바라보자 혜영은 두 손에 힘이 쭉 빠지는 느낌이었다. 수영이 바로 옆에서 스쳐 지나갔는데 혜영은 붙잡지도 못했다.

"하여간, 나이 먹고 학교 다시 온 거 보면 꿍꿍이가 있었다니까. 저 얼굴로 한 교수님? 기가 막혀서."

"세은이 너!"

"왜? 내가 틀린 말 했어? 민정현?"

어쩌다 이런 신세가 된 건지 왠지 모르게 비참해졌지만 어찌 되었건 엘리베이터에 올라탔다. 이럴 줄 알았으면 아침이라도 먹고 오는 건데 괜히 치장한다고 서두르다가 먹지 못한 것을 후회했다. 사람은 밥을 먹어야 싸울 태세를 갖춘다고 하던데.

교수실 문을 열고 들어가자 학과장이 서 있었고 영진은 박스에 책을 넣고 있었다. 혜영은 바로 사태를 눈치챘다.

"아니, 한 교수 왜 이래요."

"책임지고 그만두겠다고 한 거 아닙니까. 어차피 전 혜영이랑 헤어질 생각도 없고. 그러니까 제가 그만둬야죠."

"누가 교수님보고 그만두랬어요? 그만둬도 제가 그만둡니다."

혜영이 빽 소리를 지르자 바로 앞에 서 있던 학과장이 재빨리 귀를 막았다. 어찌나 목소리가 컸던지 영진도 놀란 듯 눈을 동그랗게 뜨고 혜영을 쳐다보고 있었다. 평소 목소리가 좀 크긴 했지만 이렇게까지 크게 나올 줄은 상상도 못했던 혜영은 괜히 목을 몇 번인가 가다듬었다.

"교수님한테 배우고 싶어하는 애들 생각은 안 해요? 어떻게 사람이 그렇게 이기적입니까?"

“하혜영, 뭔가 착각하고 있는데 너도 배우는 학생 입장이야. 나
야 다른 학교로 가도 되지만 넌 배워야 되는 입장이라고.”

“저도 다른 학교 가서 배우면 됩니다. 그리고 별로 교수님한테
배움받고 싶은 생각도 없었고.”

처음 이 학교 왔을 때 영진을 보고 얼마나 경악을 했던가. 그럼
에도 불구하고 담당교수였기에 할 수 없이 수업을 들어야만 했었
다. 물론 그때야 이런 사이로 변할 거라는 건 꿈에도 상상하지 못
했었지만.

혜영의 말이 꽤 충격적이었던지 학과장은 물론 영진까지 얼이
빠진 얼굴로 그녀를 쳐다보고 있었다.

“야, 내가 얼마나 잘 가르치는데.”

“잘 가르치는 거랑 내가 배우고 싶은 거랑은 다른 거죠. 어쨌거
나 그만둬도 제가 그만둡니다.”

혜영이 돌아섰다. 문제야 이미 커질 대로 커졌고 언젠가는 이대
로 학교를 그만둔 것을 후회할지도 몰랐지만 지금은 영진이 그 자
리를 지키고 있게 만들어야만 했다.

“하혜영!”

영진이 재빨리 뛰어와 혜영을 붙잡아 돌려세웠다.

“나 너랑 헤어질 생각 같은 거 전혀 없어!”

“누가 헤어진다고 했어요? 그냥 제가 학교를 그만두는 것뿐입
니다. 그리고 저 역시 교수님과 헤어질 생각 같은 거 없으니까 걱

정 붙들어 매시죠."

영진은 약간 얼이 빠진 듯한 얼굴이었다. 뭐랄까, 약간 불안한 듯하면서도 안심하는 것 같다고 해야 할까? 혜영은 괜히 미안한 마음이 들었다. 그는 약간 독특한 환경 속에서 자라 표현하는 것에 인색한 편이었다. 그래서 본인이 조금 더 신경을 써주어야 한다고 생각했었지만 본래 타고난 성격이 무덤덤하고 무뚝뚝한 탓에 애교를 부린다거나 하는 것에 대한 자각이 없었다. 불안해도 잘 티가 나지 않는 건 그도 마찬가지였지만 그건 그녀 역시 똑같았다. 이렇게까지 불안해하는 얼굴의 영진을 보는 것은 처음이라 혜영은 스스로 조금은 변화해야겠다고 느꼈다.

바로 앞엔 학장이 앉아 있었고 옆엔 영진이 앉아 있었다. 종이컵에 담긴 커피가 다 식도록 아무도 입을 열지 않았다. 계속 얼굴을 매만지던 혜영은 이미 식어버린 커피를 한번에 들이켰다.

"정말 왜 이렇게 갑갑하게 생각하세요? 제가 그만두면 학생들은 피해 안 입어서 좋고 한 교수님은 가르치고 싶어한 학생들 계속 볼 수 있어서 좋아요."

"넌?"

"아, 자꾸 말 돌아가게 만드시네. 어차피 저야 이 학교에 남아봤자 좋은 소리 못 들어요. 차라리 더 많은 사람들이 편할 수 있는 길로 가자는데 왜 이렇게 갑갑하게 만드세요?"

그러니까 지금 정확히 1시간째 똑같은 말만 반복하고 있었다. 이젠 제발 그만했으면 했는데 한영진이 이렇게 고집이 셀 거라곤 생각도 못해봤었다.

"교수님이 제 담당교수인데다 제가 몇 과목이나 수업을 듣고 있는 게 문제입니다! 모르시겠어요?"

"너 들어올 때 장학금 받고 들어왔어. 네 재능 충분히 다른 교수님들도 인정하고 있는데 대체 무슨 상관이란 말이야?"

"우리가 상관없다고 해도 남들이 볼 땐 그렇지 않단 말입니다. 교수님은 이런 말도 모르십니까? 남이 하면 불장난 내가 하면 로맨스."

물론 혜영으로서도 겨우 마음을 굳혀 이 학교에 들어왔는데 관둔다는 것이 쉽진 않았다. 하지만 딱히 다른 방법이 없었다. 미술 공부야 혼자 해가면 된다. 어차피 세계에 이름을 알리는 화가가 되고 싶었던 것도 아니고 혼자 좋아서 하는 공부였다. 정 모자라면 유학을 가도 되었고, 학원을 다녀도 됐다. 여기서 만난 좋은 사람들과 헤어져야 한다는 것은 아쉬웠지만.

"하혜영."

영진은 혜영이 무슨 말을 하고 있는지 충분히 알아듣고 있었다. 하지만 배우기 위해 학생으로 이곳에 오게 된 혜영이 자신 때문에 배움을 포기한다는 것이 싫었다. 물론 다른 학생들이 걸리지 않는 건 아니었다. 그 역시 자신이 알고 있는 모든 지식을 전해주고 싶었으니까. 다만 한순간의 감정으로 인해 혜영의 말대로 재능이 있고 빛나는 아이들을 제 손으로 버리려고 한 것이다.

"제 꿈은 그냥 작은 작업실을 갖고, 이런 저에게도 배우고 싶어하는 애들이 있다면 그냥 가르쳐 주는 게 꿈이에요. 그냥 그림이라는 게 좋아서 그리고 있는 건데 점수 잘 받기 위해서 교수를 꼬셨다, 뭐 이런 말 들으면 당연히 기분이 안 좋죠. 그런데요, 학장님. 제가 나이도 많고 배움이 많이 부족한 것도 알아요. 하지만 한영진이라는 사람을 좋아하는 것엔 조금의 부끄러움도 없습니다."

두 사람은 아무 말 없이 캠퍼스를 거닐고 있었다. 싸늘한 바람이 불었지만 혜영은 그것조차도 느끼지 못하고 있었다. 그때 영진이 손을 뻗어 혜영의 손을 잡았다.

"뭐, 평범한 데이트는 한번도 못해본 것 같아서."

이런 표현을 먼저 해주었어야 했는데 이 귀여운 남자는 알아서 해주고 있었다. 혜영은 말없이 깍지를 끼며 그의 손을 힘주어 잡았다.

"표현 많이 해주었어야 했는데 못해줘서 미안해요."

"괜찮아. 원래 그런 성격인 거 알고 있었는데 뭘. 새삼스럽게."

"프랑스 갔을 때 향수병 걸렸다면서요. 말도 잘 안 통하고. 프랑스에서 자랐다면서 왜 말이 안 통했어요?"

"그때 난 어렸어. 프랑스에선 8살까지 살았단 말이야. 미국에서 나머지 생활을 보내고. 거기다 한국에서 오래 산 것도 아닌데 어린이의 언어구사력이 얼마나 될 것 같아? 거기다 유행에서도 한참 뒤처지지. 3개월은 정말 미친 듯 프랑스어 공부만 했던 것 같아."

그의 표정에서 정말 답답함이 느껴졌다. 늘 당당하고 자신감 강한 그의 모습을 보아왔기 때문일까? 왠지 정말 어린애처럼 느껴져서 머리를 쓰다듬어 주고 싶을 정도였다. 그러고 보니 이런 식으로 투정을 하는 것은 처음이었다. 혜영은 잡은 손에 힘을 주었다.

"오늘 저녁은 단백질 좀 먹죠? 간만에 신경을 썼더니 허기가 지네."

"단순히 고기가 먹고 싶은 것뿐이겠지."

"어쨌든요."

이런 식으로 불평을 하면서도 그는 꼭 그녀의 말을 들어주었다. 하지만 메뉴에서 또 다른 충돌이 일어났다. 소갈비가 먹고 싶다고 하는 혜영과 다르게 그는 돼지갈비를 시켰다.

"어린앱니까? 양념 돼지갈비는 무슨."

"소고기는 질겨서 싫어."

"여자친구가 소고기가 먹고 싶다는데 꼭 그래야겠어요?"

"그럼 넌 소갈비 먹던가."

물론 앞에서 익고 있는 고기가 돼지라든지 소고기라든지 상관은 없었다. 한번쯤은 그냥 좀 따라주면 안 되는 건가? 그래도 이런 식으로 유치하게 구는 영진도 나쁘진 않았다. 학교 근처에 있는 식당에서 이렇게 밥을 먹는 것도 처음이었다. 그러고 보니 영진과는 평범하게 데이트를 하지 못했다. 그래서 미안해했던 것인가?

역시 고기에는 소주라면서 혜영은 소주병을 앞에 놓고 만족한 웃음을 짓고 있었다. 영진은 말없이 소주잔을 들었다.

"딱 보면 술 진짜 싫어하게 생겼는데."

"좋아해."

"알아요. 그것도 엄청 잘 마시잖아요."

"미성년자 주제에 술을 좀 마셨었지."

그건 굉장히 의외였다. 영진은 딱 보기에도 정리정돈이 잘된 사람 같았다. 그래서 모범생 이미지가 딱 박혀 있다고 할까? 그래서 탈선 같은 걸 할 거라곤 전혀 생각을 하지 못하고 있었다.

"실은 좀 놀았었구나?"

"집에서 혼자 놀았지. 술 마시다 자고. 일어나면 또 술을 마시고. 거의 반년간 그렇게 살았던 것 같은데."

"어떻게 정신 차렸어요?"

"그날도 똑같았는데. 그냥 갑자기 다시 그림이 그리고 싶어지는 거야. 또 미친놈처럼 그림만 그리다가 결국 위장병으로 쓰러져서 병원에 실려갔어."

예술 하는 사람들 중에 평범한 사람은 없다고 하더니. 그 역시

예외는 아닌 모양이었다. 그래도 하나에 미칠 줄 아는 사람이 언젠가는 되고 싶었다. 그래서 그가 부러워 보였던 것인지도 몰랐다.

"옛날에 교수님을 봤을 땐 모든 게 딱 정리된 듯한 느낌이었어요. 정갈한 느낌이랄까? 똑바로 걷는 것도, 정자세로 앉아 있는 것도, 젓가락질을 하는 것조차도 굉장히 깔끔해 보였었거든요. 그래서 가정교육 제대로 받은 것처럼 보였었는데."

"맞아. 우리 외할머니는 굉장히 예절교육에 엄하신 분이셨거든. 어렸을 때 젓가락질 못한다고 엄청 혼났었지."

그냥 농담으로 한 말이었는데 그는 고개를 끄덕이며 긍정하고 있었다. 혜영은 괜히 할 말이 없어져서 고기를 뒤집었다. 잘 익어가는 고기를 보면서 소주를 한번에 삼키고는 인상을 찌푸렸다.

"처음 한우진 집에 갔을 때. 다들 날 무슨 버러지 보듯 하더군."

영진의 표정이 왠지 씁쓸해 보여서 혜영은 아무 말도 하지 못했다. 그리고 보니 그가 어떤 어린 시절을 보내고 청소년기를 보냈는지 아는 것이 하나도 없었다. 그리고 물어볼 생각도 하지 않았다. 하긴 저번에 세륜이 말하기에 미성년자 주제에 술을 많이 마셨다고 했다. 농담인 줄 알았더니 술을 많이 마시긴 한 모양이었다.

"그 집에 있어서 진서영은 정말 나쁜 여자였으니 그런 건가? 거기다 한우진은 형의 여자를 가로챈 놈으로 되어 있고. 한씨 집은 아침 6시에 아침을 먹고 정오에 밥을 먹고 저녁 6시에 밥을 먹는데 먹을 때마다 체했거든. 그 딱딱한 집안에서 밥을 먹는데 모두의 시선이 날 향한다고 생각해 봐. 정말 밥 먹기 싫어서 도망치고 싶을 정도였지.”

혜영은 이미 그의 집안에 대한 이야기를 우진에게 들어서 자세히 알고 있었지만 내색하지 않고 들어주었다. 그가 집안 이야기에 콤플렉스를 가지고 있다는 것은 은연중 느낄 수 있었다. 그럼에도 불구하고 이렇게 이야기를 해주니 고마웠다.

혜영은 다시 잔을 채우고 소주를 마셨다. 영진도 소주를 깨끗하게 비워냈다. 혜영은 잔에 소주를 따르고 영진의 말을 기다렸다.

“동물원 원숭이가 된 기분이라서 기분도 썩 좋지 않은데 옆에선 거북한 질문이나 해대질 않나. 뭐, 이딴 집이 다 있나 싶어서 빨리 일주일이 갔으면 좋겠다고 생각했어. 그래도 할아버지라는 사람은 집안의 핏줄인 내가 꽤나 궁금했나 보더군. 일주일간 같이 있으면서도 말은 별로 안했는데 서예를 하는 것은 꼼꼼히 지켜보셨거든.”

“가족이…… 그리워요?”

영진은 한참 동안이나 아무 말도 하지 않았다. 그는 앞에 있는 소주를 마시고 그 뒤로 내리 세 잔을 털어 넣은 다음에야 가볍게 웃었다.

“그러니까 내게 빨리 가정을 만들어줘.”

어떻게 이 남자는 이런 떨리는 말을 저렇게 담담하게 할 수 있는 것인가 생각됐다. 하지만 혜영이 알고 있는 영진은 그런 사람이었다. 저렇게 아무렇지 않은 척 말을 한다고 해서 진심이 아니라는 것은 아니었다. 진심을 늘 저런 식으로 툭 던져서 오히려 상대를 당황스럽게 만들곤 했었으니까.

"그거 프러포즈 맞죠?"

영진이 말없이 소주를 들이켜며 살짝 고개를 끄덕였다. 혜영은 내심 좋은 마음을 억누르며 아무렇지 않은 척 보이려 헛기침을 했다.

"무슨 남자가 그렇게 성의 없이 프러포즈를 하냐? 적어도 반지 하나는 끼워주면서 해야 하는 거 아니야?"

"그런 건가?"

영진은 지금 혜영이 놀리고 있다는 것을 잘 아는 듯했다. 혜영은 영진의 저런 모습이 좋았다. 생긴 것과 다르게 꽤 재미있다는 점이랄까? 그러고 보니 저렇게 냉정하게 생긴 스타일은 그다지 좋아하지 않았는데 어느새 보는 눈도 바뀐 모양이었다. 하긴, 사람을 좋아하게 되는 데 외모가 뭐가 중요하랴 싶었다. 역시 내실이 꽉 찬 남자가 좋다고나 할까?

"사실은 교수님 이야기 듣고 많이 놀라지 않은 건 한 감독님께 말을 좀 들었거든요. 건물 완공식 때."

"한우진이 그런 말을 했었어?"

영진은 꽤 놀란 모양이었다. 혜영은 그저 고개만 끄덕였다. 우진이 했던 이야기를 해주고 싶었지만 그건 영진이 직접 우진에게 들어야 할 것 같아 혜영은 입을 다물었다.

저녁을 먹고 나온 두 사람은 소화를 시킬 겸 잠시 걷기로 했다. 영진은 말없이 혜영의 손을 잡고 있었다.

"추운데 그냥 각자 주머니에 넣고 걸으면 안 될까요?"

"하여간, 무드 없기는."

"그건 교수님도 마찬가지거든요?"

"하긴, 그다지 감성적인 사람은 아니지."

처음엔 이런 사람이 어떻게 그림을 그린다고 하는 걸까, 신기하기까지 했었다. 하지만 혼자 작업실에 남아 유화 물감을 오일에 개고 있는 모습을 보면서 왠지 다가갈 수가 없었다. 왠지 그 일에도 혼신의 힘을 다하고 있다는 것이 느껴져서 그랬던 것일까?

"교수님은 그림 그릴 때 무슨 생각을 하세요?"

한번도 그런 질문을 받아본 적이 없었던 듯 영진은 잠시 걸음을 멈추었다. 혜영은 슬그머니 손을 빼려고 했지만 영진은 힘주어 잡고는 놔주지 않았다.

"쳇."

"어디서 빼려고."

"은근히 유치하다니까."

영진이 말없이 웃었다. 웃을 때면 그의 눈은 살짝 가늘어지면서 눈웃음을 친다. 자연스럽게 눈이 웃음을 짓고 있는 그 표정이 좋았다.

"내 그림을 보는 사람들이 정말 행복함을 느꼈으면 좋겠다. 이런 생각을 주로 하는 것 같은데. 넌?"

"전 생각 없이 그려요. 그림 그리기도 바쁜데 그런 생각을 어떻게 해요."

말은 그렇게 하고 있었지만 혜영의 입은 웃고 있었다. 역시 그래도 영진의 내면은 따뜻했다. 그냥 상처받기 싫어서 으르렁거리고 있는 강아지 같다고 비유를 해야 할까?

"그림 그리는 건 외할머니가 처음에 가르쳐 주셨는데 연필로 하얀 도화지에 그리는 감촉이 좋았었거든."

"그때가 몇 살이었는데요?"

"그전부터 그림을 그린 게 있긴 있는데……. 기억나는 건 한 다섯 살 때 정도?"

"그림 그리는 거 되게 좋아했나 봐요?"

"외할머니 옆에서 낙서 수준으로 그렸던 게 버릇이 되었었는지 계속했지. 물론 좋으니까 계속했을 거고."

물론 혜영도 어렸을 때부터 그림을 좋아하긴 했었다. 잘 그리지 못해 보는 것으로만 만족할 때도 있었고. 참, 쉽죠. 라는 유행어를 만들어낸 밥 로스 아저씨의 그림을 보고 언젠간 꼭 저렇게 되어야지, 라고 결심했던 적도 있었다. 그리고 중학교 시절 우연히 영진의 집에 들어가게 된 적이 있었는데 혼자 등을 지고 앉아서 이젤 위에 놓인 커다란 종이에 붓을 마구잡이로 찍어 내리던 영진의 모습이 인상 깊었다.

처음엔 저게 무슨 짓인가, 했었지만 그 그림이 완성이 되었을 때 혜영은 저도 모르게 입을 벌리고 쳐다보았던 적이 있었다. 그것은 하얀 설원에 초승달이 떠 있는 시골의 밤 풍경이었다.

"옛날에 엄마가 과일 좀 주라고 교수님 집에 보낸 적이 있었어요. 문이 열려 있길래 그냥 들어갔는데 불이 다 꺼져 있는 거야. 근데 구석방에서 빛이 나와서 가봤더니 교수님이 그림을 그리고 있더라구요. 뭘 저렇게 그어대는 거야, 라면서 봤는데 점점 빠져 들어서 그림이 완성될 때까지 그 자리에서 못 움직였어요. 설원에 어른과 아이가 손을 잡고 달을 보고 있는 그림이었는데."

"그때 할머니가 돌아가시고 한 반년 만에 붓을 손에 쥐었어. 꿈을 꿨는데 어렸을 때 할머니랑 강원도에 놀러 간 적이 있었거든. 그 꿈을 꿨는데 정말 생생해서 지워지지 않아서 그랬지. 용케도 기억하고 있군?"

"나름 충격적이었달까? 그렇게 순식간에 그림이 완성되는 거 보고 충격받았던 것 같아요. 물론 그림이 아름답기도 했었고."

"인정하곤 있었군?"

"뭡니까? 그 자신감은?"

"내가 좋아하는 여자가 내 그림을 인정해 준다는 것 정도라면 만족하니까."

그러고 보면 이 남자 은근히 느끼한 말도 잘한다 싶었다. 그래도 좋은 건 좋은 거니까 기분이 썩 좋은 것은 숨길 수가 없었다. 혜영은 잡고 있는 손을 흔들며 열심히 걷기 시작했다.

"정말 괜찮겠어?"

"뭐가요?"

"학교."

혜영은 고개를 크게 끄덕였다.

"괜찮아요. 교수님이 저 좀 가르쳐 주시면 되지 않겠어요? 개인 과외 딱 좋네. 원래 엄청 비싼 거 아닌가?"

"하지만."

"이제 그만해요. 난 정말 괜찮으니까. 교수님이 나한테 프러포즈했으니까 이제 시집가면 되겠네. 그렇지 않아도 우리 엄마 나 시집보내는 게 꿈이라고 그렇게 말씀하셨는데 이제 그 소원 푸시겠네."

혜영이 크게 웃으며 걱정 말라는 듯 영진의 어깨를 툭 쳤다. 정말 빈말은 아니었다. 이론이 이해가 가지 않으면 영진에게 물어보면 될 것이었다. 학교를 다시 갔던 건 정말 이기적이게도 다시 한 번 캠퍼스 생활을 해보고 싶어서였다. 소속이 없어지니 불안해져서 다시 학생을 꿈꿨다는 것이 맞는 말이었다.

"굉장히 어렸었어요. 갑자기 내게 속한 소속이 없어졌잖아요.

불안해졌던 거죠. 그렇다고 사회에 소속될 자신감도 없을뿐더러. 그래도 학교에 들어오길 잘한 것 같아요. 이렇게 교수님을 만나게 될 줄이야."

"이런 식으로 엮일 줄을 몰랐겠지."

"사실은 그래요."

원래 좋아하던 사람도 아니었거니와 이상형과도 거리가 멀어서 마음에 두게 될 일은 없을 거라고 생각했었다. 어떻게 보면 그 술을 먹고 난 다음의 하룻밤이 굉장히 큰 전환점이 되었다고 볼 수 있었다.

"그런데 지금 어디 가는 거예요?"

"너희 집."

"벌써 헤어지게?"

"아니. 나 지금 허락받으러 가는 건데. 가서 말해야지. 부족한 사람이지만 제게 따님을 주십시오."

이 남자 은근히 사람 감동 먹이는 일을 잘한다고 생각했다. 혜영은 저도 모르게 웃으며 고개를 끄덕였다. 결혼이라는 것에 대해서 그렇게 큰 생각도 없었거니와 정말 할 수 있을 거라고 생각도 못했었다.

결혼을 하고 싶어질 만한 사람이 나타날 리가 없다고 생각했기 때문이었다. 그리고 본인과 결혼이라는 것은 정말 어울리지 않는다고 늘 생각해 왔었다. 결혼을 하는 사람들은 정말 기적과 기적이 만나 하게 되는 거라고 믿고 있기도 했었다.

"진짜 상상도 못했는데. 교수님과 제가 이렇게 될 줄은."

"나도 마찬가지야."

"그런데 그거 하나는 알아두세요. 전 다른 건 다 참아도 다른 여자랑 바람나면 무조건 끝입니다. 끝!"

"그건 내가 할 말 같은데. 앞으로 술 너무 과하게 마시지 말 것. 잘못했다면 지금 이 자리에 서 있는 사람이 내가 아닌 다른 사람이 되었을지도 모르니까."

혜영은 입을 다물고 말았다. 물론 술을 좋아하긴 했지만 그렇게 정신을 잃을 정도로 마신 적은 그때가 처음이었다. 그렇지 않아도 그거 때문에 마음에 살짝 찔리는 구석이 있었는데 그걸 또 콕 집어 말할 것은 없지 않은가.

"그리고 또 하나. 거짓말하지 않기."

"거짓말이요?"

"실은…… 거짓말한 게 하나 있긴 있는데. 용서해 준다고 약속해. 안 그러면 말 안 할 거니까."

"빨리 말해봐요. 용서해 줄 테니까."

잠시 영진이 우물쭈물하며 혜영의 손을 놓았다. 그리고 고개를 숙여 귓가로 입을 가지고 갔다.

"우리…… 사고 안 쳤어."

영진이 재빨리 멀어지기 시작했다. 순간 혜영은 그게 무슨 뜻인지 이해가 가지 않았다. 대체 무슨 사고를 안 쳤다는…….

그 말이 무슨 뜻인지 인식하는 순간 혜영의 머리가 굴러갔다. 혜영은 두 주먹을 불끈 쥐었다. 잡히면 저 인간 백 대는 때려주겠다는 다짐도 잊지 않았다.

"한영진! 이 사기꾼아!"

14

생각보다 혜영의 토라짐은 꽤 오래 지속되었다. 그건 화선의 결혼식이 될 때까지도 마찬가지였다. 결혼식으로 향하는 내내 영진은 혜영의 눈치를 살피고 있었다. 사실 화는 어느 정도는 풀렸는데 계속 강아지처럼 자신의 눈치를 보는 영진이 귀엽기도 하고, 재미있어서 혜영은 계속 연기를 하고 있었다.

학교를 그만둘 때까지 영진은 계속 그녀를 설득했다. 하지만 그녀는 정말 배우기 위해서 학교를 갔던 것이고 이렇게 좋은 선생님이 있는데 굳이 등록금을 대며 더 학교를 갈 필요가 없다고 말을 했다. 물론 윤 여사는 그렇게 중학교 땐 학교 다니기 싫다고 난리를 쳐대더니 대학을 다시 간다고 속을 끓여놓고 또 그만둔다고 아주 약간의 타박을 하긴 했다.

아무래도 학교를 그만둔 것도 계속 자신의 탓이라며 영진은 후회를 하는 듯도 보였다. 그래서 차마 혜영은 왜 그런 거짓말을 했냐고 물어볼 수가 없었다. 아니, 조만간 물어보려고 했지만 계속 저렇게 귀가 축 처진 강아지처럼 굴어대니 조금은 더 이 시간을 즐기자 싶었다.

예식장에 도착해 올라가니 화선이 신부 대기실에 앉아 사진을 찍고 있었다. 역시 신부들은 예쁘다더니 혜영은 저도 모르게 환호성을 지르며 안으로 들어갔다. 혜영을 발견한 경하가 소리쳤다.

"하혜영, 왜 이렇게 늦어!"

"미안. 차가 좀 막혀서. 이야, 우리 화선이 진짜 예쁘다."

평소 같으면 소리친 사람이 화선이어야 하는데 오늘은 조신한 신부가 되기로 한 모양이었다. 빨리 옆으로 앉으라는 소리에 혜영이 재빨리 화선의 왼편에 앉았다. 그리고 경하가 다가와 오른쪽으로 앉았다. 사진을 몇 번이나 찍고 나서 혜영은 자리에서 일어났다.

"혜영아, 청심환 없어?"

"떨려?"

"무진장."

절대 긴장할 것 같지 않더니 떠는 화선을 보고 혜영이 픽 웃고 말았다. 경하는 그럴 줄 알았다는 듯 핸드백에서 청심환을 꺼내 화선에게 건네주었다. 한번에 꿀꺽 마신 화선은 가슴을 꾹 눌렀다.

"영진 오빠는?"

"같이 왔어. 저기 있네."

정대와 인사를 하고 오는 것인지 영진이 살짝 웃으며 안으로 들어서고 있었다. 늘 그렇듯 블랙 슈트에 흰 셔츠만 입은 것인데도 불구하고 영진은 웬만한 배우보다도 훨씬 나아 보였다. 그러니 사람들의 시선이 쏠리는 것도 당연한 일이었다.

"오늘 여기 있는 신랑들 다 합쳐 놔도 오빠 못 따라가겠어요."

"신랑이 바로 밖에 있는데 그런 말해도 돼? 결혼 축하해."

듣기에 싫지 않은지 영진은 웃으며 화선을 향해 손을 뻗었다. 화선은 웃으며 영진의 손을 맞잡았다.

"오늘 우리 혜영이 부케 받을 거니까 빨리 데려가야 하는 거 알죠?"

"그러고 싶은데 잘 안 넘어오네."

"프러포즈도 안 했다면서요."

화선의 말에 영진이 혜영을 돌아보았다. 그녀는 딱히 프러포즈 같은 환상을 갖고 있진 않았다. 그냥 화선이 '오빠가 프러포즈는 했어? 라고 하기에 그냥 같이 살자고 말했다고 하니 그게 무슨 프러포즈냐고 말도 안 된다고 했었다. 영진 역시 딱히 프러포즈를 할 만한 사람은 되지 않는다는 걸 혜영은 잘 알고 있었다.

"결혼하기로 했는데……. 이미 허락도 했고. 뭐가 더 필요한가?"

"낭만이 없잖아요, 낭만이."

어려서부터 모든 만화와 드라마는 섭렵하더니 화선은 로맨티시
스트가 다 된 모양이었다. 하긴, 정대가 자동차 트렁크에 풍선을 가
득 채워 그것을 날리면서 결혼해 달라는 노래까지 불렀다면서 얼마
나 자랑을 해댔던가. 그전에는 닭살 돋게 무슨 프러포즈냐면서 고
개를 내저었던 화선이. 역시 사랑 앞에선 유치해지는 건가 싶었다.

"어머, 영진 오빠, 정말 오랜만이에요."

"이경하? 하나도 안 변했구나?"

"오빠, 그거 욕이에요? 칭찬이에요?"

경하의 말에 혜영이 웃고 말았다. 경하는 예전이나 지금이나 변
함이 없었다.

"칭찬이야. 여전히 젊고 예쁘단 뜻이거든."

"역시 오빠가 뭘 안다니까. 어떻게 이렇게 더 잘생겨질 수가 있어
요? 하혜영이 부러웠던 적은 한번도 없었는데 지금은 완전 부럽다."

경하는 계속 혜영을 위아래로 훑고 있었다. 하긴, 경하와 화선
은 영진의 추종자였으니 그녀가 고까워 보일 거란 건 어느 정도
예상하고 있었다. 곧 예식이 시작된다는 말에 세 사람은 식장 안
으로 들어가 자리를 잡고 앉았다.

화려한 예식장은 아니었지만 그래도 두 사람이 출발을 함께하
는 곳으로선 적격이었다. 경하는 그녀에게 모든 짐을 맡기고 다시
자리에서 일어나 사진을 찍기 시작했다.

"프러포즈 받고 싶어?"

난데없는 물음에 혜영이 영진을 보았다. 영진의 시선은 앞을 향해 있었지만 아무 대답도 없는 그녀 때문에 고개가 돌아왔다.

"왜요? 내가 프러포즈 받고 싶다고 생각하는 것 같아서?"

영진이 가볍게 고개를 끄덕였다.

"난 별로."

"보통 여자들 다 받고 싶어한다면서."

"보통 여자랑 다른가 보지, 내가."

말을 툭 내뱉자 영진이 한숨을 내쉬며 고개를 돌렸다. 아무래도 너무 차갑게 말한 건가 싶어 슬쩍 손을 뻗어 영진의 손목의 재킷을 잡았다. 그러자 영진은 모르는 척 그녀의 손을 잡아주었다.

주례가 없는 화선의 결혼은 생각했던 것보다 훨씬 빨리 끝났고 곧 사진 촬영이 시작되었다. 단체 사진을 찍고 나서 혜영은 부케를 받기 위해 앞으로 나갔다. 사진기사가 받아야 할 타이밍을 알려주자 모두가 웃으며 사진이 찍힐 순간을 기다렸다.

"던지세요."

그 말에 화선이 부케를 던졌다. 그런데 포물선이 어째 좀 높게 올라간다 싶었다. 부케가 떨어진 곳은 다름 아닌 영진의 품이었다. 사진기사가 다시 찍을 것을 요청했지만 화선은 고개를 저었다.

"원래 부케 받을 친구랑 결혼할 사이거든요. 제가 정말 잘 던진 것 같아요."

화선의 말에 혜영도 픽 웃고 말았다. 오늘 부케 받아야 한다고 해서 나름대로 그에 맞춰본다고 원피스까지 입고 왔는데. 그래도 영진이 대신 받았으니 기분이 나쁜 건 아니었다. 사진 촬영이 끝났다는 말에 사람들이 움직이기 시작했다. 그런데 영진은 그 자리에 서서 움직이지 않고 있었다.

"교수님, 뭐 해요? 밥 먹으러 가요."

영진이 계단에서 내려오며 혜영의 앞에 섰다. 그리고 그녀의 한 손을 잡고 앞으로 끌어당겼고 갑작스런 그의 행동에 사람들이 움직임을 멈추며 두 사람을 바라보았다. 영진은 고개를 숙여 그녀의 왼쪽 네 번째 손가락에 입을 맞추었다. 그리고 부케를 그녀의 손에 쥐어주었다.

"저와 결혼해 주시겠습니까?"

갑작스런 그의 프러포즈에 혜영은 눈을 동그랗게 뜨고 그를 바라보기만 했다. 그때 주위에서 박수를 치는 소리가 들리기 시작했다. 이런 식의 프러포즈를 받을 거라고 예상하지 못한 혜영은 얼떨결에 고개를 끄덕이며 부케를 받아 들었다.

그동안은 딱히 누가 어떤 프러포즈를 받았다, 라는 이야기들에 별 감흥이 없었다. 왠지 모르게 그건 조금 낯간지럽고 부끄러운 느낌이 들었기 때문이었다. 그런데 왜 그렇게 여자들이 그렇게 자신이 받은 프러포즈를 자랑하는지 이제야 알 수 있었다. 혜영은 벅차오르는 느낌에 몇 번이나 눈물이 울컥 솟아오르는 걸 눌러야만 했다. 그에게 정말 행복하다는 걸 웃는 얼굴로 보여주고 싶었기 때문이었다.

밥을 먹는 도중에도 혜영은 몇 번이나 사람들에게 축하한다는 인사를 받았다. 어떻게 밥을 먹고 나온 건지도 모르게 두 사람은 차에 앉아 있었다. 영진의 차가 어디로 가는지도 모르고 혜영은 부케를 보느라 정신이 없었다.

"이제 떼쓰기 없기다."

"뭘요?"

"프러포즈했잖아."

"고마워요, 생각도 안 했었는데. 근데 우리 어디 가는 거예요?"

혜영의 물음에 영진은 아무 말도 하지 않았다. 교외로 좀 빠진 듯싶더니 차는 어느새 고속도로를 달리고 있었다. 대체 어딜 가나 싶었는데 영진의 차는 점점 산속으로 들어서고 있었다.

살짝 추워진 날씨였지만 혜영은 창문을 열었다. 창문을 열자마자 편백나무의 향이 가슴 가득히 채워졌다. 영진의 차가 세워진 곳은 통나무로 만들어진 2층으로 된 별장이었다. 차에서 내린 혜영은 주위를 둘러보기 시작했다.

테라스엔 작은 그네 의자가 있었고, 바비큐를 해 먹을 수 있는 도구들도 보였다. 따로 마당이 없이 그냥 숲 속의 작은 별장이었다.

"우리 여기서 자고 가요?"

"그럴 거야."

“옷도 이렇고, 집에 말도 안 했는데?”

“말씀은 드렸어.”

영진이 그렇게 말하며 트렁크에서 캐리어를 꺼내 들었다. 그는 이미 여기 올 준비를 하고 있었던 모양이었다.

“들어가자.”

혜영은 고개를 끄덕이며 그의 뒤를 따랐다. 높은 힐이 흙바닥에 푹푹 빠졌다. 그 느낌이 좋아 살짝 머무르고 있는데 영진의 시선이 느껴졌다. 재빨리 발걸음을 빨리하며 그의 뒤를 쫓았다.

별장 안으로 들어오니 이미 벽난로가 피워져 있었고 영진은 탁자 위에 캐리어를 올려두고 안에서 짐들을 꺼내기 시작했다. 그리고 혜영을 향해 옷가지들을 건네주었다. 혜영은 옷을 받아 들고 화장실로 들어왔다.

대리석으로 온통 이루어진 화장실은 한눈에 보기에도 지어진 지 얼마 되지 않았다는 것을 알 수 있었다. 어떻게 그녀의 사이즈는 알았는지 그는 분홍색 벨벳 트레이닝복을 준비했다. 원피스를 벗고 흰 반팔 티를 입었다. 트레이닝복을 입고 화장실에서 나왔지만 거실엔 그의 모습이 보이지 않았다.

소리가 나는 쪽을 보니 영진은 부엌에서 서성이고 있었다. 곧 커피향이 퍼지고 혜영은 싱크대로 걸어가 그 위로 걸터앉았다. 대리석으로 되어 있어 차갑긴 했지만 못 참을 정도는 아니었다. 영진이 픽 웃으며 커피를 따라 그녀에게 건네주었다. 향긋한 커피향을 맡으며 혜영이 살짝 눈을 감았다. 그때 입술을 스치는 느낌에 살짝 눈을 뜨자 바로 앞에서 자신을 보고 있는 영진의 얼굴이 보였다.

영진이 그녀의 손에서 잔을 빼앗아 들고 옆으로 놓았다. 그리고 곧 입술을 포개왔다. 맞물린 입술이 곧 서로를 찾아 갈구하기 시작했다. 혜영은 팔을 들어 올려 그의 목을 감싸 안았다.

그녀가 숨을 쉬기 위해 입술을 벌리자 그의 혀가 순식간에 안쪽으로 밀고 들어왔다. 그녀의 혀를 낚아챈 그가 거칠게 밀어붙이기 시작했다. 혀와 혀가 얽혀 머리까지 순식간에 쾌감을 불러일으켰다. 몸이 자꾸만 뒤로 밀려나자 싱크대를 짚고 있던 영진의 왼쪽 팔이 그녀의 등을 감싸 안아 고정시켰다.

그 왼쪽 팔이 셔츠 아래로 파고들어 맨살에 닿는 순간 그의 혀가 그녀의 입천장을 건드렸다. 저도 모르게 흠칫거리는 사이 그의 손이 더 위로 올라가 브래지어 선을 따라 앞으로 움직이기 시작했다.

이렇게 농도 짙은 키스도 처음이었고, 그의 스킨십도 처음이었다. 키스를 할 때면 늘 그냥 안고 있었지 이렇게 몸을 만지거나 하지 않았다. 커다란 손이 브래지어 위로 가슴을 움켜쥐자 혜영은 저도 모르게 그의 목을 안고 있는 팔에 더욱 힘을 주었다. 터질 듯 가슴을 움켜쥔 그의 손이 컵 안쪽으로 파고들어 정점을 찾아내었다.

그의 혀가 빠져나가고 입술이 떨어졌다. 혜영은 저도 모르게 흘러나오는 신음을 참기 위해 입술을 깨물었다. 영진의 손가락이 그녀의 정점을 어루만지다 움켜쥐고를 반복했다. 앞으로 다가올 시간이 무엇을 뜻하는지 알 수 있었다. 하지만 영진의 손이 순식간에 사라진다 싶더니 그녀를 안고 싱크대에서 끌어 내렸다.

"산책?"

방금 전까지 짙은 애무와 키스를 하더니 저렇게 싱긋 웃으며 산책이라고 묻다니. 혜영은 저도 모르게 고개를 끄덕이면서도 왠지 이상하다는 생각이 들었다. 영진이 준비한 운동화를 신고 별장을 빠져나온 두 사람은 천천히 길을 걷기 시작했다.

편백나무 숲은 향이 좋고, 포근한 느낌이 들게 만들었다. 물이 흐르는 소리를 따라 걸어가자 곧 작은 개울이 나왔다. 맑고 깨끗한 물을 보며 혜영이 가까이 다가가 바위에 걸터앉았다. 곧 영진도 옆으로 다가와 그녀를 마주 보고 앉았다.

"교수님."

"말해."

"나 언제부터 좋아했어요?"

혜영의 단도직입적인 물음에 영진이 슬쩍 시선을 피했다. 하지만 더 이상은 그녀도 넘어갈 수가 없었다.

"나 졸업할 때까지 1년만 참았으면 됐을 텐데."

"그랬다간 뺏겼을지도 모르지."

"와, 나 정말 좋아한 지 오래되셨나 봐요?"

“조금?”

“솔직히 말해봐요, 첫사랑도 나였죠?”

그 말에 영진이 다시 고개를 돌렸다. 눈이 마주치자마자 영진은 무슨 말도 안 되는 소리냐는 듯 눈으로 그녀를 보았다. 아무래도 너무 자만한 모양이었다.

“진짜 우리 엄마가 첫사랑?”

“그게 싫어?”

“당연하지. 내가 첫사랑이었으면 아, 이 남자가 순애보가 있구나. 이렇게 생각할 텐데. 아니라고 하니까.”

“프랑스 왔을 때 기억나?”

물론 기억난다. 그를 만나서 정말 편하게 움직였었으니까. 사실은 그다지 좋은 사이가 아니었던지라 영진이 가이드를 해주었을 땐 의외라고 생각했다. 아니, 화선이 워낙 학교를 다닐 때 그를 좋아해서 친절함을 베풀었나 싶기도 했다.

“좋더라. 하혜영이 보고 즐거워하는 모습, 웃는 모습. 그런 게 참 좋아 보였거든.”

“그럼…… 그때부터?”

“기억이 나기 시작하는 거야. 놀이터에서 같이 우유를 마시던 모습, 하혜영 집에 갔을 때 뾰로통했던 모습. 그게 오버랩되면서 지금의 하혜영도 좋구나, 그런 생각이 들었어. 사실 한국행을 택한 것도 하혜영이 아예 없었다곤 말 못하지.”

처음 듣는 이야기에 혜영의 귀가 활짝 열렸다. 그럼 생각했던 것보다 그가 자신을 좋아한 지 꽤 오래되었단 말이었다. 영진이 고개를 끄덕였다.

"우선 나도 나이가 굉장히 젊으니까 어느 정도 학교에 적응을 끝내고 널 찾아갈까 생각했어. 물론 내가 연락처를 줬는데 왜 연락이 안 오는지 살짝 원망스럽기도 했지. 학교엔 어느 정도 적응이 끝난 뒤였고 이제 찾아갈까 했는데 편입자 명단에 하혜영이 있는 거야. 한참 동안 증명사진을 보고 있었어."

혜영은 왠지 모르게 가슴이 뭉클해지는 느낌을 받았다. 그리고 괜히 영진에게 미안했다. 웬수 같은 놈을 만났다며 학교를 들어온 걸 후회한다고 몇 번이나 말을 했었는데…….

"그런데 하혜영은 날 정말 싫어하더라고."

"뭐, 이런 사이가 될 줄 알았나. 아니, 그런데 우리 술 먹고 같이 외박한 날. 정말 막 가슴께까지 키스마크가 있었거든요? 근데 우리 정말 아무 일도 없었어요? 그리고 내가 막 좋다고 남발한 게 기억나는데."

그렇게 말하면서 혜영의 얼굴이 붉게 물들었다. 그때가 생각난 건지 영진이 웃으며 고개를 흔들었다.

"엘리베이터를 타고 올라가면서 하혜영이 예뻐 보여 내가 충동적으로 입을 맞춘 건 사실이야. 그런데 나한테 그러더라고. '꿈인가?' 이러면서 내게 안기는 거야. 그걸 알면서도 못 멈췄지. 방으로 들어가 침대에 누웠는데 이러면 안 되겠다, 생각했어. 옷은 이미 벗겨졌고 입히기엔 내가 또 이성을 차릴 수 있을까도 싶고. 그토록 원해왔던 여자잖아. 그래서 그냥 누워서 생각만 하다 잠이 들었지. 실은 그 거짓말도 갑자기 생각나서 대충 둘러댄 거였어. 그런데 네가 상황만 보고 오해해서 일이 그렇게 된 거였지.”

“내가 만약 기억했으면 어쩌려고 그랬어요?”

“일종의 모험이었던 거지. 그렇게 감쪽같이 속을 줄은 몰랐지만.”

몰랐다. 그가 그녀를 그렇게 원하고 있을 거라곤 전혀 생각을 해본 적이 없었다. 그래서 미안하기도 하고, 왠지 고맙기도 했다.

자리에서 일어난 두 사람은 손을 잡고 다시 별장을 향해 걷기 시작했다. 오는 길에 몇 번이나 입을 맞추고, 어깨에 고개를 기대기도 했다. 말이 없어도 그냥 마음이 통한다는 게 참 좋았다.

“좀 씻고 나와. 나무 좀 가져와서 불을 때야겠어.”

별장으로 들어오니 훈훈했던 공기가 살짝 싸늘해져 있었다. 혜영은 욕실로 들어와 샤워를 하기 시작했다. 세수를 하고 말끔한 얼굴을 보자 갑자기 얼굴로 열이 훅 올랐다. 엄청난 고백을 받은 걸 떠올리자 저도 모르게 입에서 비명이 흘러나올 것 같아 재빨리 손바닥으로 입을 막았다.

다들 좋아했던 유명한 남자가 자신을 좋아해서 혼자 애를 태웠다니 왠지 우쭐한 느낌이 들었다. 이대로 있다간 계속 상상만 하고 있을 것 같아 혜영은 재빨리 머리를 감고 샤워를 마무리했다.

욕실에서 나오자 그는 이미 다른 곳에서 씻은 모양인지 젖은 머리를 한 채 벽난로 앞에 앉아 있었다. 푹신한 러그 위로 앉으며 혜영이 그의 어깨에 고개를 기댔다. 살짝 고개를 숙인 영진이 그녀의 입술에 입을 맞추었다. 혜영은 그때 깨달았다. 오늘의 밤이 시작될 것이라는 걸.

산의 밤은 빨리 찾아왔다. 주변은 고요해졌고 거실은 나무가 타닥타닥 타는 소리만 들려왔다. 불빛에 일렁이는 그림자는 그의 큰 이목구비에 그늘을 만들어주었다.

그의 키스를 받으면서 등 뒤로 푹신한 러그의 느낌이 그대로 느껴졌다. 그의 커다란 손이 브래지어 컵 안쪽으로 파고들더니 그걸론 성이 차지 않는 모양이었다. 아예 브래지어를 위로 올리고 그녀의 정점을 잡아당기고 어루만지며 그녀를 바라보았다. 입술이 떠난 느낌에 허전해진 혜영이 살며시 눈을 떴다.

"괜찮아?"

그가 나지막하게 물어왔다. 이미 여기까지 왔는데 아니라고 말하면 그는 멈출 수 있을까? 그녀의 생각을 읽은 건지 그가 고개를 숙이며 그녀의 목덜미를 더듬었다. 그의 입술이 내려가는 듯싶더니 촉촉하고 따뜻한 입술이 그녀의 정점을 머금었다. 그의 혀가 원을 그리고 빨아들이기도 했다.

숨을 쉴 때마다 가슴이 그의 입속으로 더 가까워지기도 하고,

멀어지기도 했다. 감질나는 모양인지 그가 입술을 벌려 가슴을 가득 물어 당겼다. 그의 손은 허리를 타고 내려가 그녀의 바지 속으로 들어가 엉덩이를 움켜쥐었다. 혜영은 저도 모르게 고개를 내저었다. 하지만 그는 전혀 신경 쓰지 않았다.

뜨거운 혀는 볼록한 정점을 쓸고, 한 번씩 깨물기도 했다. 그녀의 손이 그의 머리카락을 움켜쥐고 저도 모르게 가슴으로 더 가까이 끌어당겼다. 엉덩이를 더듬고 있던 손이 다시 위로 올라와 다른 가슴을 거칠게 주물렀다. 커다란 손이 가슴을 움켜쥘 때마다 그녀의 입술에선 몇 번이나 거친 음성이 터져 나왔다.

"교, 교수님."

영진의 이가 돌기를 깨물고 갈구하듯 가슴을 주무르고 있었다. 숨을 학학대던 혜영은 제대로 정신을 차릴 수가 없었다. 가슴을 주무르던 손이 사라지자 잠시 안도의 숨을 내쉬었다. 하지만 바지 속으로 순식간에 파고든 그 손이 팬티 안으로 들어가 핵심을 찾아내었다. 그의 긴 손가락이 예민한 정점을 누르고 문지르기 시작했다. 그 간질거리는 느낌에 혜영은 저도 모르게 그의 어깨에 이를 박았다.

그의 손가락이 정점을 주무르고, 가끔씩 틈새로 내려가 여성의 입구를 건드리기도 했다. 배 속이 조여들고, 왠지 모르게 간지럽기도 했다. 뜨거운 꿀물이 왈칵 쏟아지는 것을 느끼며 혜영은 두 눈을 질끈 감았다. 그의 손가락이 드디어 입구를 타고 느릿하게 들어오기 시작했다.

엄지는 여전히 그녀의 예민한 살점을 누르고 있었고 긴 중지는 그녀에게 몸을 열어달라 종용하고 있었다. 그의 손가락이 더 깊이 들어와 꾹 누르자 혜영은 거칠게 숨을 내뱉었다. 몇 번이나 고개를 저어댔지만 그는 신경도 쓰지 않고 있었다.

여성의 입구로 또 다른 손가락이 들어왔다. 몸이 벌어지는 느낌에 혜영은 급히 숨을 들이켰다. 그의 혀는 뺨을 핥고, 귓불을 핥기도 했다. 하지만 그의 손은 멈추지 않고 계속 움직이고 있었다.

제대로 손이 움직이지 않는 모양인지 그가 그녀의 바지와 팬티를 순식간에 벗겨 버렸다. 저도 모르게 허벅지를 움츠리는데 그가 다리 사이로 들어와 무릎으로 허벅지를 벌렸다.

"저기, 여기는……."

"괜찮아."

어떻게 할 새도 없이 그의 입술이 찾아들었다. 뜨거운 단단한 혀가 꽃잎을 가르고 여성의 입구를 찾아들었다. 하지만 그전에 그녀의 예민해진 살점을 몇 번이나 꾹꾹 누르고, 이로 잘근잘근 씹어댔다. 혜영은 그곳에서 뛰는 맥박이 느껴져 눈을 질끈 감을 수밖에 없었다.

그의 혀가 여성의 입구 안쪽으로 파고들며 그녀를 빨아들였다. 뜨거운 꿀물이 계속해서 쏟아지고 그녀의 손은 허공에서 움직일 수밖에 없었다. 겨우 종착점을 찾았을 땐 그의 어깨 위였다.

안으로 들어온 그의 남성을 맞이하며 혜영은 저도 모르게 인상을 찌푸렸다. 그런 그녀의 모습을 보고 그는 상냥하게 입을 맞추었다. 그의 혀에선 묘한 맛이 났다. 그러니까 방금 전까지…….

혜영의 얼굴이 순식간에 붉게 달아올랐다. 그리고 그의 손가락이 그녀의 핵심을 문지르자 저도 모르게 입술을 벌리고 말았다.

"아흑."

그와 동시에 그의 남성이 완벽하게 안으로 파고들었다. 분명히 그가 첫 남자는 아니었지만 워낙 오랜만이기도 하고, 그의 남성이 커서 고통을 느낄 수밖에 없었다.

"괜찮아?"

그녀가 고개를 끄덕이자 그의 허리가 살짝 움직였다. 그의 남성이 흠칫 움직이면서 그녀의 여성을 자극했다. 살짝 숨을 내뱉자 그의 남성이 조금 더 정확하게 느껴지는 것도 같았다. 그와 동시에 그가 살짝 빠져나갔다. 그리고 다시 안으로 치받으며 더 깊숙이 자신을 묻기 시작했다. 찰싹거리는 소리가 막힘없이 귓속을 파고들었다. 눈앞은 아무것도 보이지 않았고, 그저 몸이 이어진 부분만 느껴지고 있었다.

안으로 더 깊이 파고드는 단단하고 굵은 남성의 느낌에 그녀의 엉덩이가 저절로 움직였다. 그러자 그의 입술에서도 낮은 신음 소리가 흘러나왔다. 마구잡이로 밀고 들어오는 그의 남성에 그녀는 그저 그를 움켜쥐고 있을 수밖에 없었다. 입술이 부딪치고, 그의 남성은 쉴 새 없이 움직이고 있었다. 밀고 들어오는 그의 혀 때문에 그녀는 제대로 숨을 쉴 수도 없었다. 몇 번이나 밭은 숨을 내뱉었지만 그는 입술을 떼지 않았다.

그의 남성을 꽉 쥐고 있는 여성의 통로에서 마찰되는 소리가 귓가를 파고들고, 그의 남성이 반쯤 빠져나갈 때마다 놓치지 않기 위해 있는 힘껏 힘을 주었다. 더 이상은 떨어질 틈이 없을 정도로 그의 품 안으로 파고들었다. 그가 몸을 거의 빼냈다가 단번에 깊숙이 파고들어 왔다. 속도가 더 높아지고, 마침내 그녀의 팔에서 힘이 빠져나갔을 때 단말마 같은 비명이 들려왔다.

그의 몸이 완전히 그녀를 뒤덮었다. 뜨겁고 단단한 몸을 껴안은 채 혜영은 숨을 고르고 있었다. 그의 몸이 살짝 들리자 숨을 쉬기가 한결 편해졌다. 팔로 자신을 지탱한 영진은 그녀의 젖은 얼굴을 몇 번이나 손가락으로 쓸어주었다.

"울었어?"

운 건 아니다. 그냥 쾌락에 젖어 눈물이 흐른 것뿐이었다. 혜영은 천천히 고개를 저으며 그의 얼굴을 매만졌다. 높고 곧은 콧대가 예뻐서 몇 번이나 콧등을 쓸어내렸다. 땀에 젖어 있는 그의 얼굴은 정말 매혹적이었다. 그녀가 영진의 얼굴을 천천히 매만질 때마다 그의 턱 근육이 움직이는 게 보였다. 그리고 아직 몸속에 남아 있는 그의 남성이 꿈틀거리는 게 느껴졌다.

"윽."

혜영의 입술을 비집고 신음 소리가 흘러나왔다. 영진은 천천히 허리를 움직이기 시작했다. 친근한 마찰은 다시 열기를 불러일으켰다. 아직 남아 있는 매끈한 꿀물이 그의 남성이 움직이기 편하게 만들어주었다.

순식간에 그의 움직임이 거칠어지기 시작했다. 혜영은 두 다리를 그의 허리에 감은 채 그가 움직이는 대로 따라갔다. 뜨거운 남성이 그녀의 속을 모두 헤집을 듯 움직이고 있었다. 여성의 입구는 욱신욱신 아팠다. 거칠게 밀어붙이던 그가 갑자기 몸을 움직였다. 이번 파정은 조금 전보다 훨씬 빨랐다.

제대로 숨을 쉬기도 전에도 그가 숨을 크게 헐떡였다. 아주 천천히 그가 몸을 빼기 시작하자 그녀의 여성이 저도 모르게 수축을 했다. 그러자 그의 남성이 다시 부풀었고, 그녀의 좁은 통로를 가득 채우기 시작했다.

"아, 교, 교수님."

"안 끝날 것 같아."

"나는……."

"미치겠다, 나 좀 살려주라."

그가 다시 입맞춤을 하며 몸을 가르고 깊숙이 들어왔다. 혜영은 그의 키스를 받아들이면서 고개를 내저었다. 오늘 밤은 정말이지 길고 길 것 같았다.

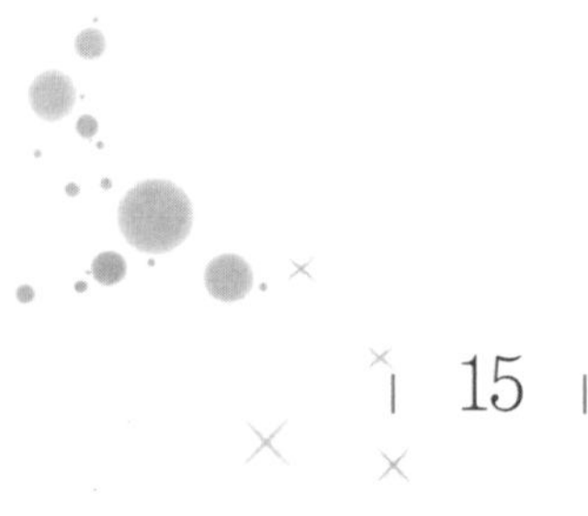

| 15 |

　다리에 힘이 제대로 들어가지 않아 영진이 직접 그녀를 안고 식탁 앞에 앉혀주었다. 그의 흰 셔츠만 입은 채로 식탁 앞에 앉아 식빵을 한입 베어 물고 혜영은 시간을 확인했다. 벌써 오후 2시가 넘어가고 있었다.

　자신이 기억하는 건 동이 틀 때쯤까지였다. 잠이 들었다 싶으면 그가 다시 키스로 깨웠고, 안으로 파고들기를 반복했다. 결국 나중엔 지쳐 그냥 눈을 감은 채 그를 받아들였다. 그리고 좀 깊이 잠이 들었다 싶었는데 해는 이미 중천에 떠 있었다.

　위는 벗은 채 바지만을 입고 움직이고 있는 그가 주스를 따라 돌아섰을 때 혜영은 저도 모르게 숨을 헉 하고 들이켜고 말았다.

그의 등에 난 자국들은 그녀가 보기에도 쓰라려 보여 인상을 찌푸리게 만들었다.

혜영이 팔을 뻗어 그의 등을 한번 쓱 쓸어내리자 그의 등 근육이 크게 움찔거리는 게 보였다. 이런 손길에 그가 긴장을 한다는 게 기분이 좋았다.

"안 쓰라려요?"

"샤워할 땐 조금."

그가 아무렇지도 않다는 듯 주스를 내려놓으며 그녀의 옆자리에 앉았다. 배가 고프지도 않은지 그는 턱을 괴고 그녀를 계속 보고 있었다. 이렇게 시선을 가득 받고 있으니 식빵이 입으로 들어가는지 코로 들어가는지도 모를 정도였다.

"앞으로 앉으시면 안 될까요?"

"그냥 여기 앉아 있으면 안 될까?"

"배 안 고프세요?"

"고파."

그의 손이 그녀의 허벅지 위에 얹혀졌다. 혜영은 먹던 걸 멈추고 고개를 떨어뜨렸다. 그녀의 허벅지 위에 그의 커다란 손이 올라와 슬슬 문지르고 있었다. 절로 따끔한 여성의 입구가 움찔거리는 게 느껴졌다.

"아픈데……."

"어디가?"

입가에 살짝 미소를 머금고 그가 말했다. 은근히 얄미웠다. 다 알고 있으면서 저렇게 물어보는 저의가 뭔가.

"안 되겠어, 확인해 봐야지."

그가 자리에서 일어났다. 대체 뭘 하려고, 하던 혜영의 눈이 순식간에 크게 부풀어 올랐다. 그가 식탁 위에 있는 것들을 한쪽으로 몰아 치우더니 그녀를 식탁 위로 올려 앉혔다. 다리를 오므리려고 했지만 이미 허벅지 사이로 들어온 그의 몸에 가로막혀 버렸다.

혜영은 두 눈을 질끈 감았다. 셔츠 하나만을 걸치고 있는 알몸이었으니 가리고 있는 것도 없었다. 거기다 오후 2시. 햇빛에 그녀의 모든 몸이 장막 없이 그대로 비춰지고 있었다. 그때 밑부분에서 후, 하는 소리와 함께 시원한 바람이 느껴졌다.

"부었어."

"아프다고 했잖아요."

"약이 필요할 것 같은데."

"그 정도예요?"

"이거면 괜찮겠지."

그 소리에 혜영이 고개를 갸웃거렸다. 그리고 그와 동시에 그의 혀가 느껴졌다. 따갑고 뜨거운 느낌에 혜영의 입에서 거친 신음 소리가 터져 나왔다.

친척들은 혜영의 신랑감이 될 사람이 궁금하다고 했다. 그냥 결혼식장에서 봐도 될 것 같은데 다들 결혼 전에 얼굴을 봐야 한다며 아우성이었다. 그래서 떨떠름한 마음으로 그녀의 집으로 친척들을 초대한 것이었다.

대한민국에서의 결혼은 집안과 집안의 만남이라고 했던가? 다들 겨우 서른한 살의 나이에 그것도 한국에서 최고 간다는 대학의 교수라고 하는 영진의 스펙에 놀라워하면서도 그녀를 다시 보는 것 같았다. 하지만 그의 부모님에 대한 이야기가 나오자마자 다들 떨떠름한 얼굴로 변했다.

혜영은 그 갑작스런 변화에 자리에서 일어서고 싶은 마음이 굴뚝같았다. 하지만 영진은 허리를 꼿꼿이 세우고 바르게 앉아 친척들의 눈을 피하지 않고 있었다. 이렇게 앞에서 대놓고 자신을 무시하는데 어찌 저렇게 덤덤한 얼굴을 하고 있는 것일까? 혜영은 오히려 자신이 속상해 눈물이 고일 것 같았다.

혜영의 친척들은 대체적으로 사이가 다 좋았다. 모임도 자주 갖고 있었고, 3년에 한 번씩은 모두 모여 여름휴가를 같이 갈 정도로 사이가 끈끈했다. 거기다 대부분 꽤 사회에서 능력 있고, 엘리트라는 사람들이 이렇게 나오자 실망이 이만저만이 아니었다. 하지만 자리가 끝날 때까지 그녀는 온갖 인내심을 동원하여 잘 참아내었다. 아무래도 오늘은 단단히 체해서 밤새 고생할 것 같았다.

영진을 배웅하기 위해 집 밖으로 나와 괜히 울적한 마음에 하늘을 올려보았다. 둥근 달이 떠 있는 걸 보면서 스스로 마음을 다독이고 영진을 바라보았다. 영진은 주머니에서 차 키를 꺼내고 있었다.

"오늘 좀 실망하지 않았어요?"

"뭘?"

"교수님 부모님 이야기 나오자마자 분위기 확 바뀐 거 못 느꼈어요?"

"뭐, 일반적인 가정은 아니었으니 이해해."

영진이 그렇게 말하면서 아무렇지 않다는 듯 웃었다. 혜영은 왠지 그의 모습을 보고 겨우 진정시켰던 화가 다시 등을 타고 스멀스멀 올라오는 것을 느꼈다. 어떻게 그걸 느끼고도 저렇게 사람 좋게 웃을 수 있는 걸까? 보통 사람이라면 기분 나빠하거나 화를 내야 정상이 아닐까?

"화내지 마."

"얼굴만 보고도 내가 화났는지, 안 났는지 알아요?"

"온몸에서 발산돼. 나 지금 기분 나빠요."

그가 차에 기대며 말했다. 은근슬쩍 그녀의 말투를 흉내 내는 그를 보며 픽 웃고 말았다. 영진이 팔을 뻗어 그녀의 머리를 쓰다듬어 주었다.

"하혜영을 얻는 건데 그 정도 욕먹을 건 각오해야지. 잠깐 커피 한잔할까?"

커피는 방금 집에서 마시고 나왔다. 하지만 혜영은 아무 말 없이 그의 차에 올라탔다. 집에서 가까운 카페는 8층에 위치해 있어 올라가면 주변의 야경이 한눈에 들어왔다. 커다란 창으로 보는 야경은 근사해서 그녀가 좋아하는 장소였다.

혼자만의 아지트 같은 곳이었는데 이젠 딱 한 명 영진에게 공개를 했다. 사람들이 잘 알지 못해서 한가한 편이었지만 커피 맛도 일품이었다. 두 사람은 커피 두 잔을 가져와 자리를 잡고 앉았다.

"이런 델 알고 있었어?"

"나만 알고 있으려고 했는데 특별히 공개하는 거예요."

"욕심이 많네."

영진이 커피를 한 모금 마시고 잔을 놓으며 창밖을 바라보았다. 슈트 차림의 그는 언제나 멋있지만 은은한 카페 조명과 야경을 배경으로 놓자 정말 이제 막 영화에서 빠져나온 사람처럼 보였다. 카페 안의 여자들뿐만 아니라 남자들도 은근히 그를 바라보고 있는 게 느껴졌다. 그런 시선이 익숙한 것인지 정작 그는 신경도 쓰지 않았다.

"참 눈길을 끄는 사람이에요, 교수님은."

"그런 말 많이 들어."

"역시 잘난 건 아시네요."

"그나저나 언제까지 교수님이라고 할 거야?"

하긴, 이제 슬슬 호칭 정리도 들어가야 할 것 같았다. 윤 여사도 그렇고 하 박사도 호칭은 바꾸는 게 좋을 것 같다고 몇 번인가 말을 했었다. 하지만 이미 교수라는 호칭이 입에 딱 붙고 말았다.

"차라리 이름을 부르던가."

"이름?"

"영진 씨?"

그렇게 말하면서도 스스로가 우스운 듯 영진이 픽 웃고 말았다. 전혀 그런 생각을 해보지 않아 혜영은 살짝 눈동자를 굴렸다.

"영진 씨."

"정말 그렇게 부르게?"

"좀 닭살 돋지 않아요?"

"그러게. 너에게 듣는 건 그러네."

"천천히 교수님, 오빠 이렇게 해보지, 뭐. 언젠간 바뀌지 않겠어요?"

영진이 웃으며 고개를 끄덕였다. 혜영은 찻잔을 손에 쥐고 영진을 힐끔힐끔 훔쳐보았다. 야경을 보고 있던 영진이 시선을 느낀 듯 그녀를 바라보았다.

"왜? 할 말 있어?"

"저기…… 우리 결혼식 때, 감독님…….."

감독이라는 말이 나오자마자 영진의 얼굴이 거짓말처럼 싹 굳고 말았다. 딱히 두 부자 사이의 일에 끼어들 생각은 없었다. 다만, 인정이 늦었던 아버지를 그가 조금은 알아주었으면 하는 바람이 있었다.

"별로 초대하고 싶지 않은데."

"감독님……. 교수님 엄마 정말 사랑하셨대요. 그런데 인정이 늦었다고……."

그 말에 영진이 의외라는 표정을 짓고 있었다. 하긴, 두 부자 사이에 제대로 된 대화조차도 없었으니 그런 말들을 했을 기회도 없었겠다 싶었다.

"교수님 앨범 사진 보면 메모로 적힌 것들 정말 정성스럽게 쓰였던데."

그 말에 영진의 눈빛이 생각으로 빠져든 것을 느낄 수 있었다. 영진은 삐딱하게 앉아 다리를 꼰 채로 턱을 괴고 한참이나 생각으로 잠기고 있었다. 혜영은 그가 그저 생각에만 집중할 수 있게 커피를 마시며 영진의 모습을 바라보았다.

희고 깨끗한 피부야 피가 섞인 영향을 받았다고는 하지만 정말이지 단정한 이목구비가 절로 사람을 끌어들이게 만들었다. 밝은 갈색에 가까운 머리카락은 결이 좋았고, 숱이 많은 머리카락은 늘 쓰다듬어 보고 싶게 만들었다. 특히 콧대와 턱 선이 예뻐서 자연스럽게 손길이 가곤 했다. 머리카락과 같이 밝은 갈색인 눈은 하얀 피부와 잘 어울렸고, 두툼하지 않은 붉은 입술은 늘 갈구하게 만들었다.

"왜? 새삼 잘생긴 것 같아서?"

언제 생각이 끝난 건지 그가 불쑥 물어왔다. 혜영은 괜히 헛기침을 하며 시선을 돌렸다. 커피를 마시려고 했지만 이미 다 마셔서 텅 빈 잔뿐이었다. 영진이 자리에서 일어나 다시 커피를 시키고 트레이를 들고 왔다. 하지만 그녀에게 내밀어진 건 커피가 아니라 레몬티였다.

"왜 난 커피 아니에요?"

"잠 못 자. 그냥 그거 마셔."

"와, 나 어린애 취급하는 거예요? 자기는 커피 마시면서?"

"난 무려 4살이나 많잖아."

"어이고, 나이 많으셔서 좋으시겠습니다."

그녀가 비꼬아도 뭐가 좋은지 영진은 입가에 웃음을 머금고 있었다. 그러고 보면 요즘의 그는 웃음이 참 많아졌다. 그게 자신 때문인가 싶어 기분이 좋아졌다가도 너무 자만하지 말자 다짐하기도 했다.

"왜 갑자기 얼굴이 붉어져?"

"교수님 인상이 많이 부드러워졌다고 느껴서요."

"왜? 자신 때문인 것 같아 뿌듯해?"

"조금? 근데 정말 저 때문에 많이 웃으시는 거예요?"

"맞아. 난 하혜영을 생각하면 늘 웃음이 나거든. 그림을 그리는 모습, 이제 막 눈을 뜬 모습. 그냥 다 웃음 짓게 만들어.”

혜영의 얼굴이 더욱 붉어졌다. 이건 좋아한다, 사랑한다는 고백을 들을 때보다 훨씬 기쁘고 심장이 떨리는 말들이었다. 하지만 그가 지금 화제를 돌리고 있다는 것을 모르진 않았다. 그녀의 기분을 어떻게 눈치를 챈 것일까. 영진이 씁쓸히 웃으며 입을 열었다.

“한우진에겐 늘 진서영만이 최우선일 거야.”

“교수님.”

“글쎄. 한우진에게 나란 존재의 순위는 세 번째쯤 될까? 아니, 아마 난 무대보다도 더 못한 순위일 거야.”

그렇게 말하는 영진의 눈빛이나 얼굴이 모두 씁쓸해 보여 혜영은 무슨 위로의 말도 할 수가 없었다. 그때 영진이 팔을 뻗어와 그녀의 손을 잡았다.

“그 사람도 언젠간 외롭지 않겠어? 그땐 내게 손을 뻗겠지. 내가 이렇게 하혜영에게 손을 뻗은 것처럼.”

“교수님.”

“초대장은 보내볼게. 너무 많은 기대는 하지 마.”

혜영은 고개를 끄덕였다. 그냥 그가 많은 것을 양보해 준 것 같아 눈물이 흐를 것 같았다. 촉촉해진 눈매를 들키지 않으려 슬쩍 고개를 야경이 보이는 창으로 옮겼다. 영진도 야경을 향해 고개를 돌렸다.

"우린 아이가 태어나면 많이 사랑해 주자."

그 말에 혜영의 시선이 다시 그의 얼굴로 돌아갔다. 그는 여전히 야경을 보고 있었다. 그가 이런 말을 할 거라곤 전혀 예상을 하지 못해 그녀의 눈이 풍선처럼 부풀어 올랐다.

"아이…… 갖고 싶어요?"

"되도록 많이?"

"몇이나?"

"적어도 넷은 낳아야 하지 않을까?"

그 말에 혜영의 입이 쩍 벌어졌다. 그의 얼굴이나 말투를 보니 진심인 것 같았다. 넷이라니. 요즘 세상에 누가 넷이나 낳는단 말인가.

"저기요, 교수님. 넷이나 낳으면 누가 키워요?"

"너와 내가."

"애 하나 키우는 것도 얼마나 힘든 줄 알고 지금 그런 소리 하시는 거예요?"

"애 키워봤어?"

그 말에 혜영의 입이 딱 다물어지고 말았다. 물론 애를 키워본 적은 없었다. 하지만 주변을 보면 애 때문에 잠도 제대로 자지 못하고 젖을 먹여야 한다고 했다. 게다가 기거나, 걷기 시작하는 순간부터는 사고뭉치로 변해서 한시도 눈을 뗄 수가 없다고 하지 않던가. 그건 그냥 겪지 않아도 보고 알 수 있는 문제들이었다.

“내가 외로웠잖아. 그래서 많았으면 좋겠어.”

“그럼 차라리 교수님이 낳으시던가. 남자가 애를 낳는 시대가 오면 네 명뿐이겠어요? 아예 축구팀을 만들죠?”

“왜? 내가 애만 낳게 만들고 아무것도 안 해줄 것 같아서?”

그 말에 혜영은 확신을 하지 못했다. 저렇게까지 말하는 영진은 분명 진심일 것이다. 머릿속으로 상상이 됐다. 아이를 어르는 모습, 같이 손을 잡고 산책을 하는 모습, 아이가 다치면 연고를 발라 주거나, 아이가 어느 정도 컸을 때 같이 스케치북을 펼쳐 놓고 그림을 그리는 모습도.

“전 솔직히 자신 없거든요.”

“난 자신 있는데.”

“저 애만 낳다가 죽고 싶진 않아요.”

“나도, 애만 보다 우리 시간이 없어지는 건 싫어.”

그는 한 번씩 이런 말들로 사람을 놀래키곤 했다. 그게 싫은 게 아니라 오히려 점점 좋아져서 혜영은 언젠가 이러다 정말 닭으로 변하는 게 아닐까, 생각을 했다. 이런 맛에 사람들이 연애를 한다는 걸 깨닫게 되었다.

“은근히 느끼한 말도 잘해.”

“은근히 아니라 대놓고.”

“스스로 인정하시는 거예요?”

“하혜영한테만.”

남들이 아마 이런 영진을 보았다면 다들 믿을 수 없다고 했을지도 모른다. 하지만 혜영은 영진의 따뜻한 마음을 이미 잘 알고 있었다. 그게 고마워 그가 잡고 있는 손에 다른 손을 얹어 따뜻하게 감싸 쥐었다.

"그 상상을 했어요."

"무슨 상상?"

"우리가 낳은 아이를 교수님이 품에 안고 같이 그림을 그리는 모습."

영진이 살짝 눈을 감고 그 순간을 상상하는 듯했다. 혜영은 살짝 눈을 감은 그의 모습을 보며 상체를 기울였다. 그의 입술에 가볍게 입맞춤을 하는 순간 영진이 눈꺼풀을 들어 올렸다.

"오늘 외박할까요?"

"왜?"

"교수님 아이 만들게요."

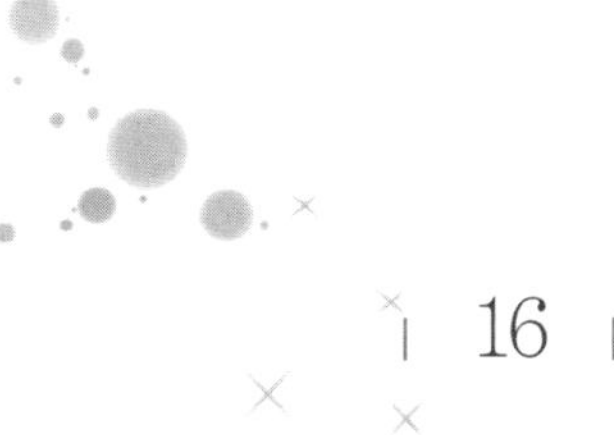

16

　결혼식이 불과 보름 앞으로 다가왔다. 웨딩촬영이다, 드레스다 뭐다 해서 정신이 없던 시간이 지나가자 무척이나 한가해졌다. 집은 영진이 살고 있는 곳에서 계속 살기로 했고 가구도 바꾼 지 얼마 되지 않아 사지 않았다. 그 와중에 혜민이 결혼을 했는데 윤 여사는 지치지도 않는 모양이었다. 혜영에게도 무엇인가를 많이 해주고 싶었지만 아무것도 필요 없다는 영진의 말에 무척이나 섭섭해했다.

　영진에게 싸갈 도시락을 열심히 만들고 있는데 결국 윤 여사가 옆에서 돕기 시작했다. 그냥 간단한 볶음밥 정도만 싸가려고 했는데 어느덧 5단 도시락이 탄생하고 말았다. 새우튀김과 수제 돈가스, 불고기김밥과 샐러드, 과일까지 준비한 도시락을 보고 혜영은 고개를 저었다.

"결혼하면 네가 한 교수 좀 잘 챙겨 머여."

"아직 결혼 안 했거든? 말끝마다 한 교수, 한 교수. 대체 누가 친자식이야."

"섭섭해?"

"솔직히 엄만 옛날부터 오빠만 좋아했었잖아."

"워낙 잘생겨야 말이지."

역시 미학에 푹 빠져 있는 윤 여사다운 말이었다. 혜영은 고개를 저으며 웃고 말았다. 장국을 끓여 보온병에 담은 뒤 집을 빠져나왔다. 아무래도 이 많은 짐을 들고 버스를 타기 힘들 듯해서 결국 택시에 올라탔다.

오랜만에 가는 학교는 여전히 그대로였다. 이제 제법 겨울의 느낌이 나는 것 같았지만 여전히 그녀에겐 좋은 곳이었다. 수업이 2시에 끝난다고 했으니 아직 1시간 정도 시간이 남아 있었다. 도시락을 연구실에 두고 교정을 좀 걸어볼까 하며 택시비를 지불하고 막 차에서 내렸을 때 혜영의 눈이 동그랗게 커졌다.

이젠 늘씬해져서 예쁜 아가씨가 된 수영을 보았기 때문이었다. 수영 역시 혜영을 보고 자리에서 멈춰 있었다. 혜영이 먼저 수영에게 다가가 인사를 건넸다.

"수영아, 너 정말 예뻐졌다."

"언니."

왠지 모르게 수영의 목소리가 살짝 울먹이는 것 같았다. 수영은 친구를 먼저 보내고 혜영과 함께 벤치에 앉았다. 두 사람은 따뜻한 캔 커피를 손에 쥔 채 아무 말 없이 농구를 하고 있는 학생들을 바라보았다. 먼저 침묵을 깨트린 건 혜영이었다.

"순간 못 알아볼 뻔했잖아. 정말 예뻐졌어."

"저기, 언니…… 속 많이 상했었죠?"

"아니. 오히려 내가 미안했지. 사실은 말을 하려고 했는데 아무래도 상황도 그렇고, 내 위치도 그렇고……."

"사실은 몇 번이나 언니한테 찾아가려고 했는데……. 죄송해요. 제가 너무 어려서 제 생각만 했어요."

혜영은 고개를 저었다. 수영은 정말 순수한 마음으로 영진을 좋아했을 것이다. 으레 학생 때 하는 그런 짝사랑을 혜영도 이해할 수 있었다. 그냥 동경했던 누군가를 빼앗긴다는 느낌에 수영이 그렇게 행동했을 거라는 것을 알고 있었다.

"이해해."

"사실은 언니 때문에 학교도 적응하면서 다닌 건데. 저 밉지 않았어요?"

"밉긴 뭐가 미워. 다 이해한다니까."

수영의 눈에 눈물이 잔뜩 고였다. 결국 울기 시작하는 수영을 달래기 위해 혜영은 몇 번이나 어깨를 두드려 주어야만 했다. 한참을 울고 난 수영의 얼굴은 마스카라로 엉망이 되어 있었다. 가방에서 물 티슈를 꺼낸 수영이 얼굴을 다듬고 나서야 웃었다.

"웃으니까 정말 예쁘다. 쫓아다니는 남자들은 많이 생겼어?"

"언니, 말도 마세요. 요즘 정말 피곤하다니까요."

키가 크고 늘씬해서 수영은 꼭 모델 같았다. 시원하게 쭉쭉 뻗은 팔다리도 그렇고, 이젠 렌즈를 껴서 동그랗고 예쁜 눈이 가감 없이 드러났다. 두 사람은 한참이나 그동안 있었던 일을 이야기하느라 시간 가는 줄 몰랐다.

"그런데 언니 학기 초에 교수님 정말 싫어하셨잖아요. 어떻게 된 거예요?"

"완전 싫어했지. 이렇게 말하면 믿을지 모르겠는데 무려 그 한영진이 이 몸을 오랫동안 짝사랑했다는 거 아니야."

"정말요?"

수영 역시 믿을 수 없다는 듯 눈이 동그랗게 커지며 물었다. 하긴 스스로도 아직까지 믿기지 않는데 다른 사람은 오죽 할까 싶었다. 워낙 제 잘난 맛에 사는 남자라 누군가를 혼자 좋아할 거라고는 상상이 되지 않는 사람이었다.

그때부터 혜영은 신이 나서 영진에 대한 이야기를 하기 시작했다. 그러다 나중에는 그렇게 많이 밝히는 사람인 줄 꿈에도 몰랐다로 마무리가 되었다. 수영의 얼굴이 불타는 고구마가 된 건 순식간이었다.

"아가씨에게 내가 너무 거침없이 말을 했나?"

“언니도 아직 아가씨거든요?”

“아차, 그렇지. 여기 청첩장. 돈 같은 거 필요 없으니까 그냥 와서 밥 먹어.”

“우와, 저 가도 돼요?”

“말이라고 해? 축하해 줄 거지?”

“그럼요. 꼭 갈게요.”

수영이 청첩장을 받아 들고 꼼꼼히 살폈다. 그냥 주례도 없이 간단히 하는 결혼식이었고, 식도 빨리 끝날 예정이었다. 식이 끝나고 나면 고마움을 전해주고 싶은 사람들과 식사를 하며 어울리고 싶었다. 그때 핸드폰이 울리기 시작했다.

“네.”

[2시가 넘었는데.]

“아, 죄송해요. 수영이를 만나느라고. 지금 올라갈게요.”

혜영은 서둘러 핸드폰을 끊고 자리에서 일어났다. 수영도 결혼식 날 보자고 말하면서 자리에서 일어났다. 혜영은 꼭 보자고 말하고 짐을 바리바리 싸 들고 건물로 향했다. 엘리베이터에 막 올라타려고 하는데 영진이 안에 서 있었다. 그는 팔을 뻗어 그녀의 손에 있는 짐들을 받아 들었다.

“수다는 즐거웠어?”

“네. 우리 교수님은 인기가 많으셔서 참 좋으시겠어요.”

“갑자기 무슨 말이야?”

"그런 게 있어요. 배고프죠?"

"조금?"

하긴 워낙 인기가 많아서 그런 관심엔 이젠 이골이 난 듯한 표정이었다. 두 사람은 연구실로 들어와 소파에 앉아 탁자에 도시락을 펼치기 시작했다. 꽤 많은 양에 놀란 건지 영진은 차마 손댈 생각을 하지 못하고 있었다. 혜영은 장국을 따라 그에게 건네주었다.

"그냥 간단하게 볶음밥 정도만 하려고 했는데 엄마가 갑자기 끼어드시잖아요. 그래서 이렇게 된 거지 뭐. 우리 집 냉장고 탈탈 털었어요."

"나 장모님께 사랑받는 사위 된 건가?"

"아이고, 학생 때부터 넘치는 사랑을 주셨지. 우리 엄마가 언니랑 오빠 엮으려고 했던 거 알아요?"

"나랑 처형을?"

영진이 전혀 생각지도 못한 투로 말하며 장국을 마셨다. 그리고 샐러드를 입으로 가져가자 혜영은 오리엔탈 드레싱을 뿌리고 버무렸다.

"우리 엄마가 또 탐미주의자잖아. 옆집 사는 미소년을 그냥 보내겠어요? 사위 삼으려고 그렇게 잘 먹였던 거라니까요."

"먹을 걸로 날 길들이셨군?"

"우리 엄마 특기. 우리 아빠도 그렇게 길들이셨잖아요."

"그러셨대?"

"엄마가 아빠를 엄청 좋아하셨대요. 그래서 매일 도시락을 들고 다니면서 결국 쟁취했다고 하시던데. 아빤 속았다고 하시고."

그 말에 영진이 픽 웃었다. 그가 웃는 모습이 좋아 싱글벙글 웃고 있는데 그의 얼굴이 가까이 다가왔다. 아무리 아무도 없다지만 과감히 스킨십을 시도하는 그를 보고 혜영이 주먹으로 가슴을 살짝 쳤다.

"너무 밝히신다."

"내 여자한테 뽀뽀 좀 한다는데. 왜? 안 돼?"

"여긴 신성한 연구실이잖아요."

"그럼 이만 퇴근할까?"

"수업 없어요?"

그가 고개를 끄덕였다. 그러고 보니 오늘은 그가 오전 수업만 하고 끝나는 날이었다.

"그럼 우리 이거 빨리 먹고 데이트해요."

"데이트?"

"우리 별로 데이트도 못해봤잖아요. 이게 뭐야. 남들은 질릴 만큼 데이트하고 결혼한다는데. 우리는 그냥 집, 학교. 그게 끝이잖아요."

"집에서 질릴 만큼 데이트하잖아."

그 말에 혜영의 얼굴이 순식간에 붉어졌다. 하여간 이 남자가 못하는 말이 없다. 물론 두 사람이 집에서 데이트를 많이 하기는 했다. 그것도 몸으로 하는 데이트를.

“안 그런 척하더니 은근히 엉큼해.”

“안 그런 척한 적 없는데.”

“와, 자기 총각이라고 막 거짓말하고. 자기 책임지라고 하고.”

“그건 사실이야.”

그 말에 혜영이 막 입으로 가져가려던 새우튀김을 그대로 떨어뜨리고 말았다. 영진은 탁자 위로 떨어진 튀김을 자신의 입으로 가져갔다.

“네?”

“뭘 그리 놀래?”

“내, 내, 내가 처음이었어요?”

“말했잖아. 나 총각이었다고.”

혜영의 입이 쩍 벌어졌다. 당연히 거짓말이 들키고 난 뒤엔 그럴 리가 없다고 생각했다. 그리고 두 사람이 처음 보냈던 밤은……. 그는 너무나 능숙하게 행동했었다. 그래서 그가 정말 총각일 거라고 아예 생각을 하지 못하고 있었다.

“그, 그, 그렇게 능숙하게 해놓고…….”

“본능에 따라 움직였지.”

“우와, 사기꾼.”

“무슨 사기꾼?”

“처음부터 끝까지 거짓말이야.”

“내가 무슨 거짓말했어?”

따지고 보면 거짓말을 아니었다. 그냥 그녀 혼자서 멋대로 착각
한 것이었으니까. 혜영은 고개를 내젓고 말았다.

"그러면서 그렇게 덤벼요?"

"원래 사람은 한번 맛들이면 그런 거야."

"우리 처음 하고 저 그다음 날 잘 걷지도 못했거든요?"

"처음이라 좋은데 어떡해. 계속하고 싶은데."

부끄러움에 얼굴이 화끈해졌다. 이렇게까지 영진이 솔직할 거
라곤 상상도 하지 못했고, 밝히는 남자일 거라곤 더더욱 상상을
못했기 때문이었다. 그는 적당히 금욕적이게 보이고, 별 감정 없
는 타입의 남자로 생각했었다. 그런데 그는 감정에 직설적이고,
있는 그대로 표현을 했다. 그게 말이 되었든, 몸이 되었든.

"나 완전히 속은 느낌이야."

"뭐가?"

"나는 오빠가 정말 늘 정적이고, 차분하고, 금욕적이고 막 그럴
거라고 생각했었고 또……."

"너무 끼워 맞추려고 한 거 아니야?"

"그건 아니지만……."

"그래서, 실망했어?"

혜영은 고개를 내저었다. 실망이라니. 전혀 실망하지 않았다.
오히려 갈수록 그가 좋아지는 자신을 주체할 수가 없었다. 감정이
커지고 커져서 사람의 감정이라는 게 어디까지 뻗어나갈 수 있을

지가 신기할 지경이었다.

"혜영아."

"네."

"하혜영."

이렇게 그가 이름을 부를 때면 왠지 모르게 부끄러워지곤 했다. 둘이 사랑을 나눌 때면 늘 그는 이렇게 이름을 다정하게 불렀다. 마치 그게 신음 소리의 대신인 것처럼.

"거짓말했던 내게 와줘서 고마워."

"교수님."

"행복하자, 우리."

그녀가 고개를 끄덕였다. 비록 처음은 그의 말도 안 되는 거짓 말에 속아 넘어가 시작되었다고 해도 이제는 아니었다. 그의 사랑을 느끼고, 즐기는 게 얼마나 행복한지 깨닫게 되었다. 그래서 고 마웠다.

"교수님, 고마워요. 거짓말해 줘서."

"진실로 사랑하자, 혜영아."

"사랑해요, 교수님."

그가 팔을 뻗어 그녀를 꽉 끌어안았다. 그녀의 말처럼 거짓말을 한 게 참 다행이라고 생각하는 것처럼. 두 사람은 이 행복이 계속 되길 바라며 입을 맞추었다.

　결혼 생활이라는 건 상상이 아니라 현실이었다. 영진은 강의뿐만이 아니라 전시회도 잡혀 집에 제대로 들어오지도 않았다. 게다가 열심히 뛰어놀고 있는 7살 쌍둥이 아들들과 3살이 된 딸은 그녀 혼자 감당하기 힘들었다. 이제 슬슬 영진이 올 때가 됐는데 혜영은 이미 피곤에 지쳐 소파에 대자로 뻗어 있었다.

　"엄마, 배고파!"

　"나도!"

　혜영은 정말 손가락 하나 까딱할 힘도 없었다. 겨우 식탁 위를 가리켰더니 둘은 신나하며 부엌으로 뛰어갔다. 배 위에 올려놓은 딸은 새근새근 잘도 자고 있었다. 왜 하필 오늘은 공휴일인데다 영진의 대학 모임이 있는지 억울할 지경이었다. 차라리 저 두 아들 녀석들이 유치원이라도 갔으면 그녀는 정말 편했을 것이다.

영진과 똑 빼닮은 두 아들은 이란성임에도 불구하고 확실히 아빠를 많이 닮아 데리고 나가면 일란성이냐고 꼭 묻곤 했다. 꼬마 김밥을 맛있게 먹는 아이들을 보며 혜영은 졸도하듯 눈을 감았다.

배 위가 가벼워진 것 같았는데 어느 순간 다시 묵직해지기도 했다. 이게 뭔가 싶어 겨우 눈꺼풀을 들어 올렸을 때 영진이 그녀의 몸 위에서 입을 맞추고 있었다. 옷은 언제 벗긴 것인지 이미 그녀는 시원하게 알몸이 되어 있었다.

"이게 무슨 짓?"

"덮치는 짓?"

"초저녁에?"

"무슨 소리야. 벌써 11시가 넘었는데."

그 말에 혜영이 벌떡 일어나려고 했다. 하지만 영진의 팔에 어깨를 붙잡혀 미동도 하지 못했다.

"애들은 내가 저녁도 먹이고, 씻기고 재웠어."

벌써 결혼한 지 8년이 흘렀다. 세월이 흘렀음에도 불구하고 그에게만은 세월이 그냥 비켜간 듯했다. 그녀 혼자 집에서 그냥 늙어가고 있다는 생각에 어쩐지 조금은 우울해졌다. 혜영은 손을 들어 올려 그의 볼을 꼬집었다.

"혼자만 젊어지고."

“하혜영은 여전히 예뻐.”

“애 셋이나 낳은 아줌만데?”

“그래서 더 예뻐.”

“뭐가?”

“내 아이를 낳아준 여자잖아.”

그 여자란 단어에 혜영은 왠지 가슴속이 울컥거렸다. 그는 긴 시간 동안 여전히 변함없는 사랑을 주고, 믿게 만들어준다. 그의 다정함이 좋고, 입맞춤이 좋고, 그에게서만 나는 향이 좋았다.

“빨리 들어올 거라더니 왜 그렇게 늦었어?”

“어…….”

말을 돌리려고 하는 게 수상했다. 그가 그녀의 가슴을 움켜쥐기 전에 혜영은 재빨리 손을 쳐냈다. 영진이 괜히 시선을 돌리며 그녀의 눈길을 피했다.

“아버지. 그래, 아버지 좀 만나고 왔어.”

지난 8년간 정말 대단한 발전이었다. 혜영의 눈이 커진 건 당연한 일이었다. 늘 한우진, 한우진이라고 부르더니 아버지라고 불렀다. 그들의 결혼식 때 우진은 그저 먼발치에서 두 사람을 바라보았다. 그런 우진을 보고 영진은 신경도 쓰이지 않는 것처럼 굴었지만 은근히 찾고 있었다는 걸 그녀는 알고 있었다.

혜영이 재빨리 그를 옆으로 치워내고 일어나 앉았다. 시트로 앞을 가리며 그를 바라보자 영진은 괜히 얼굴을 손바닥으로 쓸어내리며 헛기침을 했다.

"오빠가? 자발적으로?"

"그냥……. 예전에 우리가 자주 앉아 있던 놀이터가 생각나서 갔다가 만났어."

결혼식 이후에 우진을 다시 보지 못했었다. 하지만 우진은 5년 전 은퇴를 하고 한국으로 들어왔다. 그리고 그녀의 친정집 바로 옆, 그러니까 예전 영진이 살았던 집으로 다시 들어갔다.

그날부터 혜영은 아이들을 데리고 우진을 자주 찾아갔었다. 영진은 별말 없이 그냥 아이들만 데려다 주고 친정으로 가버리곤 했었지만 혜영은 우진과 마주 앉아 자주 이야기도 나누곤 했었다.

할아버지 집에 가면 모든 게 잔뜩 있다면서 아이들은 늘 신나했었다. 그도 그럴 것이 우진은 아이들이 좋아할 만한 간식이나, 장난감들을 늘 잔뜩 챙겨놓았었다. 그게 우진의 손자들에 대한 사랑이라는 것을 잘 알 수 있었다. 차마 영진에게 표현할 수 없는 것들을 손자들에게 하고 있었다.

"뭐 했어요?"

"그냥, 그네에 앉아 있었어."

하여간 두 사람이 솔직하지 못한 건 똑같았다. 영진도 지난 세월 동안 아버지에 대한 감정이 많이 변했다는 걸 스스로 잘 알고 있었다. 하지만 우진과 마찬가지로 표현을 하지 못했고, 같이 있는 시간을 어색해했었다. 30년을 넘게 데면데면하게 지내온 부자 사이가 바로 좋아질 거라고는 그녀도 생각하지 않았다. 시간이 조금 더 오래 걸릴지도 모른다고 생각했는데 이제 서서히 희망의 빛이 보이는 모양이었다.

"그 왜, 우리가 자주 앉았던 그네 있잖아."

혜영이 더 이야기해 보라는 듯 고개를 끄덕였다. 영진은 잠시 한숨을 내쉬고는 그녀의 기대에 찬 눈빛에 천천히 입을 열었다.

"어머닐 처음 만났던 이야기, 날 가졌을 때 느꼈던 감정, 그리고 태어난 날 처음 보았을 때의 이야기. 그런 것들을 덤덤하게 말씀하시더군."

"듣고만 있었어요?"

"그걸 들으면서……. 그냥. 내 아버지구나. 어머닐 사랑했던 그런 남자구나."

"아직도 오빠가 아버님께 나중 순위인 것 같아?"

그녀의 물음에 그가 지그시 눈을 맞춰왔다. 영진은 픽 웃으며 고개를 살짝 흔들었다.

"너무 어린 나이에 아버지라는 게 돼서……. 사랑이라는 것을 너무 늦게 깨달아서 어떻게 표현을 해야 할지도 몰랐던 거지. 여전히, 아니, 아마 죽을 때까지도 난 아버지를 이해하지 못할지도 모르지. 그렇다고 해서 어머닐 이해한다는 것도 아니야. 그냥 지금은 그 두 사람이 사랑했다는 것에 만족하기로 했어."

혜영의 눈에 눈물이 고이고 말았다. 두 사람이 그런 이야기를 하기까지 너무 오랜 시간이 걸렸다. 그래도 지금이라도 두 사람이 그런 이야기를 해서 다행이라고 생각되었다.

영진은 팔을 뻗어 그녀의 볼 위로 흐르는 눈물을 닦아주고 천천히 입을 맞추었다. 혜영은 그의 키스를 받으면서 팔을 뻗어 목을 껴안았다. 혜영은 입술을 떼어내고 그의 얼굴 곳곳에 입을 맞추었다. 그가 기특하기도 하고, 대견스럽기도 했다.

"뭐야, 지금 우리 애들이랑 날 동급으로 보는 거야?"

"멋있어서."

"그리고?"

"대견해서."

"아이들…… 보고 싶다고 하시더라."

"내일 갈까?"

영진이 살짝 고개를 끄덕였다. 혜영은 할 수 있으면 그의 엉덩이라도 두들겨 주고 싶은 마음이었다.

오늘은 웬일로 영진이 먼저 우진의 집에 가서 바비큐 파티를 하자고 했다. 이동하기 위해 집으로 나왔을 때 우체통에 예쁜 분홍색 편지가 꽂아져 있는 걸 발견했다. 이게 뭔가 싶어 안고 있던 지우를 영진에게 맡기고 봉투를 뜯어보았다. 이건 분명 청첩장이었다. 그리고 내용을 확인했을 때 혜영의 두 눈이 풍선처럼 부풀어 올랐다.

"뭔데 그래?"

영진이 아이들을 모두 차에 싣고 가까이 다가왔다. 혜영은 영진을 향해 청첩장을 내밀었다.

"정현이하고 수영이 결혼한대요. 와, 얘네 어떻게 나한테 말도 안 하고 결혼을 해?"

"아직 민정현에게 감정 남았어?"

영진이 뚱한 말투로 물었다. 하여간 이 남자 앞에서 무슨 농담을 못하겠다.

"갈 거죠?"

"당연히 가야지. 두 사람 얼마나 잘 먹고 잘사는지 봐야 되니까."

"왜요?"

"기억 안 나? 민정현 그 녀석 결혼식 날까지 와서 당신한테 도망치자고 했던 녀석이야."

"그건 농담이었지. 아버님 기다리시겠어요, 빨리 가요."

혜영은 고개를 내저으며 영진을 차에 태웠다. 수영은 1년 전쯤 유학을 마치고 돌아와 큐레이터로 일하고 있었다. 아무래도 두 사람은 수영이 한국에 들어오고 나서부터 만나 이어진 듯싶었다.

머릿속은 두 사람에게 어떤 결혼선물을 해주어야 할지, 그리고 어떻게 만나게 된 건지 묻고 싶어 궁금해 미칠 지경이었지만 또 영진이 질투할까 싶어 내색은 하지 못했다. 조만간 만나자고 해서 죄다 물어봐야 할 것 같았다.

오는 도중에 3살 먹은 딸이 잠이 들어버리자 할 수 없이 친정집에 맡겨야 할 것 같았다. 석우와 경우는 이미 윤 여사에게 인사를 한 뒤 우진의 집으로 들어가 버린 뒤였다.

윤 여사의 손주 사랑은 정말 대단했다. 쌍둥이들이 인사만 하고 달랑 가버리자 속상해하며 살짝 표정을 구겼다. 그러면서도 지우를 사랑스러운 표정으로 안아 들었다.

"저 녀석들, 다음에 오면 간장 떡볶이 없을 줄 알아. 아이구, 우리 공주님이 예쁘게 잠이 드셨네."

"엄마, 지우 깨면 바로 전화해. 물론 지우는 엄마 좋아해서 울지도 않겠지만."

"아니요, 장모님 바로 전화 주세요."

하여간 영진은 그냥 딸바보였다. 하긴, 쌍둥이가 생겼을 때 둘 다 남자라는 말에 실망하는 기색을 보여 그녀가 조금 삐친 적도 있었다.

"우리 한 서방 얼굴 살이 왜 이렇게 빠졌어? 혜영이 너 신랑 굶기는 거 아니니?"

혜영은 당장이라도 내가 더 죽을 지경이라고 말하고 싶었다. 그도 그럴 게 영진은 이미 아이를 셋이나 낳은 그녀가 점점 더 사랑스러워지는 모양이었다. 밤만 되면 달려들려고 해서 그녀는 아이들 방에서 괜히 자는 척을 하기도 했었다. 그가 늦게 들어올 때면 주로 그 방법을 썼다.

"걱정 말고 빨리 들어가 봐. 기다리시겠다. 그나저나 우리 공주님은 어쩜 자는 것도 이렇게 예쁘다니."

"아빠는?"

"세미나."

"창완이는?"

"그 녀석 요즘 연애하느라 정신 못 차리잖니. 아니, 연애가 아니라 연상의 여인 쫓아다니느라고. 바람둥이로 살더니 내 그럴 줄 알았다. 진짜 좋아하는 여자가 생겼는데 자기 마음대로 안 되니 미칠 지경인 게지."

역시나 윤 여사는 시간이 흘러도 자식 디스에 여념이 없었다. 아들의 연애 사업이 잘 되어가지 않는데 뭐가 그리 즐거운지 얼굴엔 웃음꽃이 만연했다.

"진짜 누가 보면 계모인 줄 알겠어."

"애는! 한 서방이 진짠 줄 알겠다. 어서 들어가 보게. 쌍둥이들 배고프겠어."

"네, 장모님. 우리 지우 잘 부탁드립니다."

영진은 지우와 떨어지고 싶지 않은 모양이었다. 발걸음을 옮기지 못하고 계속 지우를 보고 있었다. 결국 혜영이 영진의 팔을 이끌어 겨우 걸음을 옮겼다.

조금 많은 이야기가 있었다고 해서 두 사람 사이의 분위기가 확

달라지는 건 아니었다. 올망졸망 할아버지를 따르는 아들들을 보면서 영진은 뭐가 마음에 안 드는지 살짝 인상을 찌푸리고 있었다.

"불 위험하니까 저기 가 있어."

우진은 그렇게 말하면서 바비큐를 접시에 덜고 있었다. 아이들이 좋아하는 소시지와 스테이크를 먹기 좋게 잘라 탁자 위로 올려 놓았다. 그때 영진과 우진의 눈이 마주쳤다. 서둘러 눈길을 피한 건 우진이었다.

"흠흠, 너희도 먹거라."

"아버님도 좀 드세요. 저희 이미 배부르거든요. 오빠, 뭐 해? 안 구워?"

제대로 먹지도 않고 뚱하게 앉아 있는 영진을 부추겼다. 영진은 못마땅한 기색으로 일어나 우진의 곁으로 다가갔다. 그리고 우진의 손에서 어색하게 집게와 가위를 빼앗아 들었다. 얼떨결에 자리에서 물어난 우진이 방금 전 영진이 앉아 있던 자리로 와 앉았다. 영진은 성의 없는 손길로 고기를 불판 위에 올리고 있었다.

"하여간 아직도 애 같다니까."

"그러게 말이다."

"아버님도 만만치 않으세요."

"난 늘 그랬잖니."

이제 60에 가까워진 나이가 되었는데도 우진은 40대의 관리를 잘한 모델처럼 보였다. 아직도 할아버지라는 호칭이 조금은 어색하다고 말한 게 이해가 되기도 했다. 우진은 고기를 손으로 들고 뜯어 먹는 아이들을 보며 흐뭇하게 웃고 있었다.

"혜영아."

"네, 아버님."

"영진이 이름의 뜻을 알게 되었을 때 참 많이 울었다."

"왜요?"

"밝을 영은 서영이의 이름이었거든."

그 말에 혜영이 살짝 입을 벌렸다. 이제껏 그의 이름에 별다른 의문을 가진 게 없었다. 하지만 우진의 말에 모든 걸 이해할 수가 있었다.

"그리고 진은 보배 진. 서영이는 영진이의 이름을 지을 때 내 이름도 따와서 그렇게 지었어."

"아버님."

"그런데도 난 생각도 하지 못하고 있었지. 그래서 그 뜻을 알게 됐던 날 정말 많이 울었어."

우진의 눈가가 촉촉이 젖어드는 것을 발견했다. 혜영은 저도 모르게 눈물이 고이고 말았다.

"엄마, 울어?"

얼마나 그 목소리가 컸던지 모두의 시선이 돌아왔다. 고기를 굽고 있던 영진조차 놀란 표정으로 뒤를 돌아보았다. 영진이 서둘러 도구를 놓고 장갑을 벗으며 걸어왔다. 그리고 그녀의 얼굴을 살폈다.

"울렸어요?"

"뭐?"

영진이 다짜고짜 우진을 향해 따지듯 물었다. 우진은 황당한 얼굴로 되물었다.

"내가?"

"애를 왜 울려요?"

"허 참."

우진이 어이가 없다는 듯 한숨을 내쉬었다. 혜영은 그대로 영진에게 얼굴을 잡혀 눈물이 뚝 그치고 말았다.

"아니, 왜 남의 마누라를 울리고 그래요?"

"자기가 운 걸 나보고 어쩌라는 거냐?"

"말도 안 되는 시아버지 흉내 내는 거 아닙니까?"

"그런 적 없다."

혜영이 영진의 팔뚝을 끌어당겼다. 인상을 찌푸리고 있던 영진이 그 몸짓에 굳은 얼굴을 살짝 풀었다.

"애들 보는데 안 창피해?"

혜영의 말에 영진이 아차 싶었던지 괜히 헛기침을 하며 얼굴을 긁적였다. 혜영은 혀를 쯧쯧거리며 이 표현할 줄 모르는 두 부자를 어떻게 해야 할지 암담했다. 하지만 이게 두 사람의 애정표현이라는 걸 잘 알 수 있었다.

"두 분 애정표현이 너무 거치신 거 아닌가?"

혜영의 말에 두 사람이 바로 답했다.

"무슨 애정표현이라는 거야!"

"애정표현은 무슨!"

똑같이 대답을 한 두 사람의 시선이 부딪쳤다 이내 누가 먼저라고 할 것도 없이 멀어졌다.

"할아버지랑 아빠 싸워?"

경우가 물었다.

"애정표현이라잖아. 내가 볼 땐 라이벌같이 보이는데."

석우가 답했다. 경우는 알겠다는 듯 고개를 끄덕였다.

"햇님반 민지랑 경리가 하는 그런 거?"

"그런 거지. 어휴, 할아버지랑 아빠는 일곱 살도 아니면서 왜 저래?"

석우가 고개를 저으며 말했다. 요즘 일곱 살들은 그냥 일곱 살들이 아니라더니 석우가 딱 그 짝이었다. 영진은 어이가 없는지 허, 소리를 내며 혜영을 바라보았다. 혜영은 고개를 저으며 어깨를 들썩였다.

"라이벌? 아들들, 아빠가 어딜 봐서 할아버지 라이벌이야?"

"서로 이기려고 하잖아."

"맞아. 서로 이기려고 해."

"아빠가 훨씬 멋있지 않아?"

영진의 물음에 석우가 픽 웃었다.

"그냥 비슷한데."

"맞아, 비슷해."

경우가 석우에게 맞장구쳤다. 우진은 그런 쌍둥이들을 보며 티슈로 손을 깨끗이 닦아주었다.

"할아버지가 우주대탐험 레고 사났는데. 들어가서 만들까?"

우진의 말이 끝나자마자 쌍둥이들은 자리에서 일어나 경쟁하듯 집으로 뛰어가고 있었다.

"사돈댁에서 연락 없는 걸 보니 지우는 계속 자는 모양이다. 영진이 넌 혜영이 데리고 병원 좀 가봐. 며칠 전부터 계속 속이 안 좋다잖니."

"안 그래도 그러려고 했어요. 뒤처리 좀 부탁드립니다."

또 이럴 때 보면 영락없는 부자지간이었다. 남들이 볼 땐 저게 사이가 좋은 부자지간인가 의심을 하곤 했다. 하지만 이건 정말 혜영에겐 만족스러운 모습이었다.

병원으로 가는 와중에도 영진은 살짝 뚱한 표정을 짓고 있었다. 아무래도 아이들이 아빠보다 할아버지를 더 좋아해서 그렇다는 것을 혜영은 알 수 있었다.

"그렇게 섭섭해? 아들들이 할아버지를 더 좋아해서?"

"조금?"

"아빠가 하도 바빠서 할아버지를 더 자주 보니까 그렇지."

"그래서 슬슬 교수 정리하려고."

“정말?”

“제주도 가서 그림 그리면서 지내볼까 하는데 어때?”

언젠가부터 혜영이 제주도에서 살고 싶다면서 노래를 불렀었다. 전혀 듣지도 않는 것 같더니 영진은 계속 마음에 담아두고 있었던 모양이다. 그냥 그가 방학 때만 제주도에서 지내면 되지 않느냐고 했었는데 아예 이사 갈 생각을 하고 있었던 걸까?

“적응이 바로 되지 않을 수 있으니까 집은 좀 빌리는 걸로 하고. 우선 몇 달 살아볼까?”

“언제부터 그런 생각을 했어?”

“우리 마누라 말이라면 무조건 귀담아듣는 거 몰라? 다 왔다, 내려.”

그가 부드럽게 주차를 하고 말했다. 혜영은 차에서 내리자마자 영진의 엉덩이를 두들겨 주었다.

“갈수록 애 취급하더라?”

“예뻐 죽겠으니까 그렇지.”

이젠 다른 사람이 보든 말든 상관도 없었다. 언제부터 사랑이 시작되었는지는 몰랐다. 그냥 시나브로 서로에게 젖어들 듯 옆에 있다는 것이 중요했다.

접수를 마치고 두 사람은 대기를 하면서 서로 손을 놓지 않았다. 이러니 밖에 나가면 남들이 불륜 커플로 오해한다고 말했던 창완이 생각났다. 원래 부부들은 따로 앉는 거라면서 언제까지 그렇게 눈꼴 시린 짓을 할 거냐고 말했었다.

"하혜영 님, 들어오세요."

간호사의 부름에 안으로 들어간 두 사람은 의사가 권하는 의자에 앉았다. 하지만 영진은 앉지 않고 뒤에 서 있었다.

"하혜영 님?"

"네."

"축하드립니다."

"뭘요?"

"임신입니다."

그 말에 혜영의 눈이 커졌다. 그리고 몸이 빙그르르 돌아갔다. 분명히 지우까지만 낳고 넷째는 없을 거라고 호언장담했던 사람이 바로 영진이었다. 피임은 자신이 확실히 하고 있다면서 걱정하지 말라고 했었다. 바로 뒤에 서 있던 영진은 어느덧 문 바로 앞까지 멀어져 있었다.

"진짜 넷째가 됐네."

"야, 한영진! 이 사기꾼아!"

The end…

령후입니다. 이렇게 또 인사를 드리게 되네요. 늘 그렇지만 마무리를 할 때쯤이 되면 또 똑같은 후회를 합니다. 조금 더 열심히 할걸, 조금 더 제대로 볼걸. 그런데 또 이렇게 제 손을 떠나게 되네요.

『거짓말하는 법』은 그냥, 이런 유쾌한 여자 주인공이 있으면 좋겠다 생각을 하면서 써내려 갔던 글입니다. 쓰면서도 전 무척 즐거웠고 재미있었습니다. 이즈음 정말 슬픈 일이 있었는데 이 글을 쓰면서 그래도 많이 스스로 위로를 받았던 것 같아요. 그리고 우울한 글을 쓰고 있던 절 밖으로 끌어내 준 글이기도 합니다.

한 번씩은 제가 글을 쓰면서도 내가 제대로 된 길을 가고 있나, 내가 독자분들을 꿈꾸게 할 수 있을까 하는 생각을 하게 됩니다. 그럴 때마다 절 다독이는 건 역시 많은 분들의 응원이죠.

금따는 령후밭 식구들, 네이버 오아시스를 찾다의 가족 여러분, 로망띠끄의 가족 여러분. 늘 지켜봐 주셔서 고맙습니다. 늘 저의 편이 되어주는 가족, 그리고 제 가족 같은 친구 수정이와 선희. 두 사람 모두 행복한 가정을 이루고 부모가 되어서 참 행복합니다. 초등학교, 중학교 시절부터 봐왔는데 두 사람이 참으로 어른스러워 가끔씩은 어색하기도 하지만요.

늘 제 글을 좋아해 주시는 제로, 애정이, 민지, 리밀 언니도 정말 고마워. 오랜 시간 잊지 않고 찾아줘서 고마워요.

책이 나오기까지 같이 애써주신 우리 유경화 팀장님 정말 고맙습니다. 소중한 인연 해주신 예원 출판사 고맙습니다.

태양이 무더운 여름입니다. 건강 조심하시고, 전 앞으로도 되도록 밝고, 행복하고, 즐거운 글로 여러분들을 만나뵙도록 하겠습니다.

늘 행복하세요.

– 여름의 시작에서 령후 올림